文治
© wénzhì books

更好的阅读

沉睡的人鱼之家

人魚の眠る家

[日] 东野圭吾 著

王蕴洁 译

图书在版编目（CIP）数据

沉睡的人鱼之家 /（日）东野圭吾著；王蕴洁译
. —北京：北京联合出版公司，2023.10
ISBN 978-7-5596-6722-9

Ⅰ.①沉… Ⅱ.①东…②王… Ⅲ.①长篇小说—日本—现代 Ⅳ.①I313.45

中国国家版本馆CIP数据核字（2023）第036515号

北京市版权局著作权合同登记　图字：01-2022-4936号

「人魚の眠る家」（東野圭吾）
NINGYONO NEMURUIE
Copyright © 2015 by Keigo Higashino
Original Japanese edition published by Gentosha, Inc., Tokyo, Japan
Simplified Chinese edition is published by arrangement with Gentosha, Inc.
through Japan Creative Agency Inc., Tokyo.
本著作之中文简体字翻译权由皇冠文化集团独家授权使用

沉睡的人鱼之家

作　　者：（日）东野圭吾
译　　者：王蕴洁
出 品 人：赵红仕
责任编辑：龚　将

北京联合出版公司出版
（北京市西城区德外大街83号楼9层　100088）
河北鹏润印刷有限公司印刷　新华书店经销
字数224千字　　880毫米×1230毫米　1/32　印张10.25
2023年10月第1版　2023年10月第1次印刷
ISBN 978-7-5596-6722-9
定价：56.00元

版权所有，侵权必究
未经书面许可，不得以任何方式转载、复制、翻印本书部分或全部内容
如发现图书质量问题，可联系调换。质量投诉电话：010-82069336

NINGYONO NEMURUIE

Higashino Keigo

东 野 圭 吾

目录

- 序章   6
- 第一章——至少希望，今晚可以遗忘   11
- 第二章——让她呼吸   84
- 第三章——你守护的世界通往何方   131
- 第四章——上门朗读的人   165
- 第五章——刀子刺进这个胸膛   227
- 第六章——该由谁来决定这一刻   288
- 尾声   322

·序章·

从来往车辆络绎不绝的大马路转入岔路，一直走到头，就可以看到那栋房子。虽然周围的房子也都很大，但那栋房子特别豪华。宗吾从小学放学回家经过这栋房子的大门时，经常觉得这就是所谓的豪宅，有时候也会忍不住想象，到底是什么样的人住在这栋大房子里？一定是很有钱的人。不知道庭院里有没有游泳池，不知道是否养了像牛一样大的狗。

大房子的大门镂空雕刻着漂亮的图案。宗吾每次看到大门，就很想从雕刻图案的缝隙向里面张望，但之所以忍了下来，是因为他觉得这种"豪宅"一定有凶巴巴的警卫之类的人。

没想到有了绝佳的机会。

那天风很大，宗吾顶着迎面吹来的风，一如往常地走在岔路上，结果头顶上的棒球帽被风吹去了后方。当他慌忙回头时，看到帽子飞进了围墙。

正是那栋大房子的围墙。

怎么办？宗吾暗自思考着。是不是要按门铃，请大房子的人帮自己捡帽子？

他一边思考，一边走了过去，发现平时紧闭的大门竟然微微敞开一条缝，好像在邀请他进去，而且也没看到凶巴巴的警卫。

宗吾战战兢兢地推开了大门。他想好了，如果被人发现，就说自己的帽子被风吹了进来。

他踏进大门，打量着偌大的房子。那是一栋好像外国电影中出现的两层楼房，虽然没有游泳池，但庭院很大。

他低头看着脚下，发现石板铺的路通往玄关。他将视线从玄关稍微移向旁边，看到了自己的帽子。帽子掉在房子的墙边，旁边刚好有一个窗户。

会不会有人在里面？他观察着窗户，悄悄走了过去，发现窗户的窗帘敞开着，可以清楚地看到屋内的情况。窗边插着玫瑰，是红色的玫瑰。

他弯下腰，捡起了帽子，再度看向旁边的窗户。窗户并不高，只要踮起脚，就可以看到里面。他站在窗户下方，抓住了窗框，稍微踮起了脚尖。

他看到天花板上的吊灯，又看到墙上的挂钟。当他伸长脖子，想要再往下看时，看到有一个人。他吓了一跳，立刻缩起了脖子。

他之所以再度探头张望，是因为他发现刚才看到的是一个女孩，而且睡着了。

他探出脖子，发现果然没错。一个身穿红色毛衣的女孩坐在轮椅上睡着了。

小女孩的年纪和宗吾相仿，白皙的脸庞、粉红色的嘴唇和长长的睫毛，胸部微微起伏，似乎可以听到她均匀的鼻息。

他忍不住纳闷，为什么女孩坐在轮椅上？难道她的腿不方便？

宗吾离开了窗前，走向大门。回到路上后，他关上大门，恢复了原来的样子，踏上了回家的路。

那天之后，那个女孩的样子就在他脑海中挥之不去。他会不经意地想起她白皙的肌肤，想起她像花瓣般的嘴唇，想起她那双有着长长睫毛的眼睛。这是他有生以来，第一次有这样的感觉。

无论如何，都想再见她一次——每次经过那栋大房子前，他都有这种想法。虽然上次也不算是见面，只是在窗前偷瞄到而已。

他思考着是否可以再用捡帽子的借口，但如果不是风大的日子，谎言会立刻被识破。

有一天，他想到了一个妙计。因为他发现不一定要用帽子。宗吾做了纸飞机，站在大房子前，确认四下无人后，把纸飞机丢进了围墙内。

然后，他按了门铃。只要自己说要捡纸飞机，房子的主人应该会让自己进去。

但是，他等了一会儿，却没有人来应门。宗吾不知道该怎么办，他轻轻推了推大门，没想到门竟然开着。

他探头向门内张望，里面似乎没有人。宗吾刚才丢的纸飞机在通往玄关的石板路中央。他捡起纸飞机后，缓缓走向房子，走向那扇窗户。今天窗户拉着窗帘，所以站在远处时，看不到窗户内的情况。

他站在窗户下方，像之前一样踮起脚，把脸贴在窗前，隔着窗帘，隐约看到了屋内的情况。

宗吾很失望，因为那个女孩似乎不在那里。

他离开了窗户，心灰意懒地准备回家。但是，当他走向大门时，大门突然打开了。

一个女人推着轮椅进来。女人立刻发现了宗吾，满脸惊讶地停下了脚步，眼神中充满了责备——你是谁？为什么会在这里？

宗吾跑了过去，举起了纸飞机："我在玩这个，结果不小心飞进来了。我刚才按了门铃……"

女人原本露出狐疑的表情，但听到他的解释后，露出安心的表情点了点头。"哦，原来是这样。"女人看起来和宗吾的母亲年纪差不多，虽然很瘦，但很漂亮，宗吾感觉她很像某个电影明星。

宗吾看着轮椅——那个女孩坐在轮椅上。她今天穿着蓝色衣服，和上次看到时一样，她睡着了。

"怎么了吗？"女人问他。

"啊……不，没事。"宗吾这么回答，但觉得似乎应该说些什么，"她睡得很熟。"

女人呵呵地笑了起来："是啊。"她拉了拉盖在女孩腿上的毛毯。

"她的脚不方便吗？"

女人听了宗吾的问题，露出有点儿害怕的表情，但随即露出了笑容。

"这个世界上，有各式各样的人，也有的小孩虽然脚没有问题，却无法自由地散步。有一天，你也会了解这件事。"

宗吾不太理解女人这句话的意思。难道有人腿没有问题，却必须坐轮椅吗？

宗吾想着这件事，再度打量着那个女孩。"她还没有醒吗？"

看起来像是女孩母亲的女人笑着微微偏着头。

"嗯……是啊，今天可能不会醒了。"

· 9 ·

"今天？"

"对啊，今天。"女人说完，缓缓推动轮椅，"再见。"

"再见。"宗吾也对她说。

这是宗吾最后一次走进那栋房子，但宗吾始终无法忘记那个沉睡女孩的脸。

每次经过那栋房子——不，不光是这样而已，无论他在做任何事时，女孩的身影都会不时投射在他的脑海。

那个像是女孩母亲的女人说，她的脚并没有问题，既然这样，她为什么不能走路呢？

不知道从什么时候开始，宗吾在回想起女孩时，都会浮现出美人鱼的样子。美人鱼无法行走，所以受到了疼惜，在大房子内受到了保护。当然，他并不是真的认为那个女孩可能是人鱼——

然而，他只有那段时间有余暇想那些事。不久之后，宗吾根本无暇回想起"美人鱼"的事。

直到很久之后，他才再度回想起。

·第一章——至少希望，今晚可以遗忘·

1

熏子杯子里的白葡萄酒喝完时，身穿黑色衣服的侍酒师走了过来。

"请问接下来要喝什么？"他轮流看着熏子和坐在她对面的榎田博贵后问道。

"接下来是鲍鱼吧？"榎田问侍酒师。

"是的。"

"既然这样，"榎田看着熏子提议说，"那就来两杯适合鲍鱼的白葡萄酒，好吗？"

"嗯，好啊。"

榎田笑着点了点头，对侍酒师说："那就这样。"

"好的，那可以挑选这几个种类的酒。"侍酒师指着酒单说道。

"嗯，好啊，就这么办，麻烦你了。"

侍酒师恭敬地鞠了一躬后离去，榎田目送他离开后说："不知道该点什么时，最好还是请专业的人来。不懂装懂地自行挑选，万一口感很差，不知道该对谁发脾气。"

熏子微微偏着头，望着对面那张白净端正的脸。

"医生，你也会对别人发脾气吗？"

榎田苦笑着说："当然会啊。"

"是吗，真意外啊！"

"准确地说，是想要对别人发脾气。我认为最好应该避免这种事，重要的是，因为无法对别人发脾气，所以等于一开始就丧失了这个选项，这样很不利于精神健康。任何人都需要有退路，无论在任何时候、任何情况下都一样。"

榎田低沉却洪亮的声音在熏子听来觉得很舒服，内心深处也觉得很舒服。

熏子很清楚榎田想要说什么，正因为知道，所以就不必多说什么，只是嘴角露出适度的笑容，微微收起下巴而已。榎田也对她的反应感到心满意足。

侍酒师推荐的白葡萄酒和鲍鱼相得益彰，榎田似乎不需要发脾气。他又点了半瓶红葡萄酒搭配主菜，但这次是他亲自点的酒，因为据说刚好有他很熟的品牌。

"有自信的时候就要积极主动，这是活得积极正面的重要原则。"榎田调皮地笑了笑，嘴唇的缝隙中露出的牙齿很白。

吃完主餐的肉类后，甜点送了上来。熏子一边听榎田说话，一边吃着盘子里的水果和巧克力。他谈论的有关甜点的历史让她很感兴趣，也很有趣。因为他精通说话之道。

"太好吃了，我吃太多了。明天要去健身房多游几圈。"熏子隔着衣服按着胃说道。

"摄取之后，充分燃烧，这很理想。你的气色也和一年前完全不一样了。"榎田拿着咖啡杯说道。

榎田医生，这都是因为你。熏子想要这么说，但并没有说出口。

因为她觉得一旦说了，就会让愉快的谈话变得很廉价。

走出餐厅后，他们一起走进经常去的酒吧，并肩坐在吧台角落的座位上。熏子点了新加坡司令，榎田点了琴汤尼。

"今天晚上，孩子在哪里？还是像之前一样，送回娘家了吗？"榎田拿起威士忌酒杯，在她耳边轻声问道。

他的呼吸让熏子感到耳朵发痒，她轻轻点了点头："我说今晚要和几个学生时代的朋友见面。"

"是这样啊，我可以顺便请教一下，是只有女生的朋友吗？"

"是啊，原本是这么打算……"熏子斜斜地瞥了他一眼说，"也可以将设定更改为有男生的朋友，因为我并没有对我妈说得很清楚。"

"这样比较好，可以大大减少我内心的愧疚。当然，我并不是你学生时代的朋友，而且除了我以外，也没有其他人。"榎田喝了一大口琴汤尼，"所以，小孩子今天晚上会睡在你娘家吗？"

"是啊，现在应该已经睡着了。"

榎田点头表示理解。

这并不是毫无意义的对话。相反，他问这个问题有明确的意图。熏子也在了解这一点的基础上回答了他的问题。他们两个人都不是小孩子了。

"差不多该走了吧？"榎田看着手表问。

熏子也看了下时间，晚上十一点多。"好啊。"她回答。

结完账，走出酒吧，榎田再度看着手表说："接下来有什么打算？我还想再喝几杯。"

"哪里有不错的酒吧吗？还是你有私房酒？"

听到熏子这么问,榎田窘迫地抓了抓头。

"很抱歉,今天晚上我并没有做好这样的准备,只是刚好有一瓶难得的好酒,已经冰好了,所以想邀你一起喝。"

那瓶酒应该在他家里。从今天晚上的谈话,可以感受到榎田想要让彼此的关系更进一步。熏子还没有去过他家,也还没有和他发生过肉体关系。

熏子迟疑了一下,但立刻做了决定。

"对不起。"她对榎田说,"因为明天一大早要去接孩子,只能请你独自享用那瓶美酒了。"

榎田完全没有露出失望的表情,笑着轻轻摇着手说:"我不会一个人喝。既然这样,我就留到下一次机会,也会找一些搭配那瓶酒的开胃菜。"

"真让人期待,我也会找一下。"

来到大马路上,榎田举起手,为熏子拦了出租车。熏子独自坐进了后车座。这是为了避免左邻右舍议论"有男人用出租车送播磨太太回家"。

晚安。熏子动了动嘴巴,无声地向车外的榎田道别。他点了点头,轻轻挥了挥手。

出租车开出去后,熏子吐了一口气。她发现自己果然有点儿紧张。

不一会儿,智能手机收到了电子邮件,是榎田传来的:"难得有好酒,我会准备新的葡萄酒杯。今晚也很开心,晚安。"他应该以为熏子今天晚上会去他家,所以事先应该做了不少准备。

其实去他家也无妨——

但是，有某种因素阻止了她。只不过就连她自己也不知道是什么因素。

她的右手摸向左手无名指。无名指上戴着婚戒。结婚之后，她在外出时从来不曾取下婚戒。她决定在正式离婚之前，暂时不拿下婚戒。

2

　　根据数据，第七号实验对象今年三十岁。她身穿黄色洋装，裙摆下露出的脚踝很纤细，脚上却穿着和洋装很不搭配的白色球鞋，只不过那并不是她的鞋子，而是研究小组准备的鞋子。虽然她穿来这里的浅口女鞋的后跟很低，在安全性上并没有问题，但在做实验时，规定都要换上球鞋。

　　七号女人在研究员的带领下，开始向起点移动。她手上并没有拿视障者平时使用的白杖，这是为了预防她在移动时了解不必要的信息。对视障者来说，白杖就像是他们的眼睛，她内心必定备感不安。

　　播磨和昌巡视着实验室，二十米见方的空间内堆放着纸箱和泡沫塑料做的圆柱，配置没有规则，有些地方的间隔特别狭窄。

　　七号女人来到起点。研究员交给她两样东西，其中一件外观很像墨镜，但功能完全不一样，镜片部分设置了小型摄影机，研究员都称之为风镜。另一件是头罩，乍看之下，和普通的安全帽无异，但其实头罩内侧装了电极。女人接过那两样东西时，脸上并没有露出困惑的表情。因为她已经多次参加实验，知道接下来将发生什么事。她熟练地戴上头罩和风镜。

　　"准备好了吗？"研究员问七号女人。

　　"准备好了。"她小声回答。

"那就开始吧。预备，开始。"研究员说完，离开了那个女人。

七号女人戴了风镜的脸左右移动，战战兢兢地迈开了步伐。

和昌打开了手上的资料。资料显示七号女人在东京都内的医疗机构工作，每天早上八点搭电车通勤。虽然她的视力几乎等于零，但应该很习惯在街上行走。

她接近了第一个难关，纸箱挡住了她的去路。女人在纸箱前面停了下来。

光是做到这一点，就不是一件容易的事。

虽然她眼睛看不到，但即使没有用白杖触摸，也可以察觉到前方有障碍物。关键就在于风镜上装的摄影机和附有电极的头罩。计算机用特殊的电力信号处理摄影机捕捉到的影像，透过电极，刺激女人的大脑。虽然她无法直接看到影像，但似乎可以在一片白色雾茫茫之中，感受到出现了某些东西。对视障人士来说，这是非常重要的信息。

女人再度迈开步伐。她小心谨慎地走过纸箱右侧。一名研究员做出了胜利的姿势，和昌认为高兴得太早，瞪了他一眼，但当事人并没有察觉到董事长的视线。

虽然花了相当长的时间，但女人接二连三地闪过纸箱和作为电线杆的筒状物，走在弯弯曲曲的通道上。然而，她在即将到达终点时停下了脚步。她的前方有三个足球斜向排列着，彼此的间隔并不狭窄。

她在那里停了片刻后，终于摇了摇头。

"没办法分辨。"

有人重重地叹了一口气。

研究员走向她，为她拿下风镜和头罩后，把白杖交给了她。

"怎么样？"与和昌一起观看整个实验过程的男人回头问道，他的脸上同时带着自信和不安。他是这项研究的负责人。"虽然最后一个点无法完成，但比上一次的结果大有进步。"

"还不错。她的训练时间有多长？"

"每天训练一个小时，总共持续了三个月。这是她第四次进行设有障碍物的步行训练。"研究负责人竖起四根手指，言下之意是效果十分理想。

"几乎全盲的女人能够不依赖白杖走那么复杂的路的确很出色，我认为她是优等生，但问题在于对那些平时不出门的视障者，到底能够发挥多少功效。"

"你说得对，但这样的结果足以应付下周在厚劳省举行的公听会了。"

"喂喂，我们做这个实验，只是为了让那些官员满意吗？不是吧？希望你可以把目标设定得更高，恕我直言，目前的状况离实用化还差得很远。"

"是，我当然知道。"

"今天的结果算是合格，但你转告组长，把目前的问题归纳总结一下，写一份报告给我。"

在研究负责人回答"知道了"之前，和昌就转身走了出去。他把手上的资料放在一旁的铁管椅上，走向出口。

走出实验大楼，他回到了董事长室所在的办公大楼。当他独自搭电梯时，一名男性员工中途走进电梯。对方看到和昌有点儿惊讶，立刻鞠了一躬。

"你是星野吧?"

"是。我是BMI团队第三组的星野佑也。"

"我之前听了你的简报,研究项目很独特。"

"谢谢董事长。"

"我好奇的是你对人体的执着。脑机接口(Brain-Machine Interface,缩写为BMI)通常都是借由大脑发出的信号,让因为大脑或颈椎损伤,导致身体不遂的病患能够活动机械手臂等辅助机械,但你的研究项目不一样,是借由机械将大脑发出的信号传递到脊髓,让病患活动自己的手脚。你怎么会想到这种方式?"

星野直直地站在那里,挺起胸膛说:"理由很简单,因为我认为任何人都不想透过机器人,而是想要用自己的手吃饭,用自己的脚走路。"

"是这样啊。"和昌点了点头,"你说得有道理。有什么原因让你产生这样的想法吗?"

"我的祖父因为脑出血导致半身不遂,我看到他过得很辛苦。虽然祖父努力复健,但到死之前,都无法再像以前一样自由活动。"

"原来是这样,你的想法很出色,但似乎没那么简单。"

年轻的研究员听了和昌的话,露出严肃的神情点了点头。

"很困难,肌肉的神经信号结构比机器人复杂数百倍。"

"我想也是,但不要气馁,我很欣赏有不同想法的人。"

"谢谢董事长的鼓励。"星野再度鞠了一躬。

星野先走出电梯。和昌来到顶楼。董事长室位于顶楼。

他在办公室内坐下时，手机收到了电子邮件。他立刻有了不祥的预感，一看手机屏幕，果然是熏子传来的，主旨是"面试的事"。他的心情更忧郁了。

"上次已经说了，下星期六要预先练习面试，我会请我妈照顾两个孩子。预练从下午一点开始，地点我之前已经通知你了，绝对不要迟到。"

和昌叹了一口气，把手机丢在桌上，嘴里变得苦苦的。

他转动椅子，面对窗户，前方是东京湾的一片景象，货船正缓缓行驶。

播磨科技株式会社在他祖父创立时，是一家事务机制造商，当时的公司名字叫"播磨机器"。父亲多津朗继承这家公司之后，进军了计算机界。当时正值计算机普及到家庭的时期，这个策略奏了效，让这家中坚企业在业界也成为不可忽略的存在。

但公司的经营并非一帆风顺。随着智能手机时代的来临，播磨科技也面临着经营困境。和许多日本企业一样，由于没有抢先进入市场，所以无法和外国公司抗衡。多津朗借由裁撤亏损的部门和裁员，总算让公司度过了危机。

和昌在五年前接下公司董事长一职，感受到公司正面临巨大的转换时期。他冷静地分析后认为，以目前的情况，很难在生存竞争中获胜，如果想要生存，企业就必须有自己的特色。

他对自己担任技术部部长时致力研究的脑机接口技术充满期待，希望能够成为公司经营的强心针。因为他深信，利用信号连接大脑和机械，大幅改善人类生活的尝试，一定会成为未来的主力商品。

虽然BMI技术可以运用在任何人身上，但支持残障者的系统能够最清楚地呈现效果。因此，公司目前特别致力于这个领域的研究，刚才进行实验的人工眼研究也是其中的项目之一。虽然有很多企业和大学都在研究相同的项目，但播磨科技的研究领先一步，也因此成功获得了厚劳省的补助金。可以说，一切都很顺利。

播磨和昌在工作上正春风得意。

然而，在家庭方面呢？

和昌拿起手机，确认了这个星期的安排。看到星期六下午一点写了"面试游戏"几个字，忍不住撇了撇嘴。连他自己都觉得这种写法太幼稚。熏子一定也不想预练面试，更何况还要与和昌伪装成感情和睦的夫妻，光是想象一下，心情就会格外沉重。

和昌与熏子在八年前结婚。在结婚的两年前，因为雇用她来担任同步翻译而相识。结婚后，和昌搬离了之前居住多年的大厦公寓，在广尾建造了一栋独栋的房子。这栋模仿欧式建筑的大宅庭院内种了很多树。

结婚第二年，他们有了第一个孩子。他们为大女儿取名为瑞穗，瑞穗健康长大，喜欢游泳、钢琴和公主。今年夏天，她应该也会经常去游泳。

第二个孩子和长女相差两岁。这次是个儿子。他们希望他以后成为具有生存能力的人，所以取名为"生人"。生人的皮肤细嫩，而且有一双大眼睛。虽然给他穿了男生的衣服，但在两岁之前，经常被人误认为是女孩。

然而，和昌几乎不知道女儿和儿子的近况。因为他们很少见面。

和昌在一年前搬离了家里，开始和儿女、妻子分居，目前独自住在青山的大厦公寓内。

分居的理由丝毫不足为奇。在熏子怀第二个孩子时，和昌在外面有了女人。这并不是他第一次外遇，却是第一次被发现。他向来不会和同一个女人维持太久的关系，但那一次不知道为什么迟迟没有分手。并不是因为那个女人很特别，如果硬要说有什么原因的话，就是工作太忙，没有时间分手。

虽然他一直避免和脑筋不灵光的女人交往，但可惜那个女人并没有他想象的那么聪明。她告诉好几个朋友，自己正在和播磨科技的董事长交往。如今已经不是说好不要传出去，就真的不会传出去的时代了。任何消息都会通过网络扩散，最后终于传入了熏子的关系网。

和昌起初当然矢口否认，但熏子得知的消息包括了很具体的内容。比方说，他和情妇一起去温泉的日期。那一天，和昌骗熏子说是去旅行打高尔夫球，熏子已经证实和昌说谎了。

和昌比任何人更清楚，妻子是一个聪明的女人。即使自己继续否认，熏子也不会相信。即使她表面上故作平静，但正如她所说的，她内心怀疑的火也不可能熄灭。

最重要的是，和昌缺乏耐心。他觉得为这种事浪费时间，为这种事烦心很没有意义。而且在熏子穷追猛打的逼问之下，他也的确有点儿豁出去了。

和昌承认自己的确在外面有女人。他不想说一些难堪的借口，所以并没有说是逢场作戏，或是一时鬼迷心窍这种话。

熏子并没有情绪失控，她毫无表情地沉默片刻后，目不转睛地注视着和昌的眼睛说："我之前就对你很不满。最大的不满，就是你完全不帮忙照顾孩子，但我已经不抱希望了。因为我知道你没有时间，也觉得让孩子看到你卖力工作的身影也不坏，但是，我无法让我的孩子对着背叛家人的父亲背影说，等你回来。"

"那该怎么办？"和昌问道。她回答说："不知道。"

"我目前只是不希望小孩子发现异状。生人还小，但瑞穗慢慢开始懂事了，如果父母假装和睦，她一定会察觉。她会察觉，然后会很受伤。"

和昌点了点头。妻子的话非常有说服力。

"要不要分居一段时间？"他提议道。

"也许暂时先这样比较好。"熏子回答。

3

熏子说的教室在目黑车站旁。和昌第一次来这里,因为在学校的官网上看过照片,所以很快就找到了那栋大楼。他仰头看着乳白色的大楼,连续拍了两次胸口,努力振作萎靡的心情。他大步走向电梯厅。教室在四楼。

他在电梯内确认了时间,离下午一点还有几分钟。他松了一口气。他发现自己之所以这么紧张,并不是因为等一下要预练面试,而是还不知道该怎么面对好久不见的妻子。

电梯在四楼停了下来。他走出电梯,旁边是一个像是休息室的房间。一位接待小姐坐在柜台内,面带笑容地说:"你好。"和昌向她微微点头,巡视着室内,发现有好几张沙发,有几个男人和女人坐在上面,熏子独自坐在那里。身穿深蓝色洋装的她已经发现和昌到了,难以解读表情的脸转向他。

和昌走了过去,在她身旁坐了下来,小声地问:"马上就轮到我们了吗?"

"好像会依次叫名字。"熏子用没有起伏的声音回答,"把手机设定成静音。"

和昌从内侧口袋拿出手机,设定完成后放回口袋。"瑞穗和生人在练马吗?"

熏子的娘家在练马。

"我妈说要带他们去游泳,好像和美晴他们约好了。"

美晴是熏子的妹妹,比她小两岁,有一个和瑞穗同年的女儿。

"对了,"熏子转头看向和昌,"正式面试时,记得刮胡子。"

"啊,嗯。"他摸了摸下巴。他故意留了点儿胡子。

"另外,你有预习了吗?"

"算有吧。"

熏子事先用电子邮件传了面试可能会问到的事,像报考动机之类的。虽然他准备了答案,却没什么自信。

和昌看向墙上的告示牌,上面贴了知名私立小学的考试日程表,还有特别讲座介绍。

和昌对报考私立小学没有太大的兴趣。因为他觉得即使进了名校,小孩子也未必能够成为优秀的人。但熏子有不同的意见,她说并不是想进名校,而是希望孩子读一所好学校。当他追问怎样的学校算是好学校,判断基准又是如何时,熏子不理会他,只说:"这种事,对没有帮忙照顾孩子的人说了也没用。"

但这是在和昌被发现外遇之前的对话,如今,他完全无意干涉熏子的教育方针。

分居半年左右,他们曾经讨论过未来的打算。和昌虽然已经和那个女人分手了,但觉得恐怕很难再回到以前的生活。因为他不认为熏子会真心原谅他,自己也没有耐心能够在未来一直带着歉意和她一起生活。

一问之下,发现熏子也得出了相同的结论。

"我这个人很会记仇,一定会隔三岔五想到你的背叛行为。即使不至于怒形于色，内心也会有怨言。这样的生活会让我变成一个很令人讨厌的人。"

他们很快就得出了结论，只有离婚才能解决问题。

他们讨论后决定两个孩子都由熏子照顾，在赡养费和育儿费的问题上，和昌原本就打算支付足够的金额，所以也没有为这个问题争执。

只是如何处理广尾那栋房子的问题，让他们稍微犹豫了一下。

"我和孩子住那里太大了，维护起来也很辛苦。"

"那干脆卖了吧，我也不可能一个人住在那里。"

"卖得掉吗？"

"应该没问题吧，房子还不算太旧。"

那栋房子屋龄八年，和昌在那里只住了七年。

除了房子以外，还有另一个问题，那就是什么时候办理离婚手续。熏子说，因为瑞穗即将参加小学入学考试，在考试告一段落之前，她暂时不想离婚。

和昌表示同意。所以在瑞穗的小学入学考试结束之前，他们必须伪装成好夫妻、好父母。

"播磨先生和太太。"听到有人叫自己的名字，和昌回过神。一个四十岁左右的娇小女人走了过来。熏子站了起来，和昌也跟着起身。

"请两位去那个房间。"女人指着楼层角落的一道门说，"敲门之后，里面会有人回答'请进'，然后请爸爸先进去。"

"知道了。"和昌回答后，整了整领带。

他走向那道门，正准备敲门时，听到有人叫他们。

"播磨太太。"回头一看，柜台的接待小姐站了起来，脸色很紧张，手上拿着电话。

"你娘家打来电话，说有急事。"

熏子看了和昌一眼，立刻冲向柜台，接起了电话，才说了几句话，立刻脸色大变。

"在哪里？哪家医院？……你等一下。"

熏子抓起放在柜台上的一张简介，又抓起旁边的笔，在空白处写了起来。和昌在旁边探头张望，发现是医院的名字。

"我知道了。我会查地址。……嗯，我会马上赶过去。"熏子把电话交还给柜台小姐后，看着和昌说，"瑞穗在游泳池溺水了。"

"溺水？为什么？"

"不知道。你查一下这家医院在哪里。"她把简介塞给和昌后，打开面试室的房间，走了进去。

和昌完全搞不清楚状况，拿出手机开始查地址，但还没查到，熏子就从面试室走了出来。"查到了吗？"

"快查到了。"

"继续查。"熏子走向电梯厅，和昌操作着手机，追了上去。

走出大楼时，终于查到了医院的地址。他们拦了出租车，告诉了司机目的地。

"刚才的电话是谁打来的？"

"我爸爸。"熏子冷冷地回答后，从皮包里拿出了手机。

"为什么？不是你妈带他们去游泳的吗？"

"对啊，但是因为联络不到。"

"联络？什么意思？"

"等一下。"熏子不耐烦地挥了挥手,把手机放在耳朵旁。电话似乎很快就接通了,她对着电话说了起来。"啊,美晴,目前状况怎么样?……嗯……嗯……是。"她的脸皱成一团,"医生怎么说?……是哦……嗯,我知道了……目前正赶过去……嗯,他也在……那就等一下再聊。"挂上电话后,她满脸愁容地把手机放回皮包。

"情况怎么样?"和昌问。

熏子用力叹了一口气后说:"被送进加护病房了。"

"加护病房?情况这么严重吗?"

"目前还不了解详细情况,但瑞穗还没有恢复意识,而且心跳一度停止。"

"心跳停止?这是怎么回事?"

"我不是说了吗,目前还不了解详细情况!"熏子大叫之后哽咽起来,泪水从她眼中滑落。

"对不起。"和昌小声道歉。他对于将不了解状况的焦虑发泄在熏子身上产生了自我厌恶,自己果然是不称职的父亲,也是不合格的丈夫。

抵达医院后,他们争先恐后地冲了进去。他们正准备跑向服务台,听到有人叫"姐姐",停下了脚步。

红着双眼的美晴一脸悲伤地走了过来。

"在哪里?"熏子问。

"这里。"美晴指着后方说道。

他们搭电梯来到二楼。听美晴说,目前正在加护病房持续救治,只是医生还没有向他们说明情况。

美晴带他们来到家属休息室。休息室内有桌椅,里面还有铺着榻榻米的空间，角落放着叠好的被子。

熏子的母亲千鹤子垂头丧气地坐在那里。刚满四岁的生人和瑞穗的表妹若叶坐在旁边。

千鹤子看到和昌他们立刻站了起来。她的手上紧紧握着手帕。

"熏子，对不起。和昌，真的很对不起你们。我在旁边，竟然还会发生这种事，真希望我可以代替她，死了也没关系。"千鹤子说完，皱着脸哭了起来。

"发生了什么事？到底是怎么回事？"熏子把手放在母亲肩上，示意她坐下后，自己也坐了下来。

千鹤子就像小孩子在闹脾气般摇着头。

"我也搞不太清楚，只听到有一个男人突然喊着，有女孩溺水了，然后才发现瑞穗不见了……"

"妈妈，不是这样的。"美晴在一旁说，"是我们先发现瑞穗不见了，问了若叶，若叶说她突然不见了，然后我们慌忙开始寻找，结果有人发现了她。"

"哦哦，"千鹤子在脸前合着双手，"对，是这样……完了，我脑袋一片混乱。"

她似乎因为慌乱，记忆产生了混乱。

之后，由美晴继续说明情况。根据她的解释，正确地说，瑞穗并不是沉入水中，而是手指卡进池底排水孔的网上，她自己抽不出来，无法离开游泳池的池底。最后其他人硬是把手指拔出来，才把她救起，但当时心跳已经停止。救护车立刻把她送来这家医院的加护病房，目前只知道她恢复了心跳，但医生似乎说，恢复心跳并不代表已经苏醒。

美晴在等救护车时，试图联络熏子，但熏子的电话打不通。因为当时正准备预练面试，所以把手机关机了。千鹤子知道熏子今天下午的安排，却不知道那是哪里的什么教室。于是，美晴打电话给她父亲，把情况告诉了他。父亲说他知道瑞穗读的那个教室，好像是之前聊天时听瑞穗说的。他对美晴说，他会负责联络，请她们好好照顾瑞穗。

"虽然爸爸叫我好好照顾，但我们根本帮不上忙。"美晴说完，垂下了双眼。

和昌听了美晴的话，心情很复杂。通常联络不到熏子，不是应该打电话给姐夫吗？美晴之所以没有这么做，并不是因为认为他的手机也会关机，而是美晴内心认定，和昌已经不是她的姐夫了。

然而，他无法责怪美晴。熏子应该告诉了妹妹他们分居的原因，从偶尔见面时美晴表现出来的冷漠态度，和昌就不难猜到这件事。

和昌看了眼手表，快下午两点了。如果美晴所说的情况无误，意外是在熏子关机的这段时间发生的，所以当时应该不到下午一点。在加护病房治疗大约一个小时，瑞穗娇小的身体到底发生了什么变化？

生人不知道姐姐发生了什么事，开始觉得无聊，于是请千鹤子先带他回家。若叶虽然知道了表姐发生了悲剧，但熏子对美晴说，要她一起在这里等太可怜了。

"不知道要等到什么时候，美晴，你也先回家吧。"

"但是……"美晴说到这里，陷入了沉默，眼中露出犹豫的眼神。

"一旦有状况，我会通知你。"熏子说。

美晴点了点头，注视着熏子说："我会祈祷。"

"嗯。"熏子回答。

千鹤子和美晴他们离开后，气氛变得更加凝重。医院内虽然开了空调，但和昌觉得呼吸困难，解下了领带，而且把外衣也脱了。

两个人几乎没有说话，只是默默等待。在等待期间，和昌的手机响了好几次，都是工作上的电话。虽然是星期六，却不断收到电子邮件，那是从公司的电子邮件信箱转发过来的。最后，他干脆关了机，今天没时间处理工作上的事。

只要打开家属休息室的门，就可以看到旁边加护病房的入口。和昌好几次探头张望，都没有看到任何变化，也完全不知道里面在干什么。

他感到口渴，于是去买饮料，在自动贩卖机前买了宝特瓶的日本茶时看向窗外，才发现已经晚上了。

晚上八点多时，护理师走进来问："是播磨妹妹的家属吗？"

"是。"和昌与熏子同时站了起来。

"医生要向你们说明情况，现在方便吗？"

"好。"和昌回答后，看着年约三十岁的护理师的圆脸，试图从她的表情中解读凶吉，但护理师始终面无表情。

护理师带他们来到加护病房隔壁的房间，那里有一张办公桌，桌上放着电脑，看起来像是医生的男人正在写资料。当和昌他们走进去时，他停了下来，请他们坐在对面的椅子上。

医生自我介绍说，他姓进藤，是脑神经外科的医生。进藤年龄大约四十五岁，宽阔的额头充满知性的感觉。

"我打算向你们说明目前的情况。"进藤轮流看着和昌与熏子说道,"但如果你们想先看一下令千金,我可以立刻带你们去。只是以目前的状况来看,我认为你们预先了解一下情况,更容易接受现实,所以请你们先来这里。"

医生用平淡的口吻说道,但从他字斟句酌的态度,可以感受到事态并不寻常。

和昌与熏子互看了一眼后,将视线移回医师。

"情况很不乐观吗?"他的声音有点儿发抖。

进藤点了点头说:"目前还没有恢复意识,也许两位已经听说了,令千金送到本院后不久,心跳就恢复了,但在心跳恢复之前,全身几乎无法供应血液,其他器官受到的损伤可能还不至于太大,大脑的情况比较特殊。更进一步的情况必须接下来慢慢了解,但我必须很遗憾地告诉两位,令千金的大脑损伤很严重。"

和昌听了医生的话,觉得视野摇晃。他完全没有真实感,脑袋深处却觉得自己一定可以想办法。大脑损伤?那根本是小事一桩。播磨科技有BMI技术,即使留下一些后遗症,自己一定可以解决——身旁的熏子一定感到绝望,他打算等一下好好激励她一番。

然而,熏子随即哭着问:"她可能永远都无法清醒吗?"进藤的回答彻底粉碎了和昌的信心。

进藤停顿了一下后说:"请两位最好有这样的心理准备。"

呜呜呜——熏子哭出了声,双手捂着脸。和昌无法克制自己的身体不停地颤抖。

"无法进行治疗吗?已经无药可救了吗?"他勉强挤出这两句话。

戴着眼镜的进藤眨了眨眼睛。

"当然，我们目前仍然在全力抢救，但目前还无法确认令千金的大脑发挥了功能，脑电波也很平坦。"

"脑电波……是脑死亡的意思吗？"

"按照规定，现阶段还无法使用这个字眼，而且脑电波主要是显示大脑的电气活动，但可以明确地说，令千金目前的大脑无法发挥功能。"

"但可能大脑以外的器官能够发挥功能？"

"这种情况就是迁延性昏迷，也就是所谓的植物状态，但是——"进藤舔了舔嘴唇，"必须告诉两位，这种可能性也极低。因为植物状态的病人脑电波也会呈现波形，只是和正常人不一样。核磁共振检查的结果，也很难说令千金的大脑发挥了功能。"

和昌按着胸口。他感到呼吸困难。不，他觉得胸膛深处好像被勒紧般疼痛，坐在那里也很痛苦。他觉得该发问，却想不到任何问题，大脑正拒绝思考。

身旁的熏子仍然用双手捂着脸，身体好像痉挛般抖动着。

和昌深呼吸后问："你希望我们预先了解的就是这些情况吗？"

"对。"进藤回答。

和昌把手放在熏子背上说："我们去看她吧。"

她捂着脸的双手缝隙中发出了痛哭声。

他们在进藤的带领下走进了加护病房，两位医生面色凝重地站在病床两侧，一个看着仪器，另一个在调节什么机器。进藤和其中一位医生小声说了什么，那个医生一脸严肃地回答，但听不到他们在说什么。

和昌与熏子一起走到床边，心情再度陷入了暗淡。

躺在病床上的正是自己的女儿，白皙的皮肤、圆脸、粉红色的嘴唇——

然而，她沉睡的样子无法称为安详。因为她的身上插了各种管子，尤其是人工呼吸器的管子插进喉咙的样子让人看了于心不忍，如果可以，和昌真希望可以代替女儿受苦。

进藤走了过来，好像看穿了和昌的内心般地说："目前令千金还无法进行自主呼吸，希望两位了解，我们已经尽力抢救，但目前的结果仍不乐观。"

熏子走向病床，但走到一半停了下来，回头看着进藤问："我可以摸她的脸吗？"

"没问题，你可以摸。"进藤回答说。

熏子站在病床旁，战战兢兢地伸手摸向瑞穗白皙的脸颊。

"好温暖，又柔软，又温暖。"

和昌也站在熏子身旁，低头看着女儿。虽然身上插了很多管子，但仔细观察后，发现她熟睡的脸很安详。

"她长大了。"他说了这句和现场气氛格格不入的话，他已经很久没有仔细打量瑞穗熟睡的样子了。

"对啊，"熏子说，"今年还买了新的泳衣。"

和昌咬紧牙关。此时此刻，内心才涌起激烈的情绪，但是他告诉自己，现在不能哭。即使必须哭，也不是现在，而是以后。

他的余光扫到什么仪器的屏幕，他不知道那是什么仪器，不知道是不是没有打开电源，因为屏幕是黑的。

屏幕上出现了和昌与熏子的身影。穿着深色西装的丈夫和一身深蓝色洋装的妻子，简直就像是穿着丧服。

4

进藤说有事想和他们谈,所以和昌与熏子又回到了刚才的房间,再度和医生面对面坐了下来。

"我相信两位已经了解,目前令千金的状态很不乐观。虽然我们会继续治疗,但已经无法康复,只能采取延命措施而已。"

身旁的熏子用手捂着嘴,发出了呜咽。

"所以,我女儿很快会死吗?"和昌问道。

"对,"进藤点了点头,"只是目前无法回答到底是什么时候。因为我也不知道。通常在那种状态下,几天之后,心跳就会停止,只是小孩子的情况不太一样,也曾经有活了好几个月的例子。但是,我可以断言,令千金并不会康复。我再说一次,目前只能采取延命措施而已。"

医生的每一句话,似乎都积在胃的底部,和昌很想说:"够了,我已经知道了。"

"请问两位了解了吗?"

对方仍然追问道,和昌冷冷地回答:"对。"

"好。"进藤挺直了身体,重新坐好,"接下来,我不是以医生的身份,而是以本院器官捐赠协调员的身份说以下这些话。"

"啊?"

和昌皱起了眉头。进藤的话太出人意料，身旁的熏子也愣在那里。她应该也有相同的想法。这个医生到底想说什么？

"我知道两位会感到困惑，但当病人陷入像令千金目前的状态时，我就必须说以下这些话。因为从某种意义上来说，这是令千金和两位的权利。"

"权利……"

这个字眼听在和昌的耳中感到极度奇妙。因为他认为这个字眼不该出现在目前的场景。

"虽然我想这个问题可能多此一举，但还是要确认一下，令千金有没有器官捐赠同意卡？或是两位是否曾经和令千金聊过器官移植和器官捐赠的事？"

和昌看着用认真的语气说这番话的进藤，摇了摇头。

"她当然不可能有那种东西，我们也没聊过这个话题，因为她才六岁啊。"

"我想也是。"进藤点了点头，"那我请教两位，如果令千金确认是脑死亡后，你们愿意捐赠器官吗？"

和昌的身体微微向后仰，他无法立刻回答医生的问题。瑞穗的器官要捐赠给别人？他从来没有想过这个问题。

熏子突然抬起头。

"你是要求我们提供瑞穗的器官，移植给别人吗？"

"不是，你误会了。"进藤慌忙摇着手，"我只是确认两位的意愿，这是怀疑病患脑死亡时的手续。如果两位拒绝也没问题，请两位不要误会，我只是院内的协调员，和移植手术没有任何关系。即使两位同意捐赠器官，也会由院外的协调员接手今后的事情。我的任务只是确认两位的意愿而已，绝对不是在拜托两位捐赠器官。"

熏子不知所措地看向和昌。意想不到的发展似乎也让她的思考停摆。

"如果我们拒绝，会怎么样？"和昌问。

"不会怎么样。"进藤用平静的语气回答，"只是目前的状态会持续，因为死期迟早会出现，所以只是等待那一天。"

"如果我们同意呢？"

"这样的话，"进藤用力吸了一口气，"就要进行脑死亡判定。"

"脑死亡……哦，原来是这样。"和昌终于了解了状况，他想起刚才进藤说"按照规定，现阶段还无法使用这个字眼"。

"什么意思？"熏子问，"脑死亡判定是什么？"

"就是字面上的意思，要正式判定令千金是否脑死亡。如果没有脑死亡就摘取器官，就变成杀人了。"

"等一下，我听不太懂。你的意思是，瑞穗可能并不是脑死亡吗？你刚才说，她可能在目前的状态下活好几个月，就是这个意思吗？"

"不是——不是这样，对不对？"和昌向进藤确认。

"对，不是这样。"进藤缓缓收起下巴，转头看向熏子说，"我的意思是，即使是脑死亡的状态，也可能存活几个月的时间。"

"啊，但是，这么一来，"熏子的眼神飘忽起来，"接下来可能活好几个月，却要杀了她，摘取她的器官吗？"

"我认为这和杀人不太一样……"

"但事实不就是这样吗？也许还有机会存活，却要终结她的生命，那不就是杀人吗？"

熏子的疑问很有道理。

进藤露出无言以对的表情后，再度开了口："一旦确认脑死亡，就是判断那个人已经死了，所以并不是杀人。即使心脏还在跳动，也被视为尸体。正式判定脑死亡的时间，就是死亡时间。"

熏子难以接受地偏着头："要怎么知道有没有脑死亡？而且为什么现在不马上判定？"

"因为啊，"和昌说，"如果不同意捐赠器官，就不会做脑死亡判定，这是规定。"

"为什么？"

"因为……法律就是这么规定的。"

"这项规定的确很令人费解，"进藤说，"在全世界，也属于很特殊的法律。在其他国家，认为脑死亡就是死了。因此，在确认脑死亡后，即使心脏还在跳动，也会停止所有的治疗。只有愿意提供器官捐赠的病患，才会采取延命措施。但是在我们国家，脑死亡等于死亡的说法还无法获得民众的理解，所以如果不同意捐赠器官，只有在心跳停止时，才认定为死亡。极端地说，可以选择两种死法。我刚才提到的权利，就是指两位有权利选择是以心脏死还是脑死亡的方式送令千金离开。"

熏子听了医生的说明，似乎终于了解了状况，可以明显感受到她的肩膀垂了下来。她转头看向和昌问："你认为呢？"

"认为什么？"

"就是脑死亡啊。脑死亡就代表已经死了吗？你的公司不是在研究如何把大脑和机械连接在一起吗？既然这样，应该很了解这些事，不是吗？"

"我们的研究是以大脑还活着为大前提，从来没有考虑过脑死亡的情况。"

和昌在回答的瞬间，有一个念头突然浮现在脑海，只是那个念头还没有明确成形，就已经消失了。

"当家属愿意提供器官捐赠时，通常都是强烈希望病人至少一部分身体继续活在这个世上。当然也有不少人希望能够对他人有帮助。"

进藤停顿了一下，又继续说道："但是，我们并不会因为家属不同意就加以指责。我再度重申，这是两位的权利，因此，不需要急着做出结论。"进藤再度看向和昌与熏子，"两位可以认真考虑，而且应该也必须和其他人讨论后才能做决定。"

"我们可以考虑多久？"和昌问道。

"这个嘛，"进藤偏着头，"很难说。正如我刚才所说，通常认为脑死亡到心跳停止只有几天的时间，一旦心跳停止，许多器官就无法再用于移植。"

也就是说，如果要选择脑死亡，就要尽快做出决定。

和昌看向熏子。

"要不要回家之后，好好考虑一个晚上？"

熏子眨了眨眼睛："把瑞穗留在这里吗？"

"我能够理解你想要在这里陪她的心情，我也一样，但我总觉得在这里无法做出冷静的判断。"和昌将视线移向进藤问，"我们可以明天再答复吗?"

"可以,"进藤回答,"根据我的经验,至少还可以维持两天,只不过我无法保证,所以两位必须做好某种程度的心理准备。一旦发生状况,我们会立刻通知家属,请保持电话畅通。"

和昌点了点头,然后再问熏子:"这样可以吗?"

她一脸沮丧地按着眼角,轻轻点了点头:"回家之前,我想再去看看瑞穗。"

"对啊——可以去看她吧?"

"当然可以。"进藤回答。

回到位于广尾的家时,已经晚上十点多了。踏进大门,走向玄关时,和昌的心情很复杂。他已经一年没有踏进这个家门,做梦都没有想到,竟然会以这种方式回家。

打开玄关的门后,感应器感应到人影,门厅的灯亮了。正在脱鞋子的熏子停了下来,和昌看向她,发现她的视线看向斜下方。

那里有一双小巧的拖鞋。粉红色的拖鞋上有一个红色的蝴蝶结。

"熏子。"和昌叫着她的名字。

她的脸立刻扭曲起来,甩掉脚上的鞋子,冲上旁边的楼梯。

和昌也脱了鞋子,缓缓走到楼梯上,然后停下了脚步。

因为他听到了熏子哭喊的声音,几近悲鸣的呐喊仿佛是从黑暗的绝望深渊中吐出来的。面对如此压倒性的悲伤浪潮,和昌无法继续靠近。

5

客厅的矮柜上有一瓶布纳哈本威士忌,那是他一年前喝剩下的。他走去厨房,拿了广口玻璃杯,从冰箱里取出几块冰块放进去。他坐在客厅的沙发上,把威士忌倒进杯子时,冰块发出了噼里啪啦碎裂的声音。他用指尖搅动冰块后喝了一口,独特的香味从喉咙冲向鼻子。

他已经听不到熏子的哭声。熏子的悲伤不可能这么快消失,也许是她哭累了。他可以想象熏子趴在床上泪流满面的样子。

和昌把杯子放在桌上,再度打量室内。家具的位置和一年前完全一样,但感觉完全不一样了。原本放在矮柜上的彩绘盘收了起来,如今放了玩具电车。客厅角落的滑板车上印了知名卡通人物的脸,还有一辆幼儿可以跨坐在上面的车子。除了这些东西以外,还有娃娃、积木、球——到处都是玩具,显示这个家里有活泼的六岁女孩和四岁男孩。

和昌觉得,这是熏子为两个孩子打造的房间。她每天应该有很长时间都在这个房间,她一定绞尽脑汁,千方百计不让两个孩子因为父亲的离开而产生失落感。

和昌听到"咔嗒"的声音,转头一看,发现熏子站在门口。她已经换上了T恤和长裙,头发凌乱,哭肿的双眼让人看了有些心疼。才短短几个小时,她似乎变瘦了。

"我也来喝一点儿。"熏子看着桌上的酒瓶,无力地说道。

"嗯,好啊。"

熏子走进客厅。虽然听到动静,但不知道她在干什么。不一会儿,她端着放了细长形的杯子、装了矿泉水的宝特瓶和冰桶的托盘走回客厅。

她在与和昌隔了桌角的位置坐了下来,默默地开始调兑水酒。她的动作很生硬,因为她原本就很少喝酒。

喝了一口兑水酒后,熏子吐了一口气。

"好奇怪的感觉,女儿目前是那种状态,我们夫妻竟然在这里喝酒,而且是即将离婚,正在分居的夫妻。"

这番自虐的话让和昌不知道该如何回答,只能默默喝着威士忌。

短暂的沉默后,熏子打破了沉默。

"难以置信,"她小声嘀咕道,"难以相信瑞穗竟然会从这个世界消失……我从来没有想过这件事。"

我也是。和昌原本打算这么说,但把话吞了下去。回想这一年和瑞穗见面的次数,他觉得自己没有资格说这句话。

熏子握紧酒杯,再度发出了呜咽,泪水顺着脸颊,一滴又一滴地滴落在地上。她拿起旁边的面纸盒,擦了擦眼泪之后,也擦干了地上的泪滴。

"我问你,"她说,"要怎么办?"

"你是说器官捐赠吗?"

"对啊,你不是为了讨论这件事才回家的吗?"

"是啊。"和昌注视着杯子。

熏子长长地吐了一口气。

"如果把器官移植到别人的身体上，就代表瑞穗的一部分还留在这个世上吗？"

"这取决于从哪个角度思考，更何况即使心脏或肾脏留下来，也无法保留她的灵魂，反而应该思考能不能认为对需要移植器官的人有帮助，让她的死更有意义。"

熏子把手放在额头上。

"说实话，我觉得能不能救陌生人一命，根本无所谓。虽然这种想法可能很自私。"

"我也一样，目前根本无法思考别人的事，而且听说我们也不会知道移植的对象。"

"是这样吗？"熏子意外地瞪大了眼睛。

"我记得是这样，所以，即使我们同意器官捐赠，也不知道那些器官去了哪里，最多只会告诉我们移植手术是否成功。"

"嗯。"熏子从鼻子发出这个声音后，陷入了沉思。

又是一阵沉默。

当和昌喝完第二杯威士忌时，熏子小声地开了口："但是，至少可以认为，可能在这个世界上。"

"……什么意思？"

"也许可以认为，移植了她的心脏的人，或是她的肾脏的人，今天也在世界的某个地方活得好好的。你觉得呢？"

"不知道，也许是这样吧。应该说，"和昌微微偏着头，"假设要捐赠瑞穗的器官，如果不这么想，就无法做出这样的决定吧。"

"是啊。"熏子小声嘀咕后,把冰桶里的冰块加在酒杯中,摇了摇头,"我没办法,现在还无法相信瑞穗死了这件事,却要决定这件事,未免太残酷了。"

和昌也有同感,而且觉得有点儿不对劲。为什么自己和熏子要接受这样的考验?

他突然想起进藤的话——"而且应该也必须和其他人讨论后才能做决定"。

"要不要和大家讨论一下?"和昌问。

"大家是?"

"我们的父母,还有你妹妹。"

"哦。"熏子一脸疲惫地点了点头,"是啊。"

"这么晚了,无法请他们来家里讨论,要不要分别打电话,听听他们的意见?"

"好啊……"熏子露出空洞的眼神看着和昌,"但要怎么开口?"

"这……"和昌舔了舔嘴唇,"就只能实话实说啊,你父母知道发生了什么事,所以先告诉他们,目前已经无法起死回生,然后再和他们讨论器官捐赠的事。"

"不知道能不能说清楚脑死亡的问题。"

"如果你说不清楚,可以由我来解释。"

"嗯,我先试试看。你要用家里的电话吗?"

"不,我用手机,你用家里的电话就好。"

"嗯,"熏子回答后站了起来,"我去卧室打电话。"

"好。"

熏子迈着沉重的步伐走向门口，但在走出客厅之前，转过头问："你会恨我妈和美晴吗？会怪罪她们没有好好照顾瑞穗吗？"

熏子在问游泳池的事。

和昌摇了摇头："我很了解她们，她们不是那种不负责任的人，所以我认为这是无可奈何的事。"

"你真的这么认为吗？老实说，我内心很想对她们发怒。"

和昌犹豫了一下，不知道该不该表示同意，但随即再度表现出否定的态度："即使当时是你我在场，我猜想应该也是相同的结果。"

熏子缓缓眨了眨眼睛，说了声："谢谢。"走出了客厅。

和昌把刚才脱在一旁的上衣拿了过来，从内侧口袋里拿出手机。他开机，检查了电子邮件，发现又有几封新的邮件，但看起来都不是紧急的事。

他从通信簿中找出多津朗的号码，在拨电话之前，想了一下该如何开口。和昌的亲生父亲与熏子的父母不同，并不知道孙女发生了什么事。在医院的家属休息室时，他好几次想要打电话通知多津朗，但最后还是决定等有结果后再打，所以迟迟未通知多津朗。

和昌的母亲在十年前因为罹患食道癌离开了人世。她临死之前，都在为独生子迟迟不结婚感到遗憾，但和昌现在觉得这样反而比较好。因为母亲生前有点儿神经质，如果她还活着，一定无法接受溺爱的孙女突然死亡的事实，不是伤心过度，整天躺在床上，就是情绪失控地指责千鹤子和美晴。

和昌在脑海中整理了要说的话之后，拨打了电话。虽然已经晚上十一点多了，但七十五岁高龄的多津朗是个夜猫子，所以八成还没有上床睡觉。和昌结婚离家后不久，多津朗就卖了原本居住的透天厝，目前独自住在超高大厦公寓内。因为请了家事服务公司的人上门服务，所以生活并没有任何不自由。

铃声响了几次之后，电话接通了。

"喂？"电话中传来父亲低沉的声音。

"是我，和昌。现在方便吗？"

"嗯，怎么了？"

和昌吞了口水之后开了口："瑞穗今天发生了意外，她溺水，被救护车送去了医院。"他一口气说完这句话。

电话中传来倒吸一口气的声音。"嗯，然后呢？"声音中已经没有刚才的从容。

"目前意识还没有清醒，医生认为不可能起死回生了。"

电话中传来"呃"的呻吟。多津朗没有说话，不知道是否在调整呼吸。

"喂？"和昌叫了一声。

多津朗重重地吐了一口气之后问："目前的情况怎么样？"他的声音变得有点儿尖锐。

和昌告诉他，目前正在加护病房救治，但只是采取延命措施而已，没有康复的可能，应该是脑死亡状态。

"怎么会？！"多津朗费力地挤出声音，"瑞穗怎么……这到底是怎么回事？为什么会发生这种事？"他的声音中充满悲伤和愤怒。

"因为她碰到排水孔的网，手指被卡住了。至于真正原因，接下来会调查，只是目前并不是调查这些事的时候，必须先考虑下一步的事,所以我才打电话给你。"

"下一步的事?什么事?"

"器官捐赠的事。"

"啊?"

多津朗搞不清楚状况,和昌开始告诉他是否有意愿提供器官捐赠和脑死亡判定的事,说到一半时,多津朗打断了他。

"你先等一下,在瑞穗的生死关头,你到底在说什么啊?"

果然是这样。听到父亲的话,和昌这么想。这才是正常人的感觉。在还无法接受心爱的人死亡的事实之际,根本不可能讨论器官捐赠的事。

"不是这样,生死关头已经过了。瑞穗已经死了,所以要讨论下一步的事。"

"死了……但这不是要等判定之后才知道吗?"

"虽然是这样,但医生认为,瑞穗八成应该已经脑死亡了。"

和昌开始说明日本的法律,在说明的同时,想到熏子应该也解释得很辛苦。因为就连自认已经了解内容的和昌,也有点儿说不太清楚。

在他发挥耐心说明后,多津朗终于了解了状况。

"是哦,虽然还有心跳,但瑞穗已经死了,已经不在人世了,对吗?"多津朗说话的语气好像在告诉自己。

"对。"和昌回答。

"唉唉唉,"多津朗发出叹息声,"怎么会这样?她还这么小,人生才刚开始啊,为什么会发生这种事……如果可以,真希望可以代替她，我可以用自己的命和她交换。"

多津朗的这句话是发自肺腑的。从瑞穗出生后不久，多津朗把长孙女抱在怀里时，就经常说，为了这个孩子，他随时可以去死。

"所以，你有什么看法？"父亲终于停下来时，和昌问道。

"……你是说器官捐赠的事吗？"

"嗯，我想听听你的意见。"

多津朗在电话的那一头发出呻吟。

"这个问题很难回答，既然目前等于死了，至少让她的器官对别人有帮助，也算是对她的悼念，但同时又希望能够守护她到最后一刻。"

"是啊。虽然明知道同意器官捐赠是理性的判断，但心情上还是有些难以割舍。"

"如果是捐赠自己的器官，回答起来就比较简单。我会回答说，放心拿去用吧。话说回来，谁都不会想要我这种老头子的器官。"

"自己的器官……吗？"

和昌突然想到，如果能够确认瑞穗自己的想法，不知道该有多好。虽然这是不可能的事。

"和昌，"多津朗在电话中叫了一声，"这件事交给你们自己决定，无论你们做出怎样的决定，我都不会有意见。因为我觉得只有父母有权决定这件事。你觉得这样好吗？"

和昌深呼吸后回答说："好。"他在打电话之前，就隐约猜到父亲可能会这么说。

"我想见见瑞穗，明天怎么样？应该还可以见到吧？"

"对，明天应该没问题。"

"那我去探视她。不，可能已经不能用'探视'这两个字了……总之，我会去医院，医院在哪里？"

和昌告诉他医院的名字和地点。

"你们明天的行程决定之后，用电子邮件传给我。还有，你要好好扶持熏子。"多津朗说完，挂上了电话。他并不知道儿子和媳妇即将离婚，他以为和昌租的房子只是第二个落脚处。

和昌放下手机，拿起了酒杯，喝了一口，发现变淡了。他拿过酒瓶，在杯子里加了酒。

他回想着和多津朗的对话，一直想着多津朗刚才说"如果是捐赠自己的器官"这句话。

他再度拿起手机，用几个关键词开始搜寻有关脑死亡和器官捐赠的信息。

他立刻搜寻到各种相关的文章，从中挑选了几篇有内容的文章看了起来，终于了解自己这么烦恼的原因。

器官移植法的修正，正是自己的烦恼根源。以前只要病患本身表明愿意提供器官捐赠，就可以认为脑死亡等于死亡。但修正之后，变成当事人的意愿如果不明确，只要家属同意即可，而且也适用于像瑞穗这样对器官移植一无所知，当然也从来没有考虑过这个问题的幼童。在修正之后，也消除了器官捐赠的年龄限制。

虽然对脑死亡有不同的意见，但只要当事人同意捐赠器官，家属也比较能够接受，可以认为是尊重病人的遗志。然而，如果当事人并未做出决定，竟然变成需要由家属决定。

和昌越想越不知道该怎么办，他把手机丢在一旁，站了起来。

他走出客厅，沿着走廊来到楼梯前，停下脚步，竖起了耳朵。二楼没有哭声，也没有说话的声音。

他迟疑地走上楼梯，走向走廊深处的卧室，敲了敲门，但没有听到回答。

熏子该不会自杀了吧？不祥的预感急速膨胀，和昌打开了门。房间内一片漆黑，他按了墙上的开关。

但是，熏子不在室内。加大型双人床上放了三个枕头，可见他们母子三人平时都睡在一起。和昌想着和目前状况毫无关系的事。

熏子不在这里，会在哪里呢？和昌想了一下，沿着走廊往回走，那里有两扇门，他打开其中一扇，房间内亮了灯。

那是差不多十三平方米大的西式房间，熏子背对着门口坐着，手上紧紧抱着一个很大的泰迪熊。那是瑞穗三岁生日时，熏子的父母送的礼物。

"最近啊，"熏子用没有起伏的声音说，"她经常一个人在这个房间玩耍，还说妈妈不可以进来。"

"……这样啊。"

和昌巡视室内，房间内没有任何家具，但墙边并排放了两个纸箱，可以看到里面放着娃娃和玩具乐器，还有积木。纸箱旁还放了几本绘本。

"原本打算等瑞穗上小学后，这里作为她的书房。"

和昌点了点头，走到窗边。站在窗前可以看到庭院。当初建造这栋房子时，曾经想象自己站在庭院内，孩子在窗前向自己挥手。

"你已经打电话给你父母了,对吗?"

"嗯。"熏子说,"他们都哭了,因为我一直没打电话,所以他们猜想应该没希望了。我妈连续对我说了好几次对不起,还说想以死谢罪。"

想到岳母的心情,和昌也感到难过不已。

"是哦……他们对器官捐赠的事有什么看法?"

熏子抬起原本埋在毛绒娃娃中的脸。

"他们说,交给我们决定,因为他们无法做决定。"

和昌靠在墙上,身体滑了下去,直接盘腿坐在地上。"他们也这么说吗?"

"你爸爸也这么说?"

"对,我爸说,他认为只有父母能够决定这件事。"

"果然是这样啊。"熏子把手上的泰迪熊靠在纸箱上,"真希望她可以出现在我梦里。"

"梦?"

"是啊,希望她出现在我梦里,然后告诉我她想怎么做。是希望就这样静静地离开,还是希望至少自己身体的一部分可以留在这个世界。这样的话,我就会按她的意思去做,我们应该就没有遗憾了。"说完,她缓缓摇了摇头,"但这是不可能的事,今晚不可能睡得着。"

"我和我爸谈了之后,也有相同的想法,很希望有方法可以了解瑞穗自己的想法。于是我在思考,如果她长大以后,能够思考这个问题时,会做出怎样的决定。"

熏子目不转睛地看着泰迪熊:"瑞穗长大之后……吗?"

· 51 ·

"你认为呢？"

和昌预料熏子会回答"即使你问我，我也不知道"，但熏子微微偏着头，没有说话。

"之前在公园的时候，"不一会儿，她开了口，"她发现了幸运草，四片叶子的幸运草，是她自己发现的。她对我说，妈妈，只有这个有四片叶子。于是我对她说，哇，太厉害了，发现幸运草的人可以得到幸福，那就带回家吧。结果你知道她说什么？"熏子问话的同时，把头转向和昌。

"不知道。"和昌摇了摇头。

"她说，她很幸福，所以不需要了，要把幸运草留给别人，然后就留在那里，她说希望她不认识的那个人，能够得到幸福。"

有什么东西从内心深处涌现，立刻进入了泪腺，和昌的视野模糊了。

"她是一个心地善良的孩子。"他的声音哽咽。

"是啊，是非常善良的孩子。"

"你教得很好。"和昌用指尖擦着泪水，"谢谢你。"

6

熏子拿给和昌看了瑞穗的照片。一直到黎明时分,和昌回到了青山的公寓。因为他想要换衣服,而且用家里的电脑处理工作等各项事情比较方便。

虽然他整晚没有合眼,却完全没有睡意,只是感到脑袋昏昏沉沉的,敲打键盘的手指动作也很迟钝。

完成了所有工作后一看时间,已经快上午九点了。他和熏子约定上午十点在医院见面,也用电子邮件通知了多津朗。听熏子说,她的父母也想去看瑞穗。

他伸手拿起手机,拨打电话给神崎真纪子。他记得自己好像从来不曾在星期天上午打电话给她,不知道电话是否能够顺利接通。

但是,电话铃声很快就断了,电话中传来快活的声音。

"早安,我是神崎。"

"早安,不好意思,假日打扰你。"

"没关系,请问有什么指示吗?"她用秘书特有的语气问道。

"嗯,不瞒你说——"

他发现自己产生了不同于向多津朗说明情况时的紧张,可能是身为经营者的矜持,不愿意下属发现自己内心的脆弱。

"我女儿发生了意外,目前情况很危急。"

"啊？瑞穗吗？"神崎真纪子的声音紧张起来。

之前在某次宴会时，她曾经见过瑞穗。

"她在游泳池中溺水，虽然目前在医院治疗，但失去了意识。听医生说，似乎很难救活。"他努力用淡然的语气说话。

"怎么会这样？"神崎真纪子说完这句话，就说不下去了。即使是能干的秘书，遇到这种情况时，也一时想不到该说什么。

"所以明天之后的行程需要调整一下，能够取消或是更改的行程，由你判断后做处理。"

她停顿了一下后回答说："我知道了。明天只有公司内部会议，所以应该没问题。如果遇到需要您裁示或是决定的问题，会尽可能延后。当遇到紧急状况时，可以联络您吗？"虽然她口齿利落，但声音微微发抖。和昌眼前浮现出神崎真纪子心慌意乱，操作着爱用的平板电脑的身影。

"没问题，我尽可能不关机。如果遇到需要关机的状况，我会事先通知你。"

"知道了，但问题在于后天之后的行程该怎么办？基本上会尽可能取消，但星期三有新产品发表会。"

没错。这次的产品是多年努力的成果，他对此充满自信。不久之前，在接受商业杂志的采访时，他还充满雄心壮志地说，播磨科技将会因为这项产品更上一层楼。

说到底，自己是工作狂。和昌暗自想。埋头工作更适合自己的个性，也许想要建立幸福温馨的家庭生活本身就是错误的决定。

"董事长？"神崎真纪子在电话中叫着他。

"啊……对不起，我出神了。我会尽可能出席新产品发表会，所以请你往这个方向安排。"

"知道了，我会分别安排您出席和缺席的两个方案。万一您缺席时，可以请副董事长代理吗？"

"没问题。啊，对了——"和昌拿着手机的手忍不住用力，"希望你暂时不要告诉其他人详细的情况。如果有人问起……就说家人发生了不幸——就这么回答。"

"遵命。"

"拜托了，不好意思，星期天还打扰你。"

"请您别介意。而且，那个……"她似乎在调整呼吸，"真的已经束手无策了吗？连发生奇迹的一线希望也没有吗？"

和昌咬紧牙关，如果稍不留神，可能就会向她诉苦。

"因为已经没有脑电波了。"

神崎真纪子没有回答。她可能无法回答。

"你对 BMI 多少有点儿了解，所以应该知道这代表的意义。"

"……是。"

"那就这样，其他事就拜托你了。"

"好的。董事长，请您保重，也请夫人多保重。"

"谢谢。"

挂上电话后，从窗帘缝隙照进来的强烈阳光让他忍不住眨了眨眼睛。

奇迹吗？

在和熏子谈话时，这个字眼曾经出现过多少次？只要奇迹能够发生，自己愿意付出任何代价，即使自己怎么样都没关系。然而，这句话每说一次，就更加空虚。因为不会发生，所以才称为奇迹。

他冲了澡，换了衣服。虽然不觉得饿，但在出门之前，他还是吞了一袋冰箱里的果冻状营养辅助食品。因为他知道这一天将会很漫长。

来到医院后，发现熏子已经到了。她的父母、生人，还有美晴和若叶也都来了。千鹤子和美晴双眼都哭肿了，岳父茂彦双手放在腿上，对着和昌深深鞠躬。

"真的很对不起，我不知道该怎么道歉，我老婆做错事，就是我的错。不管是要杀还是要剐，都随便你。"他呻吟着，费力地挤出这番话。

"请你不要这样，我知道妈妈她们并没有错。"

"但是……"茂彦皱着眉头，痛苦地摇了好几次头。

和昌站在千鹤子和美晴的面前说："我想，接下来可能会调查意外的原因，但请你们千万不要责怪自己。"

千鹤子用力闭着的双眼挤出了泪水，美晴用双手捂着脸。

不一会儿，多津朗也到了。他穿着茶色西装，还系了领带。多津朗向熏子打招呼后，和茂彦他们一起为失去孙女唉声叹气。

护理师来叫和昌他们，进藤似乎暂时忙完了。

他和熏子两个人来到昨天的房间，进藤已经等在那里。

"先向两位说明目前的情况。"和昌他们坐下后，医生开了口，然后指着电脑屏幕说，"请先看这个屏幕。"

屏幕上显示了瑞穗的头部，整体偏蓝色，但有些地方有少许黄色和红色。

"目前显示的是大脑活动的情况。蓝色部分代表没有活动,黄色的部分和带有一小块红色的部分有少许活动,但没有活动的部分占了这么大的比例,通常认为大脑失去功能的可能性相当高。"

和昌默默点了点头,熏子也没有再度悲叹。因为他们从昨天开始一直告诉自己,不可能发生奇迹。

"你们讨论过了吗?"进藤问道。

"是。"和昌回答,"但在回答之前,我想先确认几件事。"

"什么事?"

"首先是关于脑死亡判断的相关检查,如果并没有脑死亡,会造成痛苦吗?"

进藤用力点了点头表示理解,好像在说,经常有人问这个问题。

"因为大脑已经没有活动,所以没有意识,也不会感到痛苦,但是,大脑以外的部分可能会产生反应。一旦发生这种情况,就会立刻终止检查,因为这代表并没有脑死亡,会继续进行治疗。"

"我看到网络上说,脑死亡判定检查会对病患造成很大的负担。"

"你是说无呼吸测试。没错,因为会将人工呼吸器移开一定的时间,确认病人没有自主呼吸。因为无法进行自主呼吸,所以无法吸入氧气,的确会对身体造成很大的负担,所以,这项测试会安排在最后进行。"

"会不会因此造成症状进一步恶化呢?"

"也有这种可能。如果发现可能有负面影响时,就会中断测试,判定脑死亡。这一连串的测试会进行两次,第二次确认脑死亡时,就是死亡时间。"

进藤的说明很理性,也很容易理解。和昌了解之后,小声嘀咕说:"是这样啊。"

"希望两位了解,脑死亡判定并不是为病人所做的检查,只是器官移植的步骤之一,所以也有很多人觉得无法接受,因此拒绝。"

和昌也觉得有道理。昨天晚上和熏子讨论时,在网络上查了脑死亡判定的方法等各种信息。虽然无法搞懂每项测试的细节,但两个人都对拿掉人工呼吸器进行测试的项目感到不安。因为觉得这完全是"置人于死地"的行为。

脑死亡判定并不是为病人所做的测试——听了进藤的这句话,他了解了测试的意义。

"还有其他问题吗?"

和昌与熏子互望了一眼后,看着医生说:"如果我们同意捐赠器官,会移植到谁身上呢?"

进藤听了这个问题,立刻挺直了身体。

"这个问题我无法回答,据我所了解的常识,全国有约三十万病人需要洗肾,大部分病人都希望可以换肾;全国也随时有数十名等待心脏移植手术的儿童,我无法得知令千金的器官将会如何处理。如果两位想要了解更详细的情况,我可以联络移植协调员。在听取移植协调员的说明之后,也可以拒绝捐赠。请问两位有需要吗?"

和昌再度看着熏子,确认她轻轻点头后,对进藤说:"那就麻烦你了。"

"我了解了,那请两位稍候片刻。"进藤说完,走出了房间。

室内只剩下和昌与熏子后，熏子从皮包里拿出手帕，按着眼角后小声地说："那件事不问也没关系吗？"

"哪件事？"

"我们昨天晚上不是曾经聊到吗？手术的时候……手术摘取器官时，不知道瑞穗会不会觉得痛。"

"哦。"和昌轻轻应了一声，"听他刚才所说，大脑已经无法发挥功能，所以也不会觉得痛。"

"但是，网络上不是写，外国有时候会在手术时注射麻醉吗？因为要摘取器官前，用手术刀割开皮肤时，有病患血压会上升，还有人会挣扎，所以这种时候就会使用麻醉。"

"真的有这种事吗？网络上的消息有时候真假难辨。"

"万一是真的呢？如果她会痛，不是太可怜了吗？"

"太可怜……"

既然已经脑死亡，根本不需要担心疼痛的问题。虽然和昌这么想，但还是没有说出口，因为熏子应该也发现自己说的话很奇怪。

"那等一下问协调员。"和昌这么回答。

门打开了，进藤走了进来。

"我已经联络了移植协调员，他差不多一个小时后会到。"

和昌看了看手表，刚好上午十一点。

"我父母也来了，他们想见瑞穗最后一面。"

"当然没问题。"进藤说完，稍微犹豫了一下，然后下定决心似的看着和昌他们，"我可以请教一个问题吗？"

"什么问题？"

"我想请教两位愿意考虑器官捐赠的理由。当然,如果两位不愿回答,我不会再过问。"

和昌点了点头,问熏子:"可以说吗?"

"嗯。"她眨了眨眼睛。

和昌将视线移回进藤身上。

"我们开始思考,瑞穗自己会希望怎么做,于是,我太太告诉我一件事。"

和昌把四叶幸运草的事告诉了进藤。

"听了这件事后,我觉得如果可以问瑞穗的意见,她应该会说,愿意用自己残余的生命,帮助正陷入痛苦的陌生人——我们认为她会这么说。"

进藤用力吸了一口气,然后吐了一大口气。他看着和昌与熏子后,向他们鞠了一躬说:"我会铭记在心。"

和昌看到进藤的举动,觉得虽然这样的结果很不幸,但很庆幸遇到这位主治医生。

他们去家属休息室叫了多津朗和其他人,大家一起去见瑞穗。

瑞穗和昨天一样,全身插满各种管子,躺在加护病房的病床上。虽然已经了解了她目前的状况,但看到她安详的睡脸,难以想象她的灵魂已经不在了。

千鹤子和美晴开始啜泣,茂彦和多津朗虽然没有落泪,但懊恼地咬着嘴唇。若叶抱着她的母亲,还不太了解眼前状况的生人茫然地看着大人们。

大家开始轮流抚摸瑞穗的身体。虽然目前尚未确定脑死亡,但眼前的仪式完全像是告别式。茂彦和千鹤子最先抚摸了瑞穗,接着是多津朗,然后是美晴和若叶。大家摸着瑞穗的脸和手,对她说着话。加护病房内一片哀伤。

最后轮到和昌他们。和昌与熏子、生人一起走向病床。

和昌注视着瑞穗双眼紧闭的脸庞,脑海中浮现许多的回忆。他发现虽然这一年很少见面,但内心的相簿内留下了无数的场景。就连很不顾家的自己都有这么多的回忆,和瑞穗朝夕相处的熏子不知道会多难过。光是想象熏子的悲伤,和昌就感到眩晕。

熏子亲吻着瑞穗的脸颊,然后小声地说:"再见,希望你在天堂很幸福……"说到这里,她就因为哽咽而说不下去了。

和昌拿起瑞穗的左手,放在自己的手掌上。瑞穗的手又小、又轻、又柔软,而且很温暖,可以感受到血液正在她的身体内循环。

熏子也把手放了上来。他们两人把女儿的手夹在掌心。

生人踮起脚,看着姐姐的脸。他应该以为姐姐只是睡着了。

"姐姐。"生人小声地叫了一声。

就在这时,和昌觉得瑞穗的手在自己手掌上轻轻抽动了一下,但只是很轻微的感觉,难以确定真的是她的手动了。而且,他的手上并不是只有瑞穗的手而已,熏子的手放在瑞穗的手上方,也许是熏子的手动了,传递到和昌的手上。

和昌看着熏子,熏子也一脸惊讶的表情注视着他。

刚才是怎么回事?——熏子的表情似乎在这么问。我感觉到瑞穗的手动了一下,是你动了吗?瑞穗的手不可能会动,一定是你动了,对不对?

刚才的是错觉。和昌告诉自己。因为生人突然叫了一声，所以自己的感觉有点儿错乱，也可能是自己在无意识中动了一下。

瑞穗已经死了，尸体不可能动弹。

"生人，"和昌叫着儿子，"你握住姐姐的手。"

年幼的儿子走了过来，和昌拿起他的右手，让他握住瑞穗的手。

"对姐姐说'再见'。"

"……再见。"

和昌将视线从生人移到熏子身上，熏子仍然注视着和昌，眼中充满了问号。

这时，门打开了，进藤走了进来。

"移植协调员到了。"

一个长相温厚的男人跟着进藤走了进来，虽然头发花白，但并没有苍老的感觉。

那个男人走向和昌他们，从怀里拿出名片。

"我姓岩村，这次的意外真让人遗憾，听说两位愿意考虑提供器官捐赠，所以我来拜访两位，有任何不了解的情况，都可以问我。"

和昌伸出右手，想要接过岩村递过来的名片，熏子的手突然从旁边伸了过来，握住了他的手腕。

怎么了？他想要问妻子，看到妻子的脸，立刻感到一惊。她张大的双眼中满是血丝，但绝对不是因为刚才哭过。

"女儿，"熏子说，"她还活着，她还没死。"

"熏子……"

她的脸转向和昌。

"你也知道,对不对?瑞穗还活着,她真的还活着。"

他们相互凝视。她的眼中发出的光芒,充满了希望和他有共鸣的期待。他们夫妻之间,已经有多少年没有如此真挚相对了?

和昌无法忽略妻子如此强烈的期待,只有丈夫能够响应妻子的期待。

和昌看着那个姓岩村的协调员说:"很抱歉,请回吧,我们拒绝提供器官捐赠。"

岩村露出困惑的表情,但并没有持续太久。他点了点头,似乎能够理解,然后转头看向进藤。进藤也轻轻点了点头。

岩村一言不发地走出加护病房。进藤目送他离开后,看着和昌他们说:"我们继续进行治疗。"

"拜托了。"和昌向他鞠躬。

生人不停地叫着:"姐姐,姐姐……"

如果瑞穗回答,就真的是奇迹了,可惜并没有发生。

7

来到幼儿园，大门刚好敞开着，已经有许多家长来接孩子。因为有几个熟识的妈妈，熏子向她们打了招呼。大家都已经知道熏子的女儿发生的事，说话时也很小心谨慎，她们似乎觉得要避免在熏子面前说女儿、女孩，或是姐姐之类的字眼。

虽然熏子并不在意，但并没有特地说出口。因为说了，大家反而尴尬。

女园长站在大门旁，正在目送小朋友回家。熏子向园长鞠了一躬打招呼，看向幼儿园内，走出教室的小朋友正在争先恐后地换鞋子。

生人也走出了教室。他在换鞋子之前看向前方，发现了熏子，露出了笑容。他花了一点儿时间穿上鞋子后跑了过来。

"要去姐姐那里吗？"

"对啊。"

熏子牵着生人的手，再度向园长打招呼后，走出了大门。

回家之后，做完准备工作，坐上停在车棚内的休旅车出发了。她让生人坐在后车座的儿童座椅上。

车子开了一会儿，才发现空调的温度设定得太低了。阳光不知道什么时候变弱了，空气中也有了秋天的味道，再过一阵子，该为生人换长袖衣服了。

他们在下午两点之前到了医院,把车子停在停车场后,牵着生人的手从大门走进了医院。

他们直直走向电梯间,搭电梯来到三楼。向护理站内的护理师打过招呼后,沿着走廊往前走。瑞穗住在倒数第二个单人病房。

打开病房门,看到瑞穗静静地躺在病床上。虽然每次看到她身上插满管子的样子都很心痛,但所幸她的表情很安详,似乎并不感到痛苦。

"午安。"熏子向瑞穗打招呼,然后用指尖按着瑞穗的脸颊,小声地问,"今天想不想醒来呢?"这是她每天都问的话。

生人走到枕边叫着:"姐姐,午安。"

起初生人还经常问:"为什么姐姐还在睡觉?"最近他似乎用他的方式察觉到某些事,已经不再问了。熏子在暗自松了一口气的同时,也感到难过。

熏子从带来的东西中拿出纸袋,里面是新的睡衣,上面印着瑞穗以前喜欢的卡通角色的图案。

"对不起,妈妈帮你换一下衣服。"熏子对瑞穗说完后,开始脱下她身上的睡衣。因为她身上插了很多管子,所以起初觉得手忙脚乱,现在已经习惯了。

熏子顺便检查了纸尿裤,发现瑞穗既排了便,也排了尿。虽然是软便,但颜色并不差。

为瑞穗擦干净下半身后,熏子给她穿上了新的纸尿裤。瑞穗算是一个文静的孩子,但或许是因为卡通图案,看起来像是一个活泼的女孩累坏了睡着了。

熏子为她重新盖好被子时，护理师武藤小姐走了进来。抽痰的时间到了。

"哎哟，瑞穗，妈妈为你换了一件可爱的睡衣。"武藤小姐最先对瑞穗说话，然后才面带微笑地对熏子说，"穿在她身上很好看。"

"我想偶尔换一下不同的感觉。"

熏子说，她也顺便换了纸尿裤。

"这一阵子情况都很不错，"武藤小姐在抽痰时说，"脉搏很稳定，SpO_2值也很不错。"

SpO_2是动脉血氧浓度的数值，可以了解血液内的氧气和血红素的结合是否正常。只要使用脉冲式血氧浓度器，即使不需要抽血，也可以随时监测。

熏子注视着护理师正在抽痰的动作。因为她认为和换纸尿裤一样，自己也早晚要接手抽痰的工作，还要学习注射营养剂、翻身等很多事。

悲剧发生至今已经一个多月，虽然瑞穗曾经多次陷入危险的状态，但幸好每次都渡过了难关，如今已经进入稳定状态。几天前，瑞穗转到这间个人病房。

熏子的下一个目标是把瑞穗带回广尾的家中。不是回家小住几天而已，她希望能够在家自行照顾瑞穗。正因为如此，她必须学会像护理师一样照护瑞穗。

武藤小姐完成一连串的工作后，走出了病房。熏子把椅子放在床边，看着瑞穗的脸，坐了下来。

"小生，今天在幼儿园玩了什么？"熏子问趴在地上玩迷你车的生人。

"嗯,玩了攀爬架。"

"玩了攀爬架吗?好玩吗?"

"嗯,我爬到了最上面。"生人高高举起了双手。

"是吗?真是太好了,你好厉害。瑞穗,你听到了吗?生人可以爬到攀爬架的最上面了。"

熏子在病房时,都会在和生人聊天的同时,对瑞穗说话。虽然默默看着沉睡的女儿也绝对不会无聊,但不能忽略年幼的儿子。

熏子并不后悔那一天拒绝器官捐赠。想到在一个多月后的今天,仍然能够像这样和瑞穗在一起,就很想称赞自己当初的决定。

进藤医生并没有询问他们改变心意的原因,他是脑神经外科的医生,并没有参与瑞穗的延命措施,但有几次刚好遇到,熏子主动向他报告近况。

她告诉进藤医生,她与和昌一起夹着瑞穗的手时,感觉到她的手动了,而且刚好和生人叫沉睡的姐姐的时机一致。

熏子认为,瑞穗对弟弟的声音产生了反应。或许在医学上认为这是不可能的事,但既然自己感觉到这样,也不是不可能的事。

"原来是这样。"进藤听了之后,用平静的声音回答,看起来并没有很惊讶,"原来上次发生了这样的事。"

"这是我们作为父母的错觉吗?"熏子问。

进藤摇了摇头:"目前还无法了解人类身体所有的一切,即使大脑无法发挥功能,身体也可能因为脊髓反射而活动。请问你有没有听过拉撒路现象?"

熏子从来没有听过，所以就如实回答。

"我上次曾经说过，脑死亡判定进行最后一项测试时，会移开人工呼吸器。世界上曾经有报告显示，在进行这项测试时，有病患的手臂动了。目前并不了解详细的原因。拉撒路是《圣经·新约》中的人物，因为生病死亡，但后来基督耶稣让他复活了。"

"太令人惊讶了。那些会动的病人真的脑死亡了吗？"熏子问道。进藤回答说，都是被判定为脑死亡的病人。

"一旦亲眼看到拉撒路现象，家属很难认为病患已经死了，所以有医生认为，最好不要让家属看到最后一项测试项目。"

进藤说，人体还有很多尚不了解的部分，即使瑞穗的手动了，也并不是什么奇妙的事。

"尤其是幼童，经常会出现一些在成年人身上难以想象的现象。但是……"进藤又补充说，"我不认为令千金是听到弟弟叫她产生了反应，我至今仍然无意改变认为令千金的大脑功能已经停止的见解。"

纯属偶然——这就是医生的言下之意。

熏子没有反驳，因为她认为医生无法理解也没关系。

她在调查之后发现，光是日本，就有好几名长期脑死亡状态的儿童，他们的父母几乎都认为自己和孩子之间有某种精神上的维系，而且这种维系并非单向，病童也向他们发出了信息，只是这种信息很微弱。

当她告诉进藤这件事时，进藤回答说，他知道。

"对于这些情况，我不会说都是家属的心理作用，因为每个病童的症状各不相同，而且长期脑死亡的定义也很模糊。既然家属并没有同意器官捐赠，就代表并没有进行脑死亡判定。可能和这次令千金的病例一样，只是从各种数据判断是脑死亡，也许其中有特殊的病例。"

但是，令千金应该不属于这种情况——虽然进藤并没有明说，但他冷静的眼神似乎在这么说。

"是否曾经有病例比最初的状态稍有改善？全世界都没有任何先例吗？"这是熏子最后的问题。

"很遗憾，我并没有听说过有类似的例子。"进藤用沉重的语气回答后，注视着熏子的眼睛，"但我认为任何事都不能把话说死，虽然身为脑神经外科医生，已经对令千金的病情束手无策，但仍然会持续做测试。我希望你知道，这并不是为了证明当初我认为令千金的大脑已经无法发挥功能，不可能有所改善的判断无误，而是相反，我带着祈祷的心情，希望有征兆证明我当初判断错误。我也希望令千金身上能够出现奇迹。"

熏子默默点了点头，想起和昌那天说，很庆幸进藤医生是瑞穗的主治医师。熏子也有同感。

傍晚快六点时，美晴带着若叶来到医院。虽然她们并不是每天都来医院，但她们也经常来探视。她们一走进病房，若叶就探头看着瑞穗的脸，抚摸着她的头发说："午安。"

熏子告诉美晴，瑞穗的身体状况稳定时，美晴也露出松了一口气的表情。

"什么时候可以带她回家？"妹妹问。

熏子偏着头说："医生说，要继续观察一段时间才能决定，如果必要的照护超出我们这种外行人的能力，就没办法回家。"

"是这样啊……"

"而且听说还要做气切手术。"熏子摸着自己的喉咙。

"气切？"

"目前人工呼吸器的管子不是插在嘴里嘛，但这样很容易不小心造成松脱，一旦松脱，只有医生能够重新插好。不光是因为技术困难，更因为没有行医资格的人不可以为病人插管，所以要把气管切开，把管子直接连在那里，这样嘴巴也比较轻松。"

"原来是这样。"美晴看着躺在床上的瑞穗，"嗯，但这样好吗？不是要把喉咙切开吗？总觉得有点儿可怜。"

"是啊。"熏子小声嘀咕。

之前看长期脑死亡病人的照片，发现都毫无例外地切开了气管。虽然考虑到照护问题，当然需要切开气管，但这似乎是很重大的一步，必须做好有所放弃的心理准备，如果能够避免，真希望可以避免。

熏子看向生人，若叶正在陪他玩。两个小孩子在玩迷你车和娃娃，用只有小孩子才懂的语言交谈、欢笑着。看到这一幕，很难不回想起瑞穗以前健康时的情景。虽然熏子内心深处一阵发热，但努力克制着泪水。

"姐姐，你时间没问题吗？"美晴问。

熏子拿出手机，确认了时间，傍晚六点十分。

"嗯，差不多该走了。美晴，真对不起。"

"完全没问题，难得好好放松一下。小生，跟妈妈说再见。"

生人一脸纳闷地看着熏子问："妈妈要去哪里？"

"妈妈要和朋友见面,所以小生去美妈妈和若叶姐姐家等妈妈。"

美妈妈就是美晴,最初是瑞穗这么叫。

生人和美晴很亲,和若叶的感情也很好,请美晴代为照顾,熏子不会感到任何不安。她对美晴说,今天要和学生时代的朋友见面。

以前遇到这种情况时,都会把孩子带回娘家,她觉得现在也可以这么做,但父亲茂彦说,目前还不行。

"你妈说对带孩子没自信,想到只要稍不留神,生人就可能发生意外,就不敢去上厕所,也没办法做家事,光是想到要照顾生人,就已经开始紧张了。"

既然父亲这么说,她当然无法再将孩子送回娘家。想到千鹤子至今仍然这么自责,她不由得感到心痛。

"那妈妈先走了,明天会再来看你。"熏子向瑞穗打招呼后,对美晴说,"那就拜托了。"

"路上小心。"

熏子在生人、美晴和若叶的目送下,离开了病房。

离开医院后,她先把车子开回广尾家中,换了衣服,补了妆之后再度出门,拦了辆出租车,请司机前往银座。

她拿出手机,打开榎田博贵传来的信息。除了今天吃饭的店名和地点以外,还写着"想到相隔这么久,又可以见到你,既期待,又有点儿紧张"。

熏子把手机放回皮包,叹了一口气。

她向美晴说了谎。今晚并不是和学生时代的朋友见面。第六感敏锐的妹妹可能已经隐约察觉到了,她知道姐姐和姐夫处于即将离婚的状态，因为和昌搬离家中不久，熏子便告诉了她实情。

"不要分居，干脆直接离婚啊。向他拿一大笔赡养费，并要求他付足够的育儿费。"美晴当时很焦急地说，"你一定可以很快就找到理想的对象。"

不需要妹妹提醒，熏子自己也认为离婚是唯一解决的方法。她向来知道自己的个性很容易记仇，也知道自己个性中有某些部分不够开朗。即使表面上假装原谅了和昌，但绝对不可能忘记他的背叛行为，想到这件事将会像永远都治不好的伤口般不断流出憎恨的脓汁，心情就不由得沮丧。

但是，她迟迟无法踏出离婚那一步。

即使有再多赡养费和育儿费，一个女人照顾两个孩子长大也不是一件容易的事。熏子固然有翻译的专长，但无法保证稳定的收入。

同时，她也担心两个孩子。她目前只是用"爸爸工作很忙，所以没办法经常回家"来解释父亲突然不住家里这件事，偶尔见面时，也会扮演感情和睦的夫妻，但不可能永远装下去。

她不知道该怎么办，内心越来越烦躁，有时候半夜突然泪流满面。

差不多在这个时候，她遇到了榎田博贵。熏子去诊所开安眠药时，认识了这位医生。

"开药给你当然没问题，但如果可以消除根本的原因，当然是最理想的方法。你知道造成自己失眠的原因吗？"在第一次诊察时，榎田用温柔的语气问道。

熏子只告诉他，自己因为家庭问题烦恼。榎田并没有进一步追问，只问了一句："你有办法自行解决这个问题吗？"

"不知道。"她回答说。榎田只是对她点了点头。

因为处方的安眠药和体质不合，熏子再度前往诊所。榎田开了另一种安眠药后问她："上次之后，家庭问题解决了吗？有没有向好的方向发展？"

熏子只能摇头。在医生面前打肿脸充胖子并没有意义。

当时，榎田也没有继续追问，只是露出平静的笑容说："先设法让自己好好睡觉。"

榎田身上有一种奇妙的感觉，而且富有魅力。熏子预感到他这个人临危不乱，无论用多么粗暴的态度对待他，他都会温柔地接受。于是，在第三次见面时，熏子告诉他，目前和丈夫分居，正打算离婚。

果然不出所料，榎田的表情几乎没有变化，只是露出严肃的眼神说："那你辛苦了。"

然后又说："很抱歉，我无法回答怎么做对你最好，因为这件事必须由你决定，唯一确定的是，持续烦恼这件事有它的意义，而且烦恼的方式也必定会改变。"

熏子听不懂"烦恼的方式"这句话的意思，于是向榎田请教。

"即使每天看似为相同的事烦恼，其实烦恼的本质发生了微妙的变化。假设有一个男人被公司裁员，他开始烦恼，为什么自己会遇到这种事，但接下来就会烦恼要找什么工作。又比方说，有家长为小孩子功课不好，对孩子未来的出路感到烦恼，但这种烦恼很快就会变成孩子会不会学坏、会不会被奇怪的异性骗了这些新的烦恼。"

"你的意思是说，时间会解决所有的问题吗？"熏子问。

"这并不是唯一的正确答案,但应该也有人会用这种方式解释。"榎田用谨慎的语气回答。

每次见面,熏子都会向他倾诉烦恼。正如榎田所说,烦恼的内容逐渐发生了变化。她渐渐开始觉得,夫妻感情因为丈夫的外遇而破裂,也是无可奈何的事,对于小孩子的事,也觉得顺其自然就好。令人惊讶的是,榎田向来不向她提供任何建议,只是默默静听她的倾诉。

熏子忍不住想,原来自己是想要向别人倾诉烦恼。这种想法有一半正确,但总觉得并不完全正确,总觉得如果对象不是榎田,情况可能会不一样。

分居半年后,熏子与和昌见面讨论了以后的事。她已经下定了决心,等瑞穗的入学考试告一段落就正式离婚。和昌也没有异议,只是一脸心灰意懒地说:"这也是无可奈何的事。"

一旦做了决定,心情就轻松了。奇妙的是,即使不需要再吃安眠药,也可以安然入睡。她向榎田报告了这件事,榎田双眼发亮地说"真是太好了",为她感到高兴。

"这代表你已经克服了心病。恭喜你,要来庆祝一下。"

于是他邀熏子,下次一起吃饭。

"我要声明,我并不是经常像这样邀约女病人的。"

熏子猜想这也许是他第一次主动邀约病人,但女病人应该经常约他。榎田五官端正,具有包容力,最重要的是,他很擅长听人倾诉,对内心有烦恼的女人很有吸引力。

他们第一次约在赤坂的意大利餐厅吃午餐。在诊所以外的地方见面时,更强烈地感受到他全身散发的高雅气质,而且说话的方式也比之前轻松,所以增加了彼此的亲近感。

"下次希望有机会一起吃晚餐。"走出餐厅时,榎田说道。

"好啊。"熏子也微笑着回答。

没过多久,他们就完成了这个约定。之后,他们每个月会见一两次面。最后一次见面是在上个月,在瑞穗发生意外的不久之前,榎田第一次邀约熏子,要不要去他家。

如果当时去了他家,不知道现在会怎么样——熏子看着出租车窗外的银座想着。

他们约在一家螃蟹料理店见面。餐厅在大厦的四楼,熏子在电梯内用力深呼吸,用右手轻轻拍了拍脸颊,确认自己的表情没有太紧张。

电梯门一打开,就看到了餐厅的入口。一个身穿和服的女人站在门口,面带微笑地向她打招呼:"欢迎光临。"

"用榎田的姓名预约了。"熏子说。

"感谢您的光临,"服务生鞠了一躬说,"您的朋友已经到了。"

跟着服务生走进包厢时,发现一身西装的榎田喝着日本茶等在包厢内。他放下茶杯,对熏子露出爽朗的笑容。

"对不起,让你久等了。"

"不,我也刚到。"

女服务生转身离开,当熏子坐下后不久,她送了小毛巾进来,问他们要点什么饮料。

"要喝什么?"榎田看着熏子。

"我都可以。"

"那就喝香槟,庆祝我们隔了这么久,终于又见面了。"

"嗯,"熏子露出笑容,收起下巴说,"好啊。"

服务生离开后,榎田再度注视着熏子问:"最近还好吗?"

"嗯,马马虎虎。"

"你女儿的身体好一点儿了吗?"

"是啊……"熏子用小毛巾擦着手,"已经完全好了,不好意思,让你担心了。"

"不,你不必向我道歉。这样真是太好了,你今天晚上出门没问题吗?"

"没问题,我请妹妹帮忙照顾。"

"原来是这样,那就放心了。"榎田丝毫没有怀疑熏子的话。

熏子完全没有向他提起瑞穗发生意外的事,并不是没有这种心情,而是根本无暇向他说明情况。在意外发生的几天后,曾经收到他传来的电子邮件,熏子只回复说,因为女儿生病,这段时间暂时无法见面。榎田回复说:"既然这样,我就暂时不联络你了,请你好好照顾女儿,自己也要保重身体。不必回复这封邮件。"

三天前,熏子发了电子邮件给榎田:"好久不见,别来无恙吧?如果你有时间,很想和你聊一聊。"榎田很快回复,决定了今晚见面吃饭。

香槟送了上来。榎田点了餐后,拿起杯子干杯。喝着冒着无数小气泡的液体,熏子想起这是瑞穗发生意外那天之后,自己第一次喝酒。那天晚上,与和昌讨论器官捐赠的时候喝了酒。

"是感冒吗？"榎田问。

"啊？"

"我是问你女儿，因为听说她生病了。"

"哦……是啊，类似感冒，浑身无力，但现在已经完全好了。"熏子在说话时，感到内心产生了沉重的东西。那是悲伤，也是空虚。这种不舒服的感觉让她忍不住想要皱眉，但她拼命忍住了，嘴角露出笑容。

"是吗？夏天的感冒如果拖久了很麻烦。"榎田说完，向前探出身体，看着熏子的脸，"那你呢？"

"我……吗？"

"我是问你的身体状况，刚才你走进来时，我觉得你好像变瘦了，对不对？"

熏子坐直了身体，微微偏着头说："不知道，这一阵子都没有称体重，所以不太清楚，但听到你这么说，我就放心了。因为我很久没去健身房了，还担心会发胖。"

"所以你并没有生病？"

"没有，我没问题。"

"听到你这么说，我就放心了。"榎田点了点头。

料理送了上来。第一道是使用蟹膏和蟹内脏做的开胃菜，菜单上写着之后还有生鱼片、毛蟹蟹盖蒸蟹肉和涮松叶蟹。

榎田像往常一样，提供了丰富的话题，也引导熏子表达想法。虽然谈话的内容丰富多样，但还是以家庭和育儿为中心。当榎田把熏子视为两个健康孩子的母亲而发问时，熏子就不得不说谎，空虚让心情更加沉重。

于是,熏子主动聊起了和家庭无关的话题。

"榎田医生,你最近有没有看什么电影?如果你喜欢的电影出了DVD,请你推荐给我。"

"电影吗?我想一想,是合家观赏的吗?"

"不,我一个人看的。"

榎田推荐了几部电影,并说明了这几部电影的卖点。虽然他说得很精彩,但熏子觉得走出这家餐厅时,自己应该会忘记一大半。因为她只是想让榎田说话。

料理接二连三送了上来。榎田点了冰酒,熏子慢慢喝着酒,吃着螃蟹料理。虽然每一道料理都美味可口,但她并没有心情品尝,只是机械地送进嘴里。吃到一半就觉得吃饱了,最后送上来的寿司她几乎都没动。

"等一下为两位送上甜点。"听到女服务生这么说时,熏子内心感到厌烦。

"你吃得比平时少。"榎田说。

"嗯……是啊。不知道为什么,好像突然吃饱了。"

"希望不是不合你的胃口。"

"当然不是。"熏子摇着手,"很好吃,真的很好吃。"

榎田轻轻点了点头,握住了服务生刚送来的茶杯,但并没有拿起来喝。

"我在这里等你时,胡乱想了很多事。"他看着茶杯说了起来,"你这次传给我的电子邮件,到底隐藏了什么信息。如果只是想和我见面，当然没有任何问题，但我总觉得并不是这样而已。不瞒你说，其实我今晚想要跟你商量一件事，之前好几次想要说，但始终找不到契机。不，也许应该说，你始终没有给我机会。"

熏子握紧了放在腿上的双手："你要商量什么事？"

"我在想，"榎田说到这里，舔了舔嘴唇，看着熏子说，"能不能让我见一见你的两个孩子？我想见一见瑞穗和生人。"

熏子被榎田严肃的表情震慑了，不得不移开了视线。

"但是，"榎田继续说道，"我刚才也说了，你始终没有给我机会。起初我以为只是我想太多了，但后来发现并不是这样。你彻底回避了孩子的问题，对不对？"

虽然榎田说话的语气很温柔，却像一把锐利的刀子，刺进了熏子的胸口。巨大的冲击让她一时说不出话。

"播磨太太。"榎田叫着她。熏子一动也不动。

榎田改口叫着："熏子。"她忍不住抬起了头。

"即使不是今天也没关系，如果你有什么心事想要告诉我，请随时和我联络。只要你不嫌弃，我愿意当你的听众。虽然我可能什么忙也帮不上。"

榎田的声音打进熏子的心里，在下一刻迅速膨胀。这些温暖的话语反而让她感到痛苦。

悲伤的浪潮扑了过来，熏子完全无力抵抗。熏子刚才努力发挥克制力的心灵堤坝终于溃堤了。她注视着榎田，泪水流了下来，眼泪扑簌簌地顺着她的脸颊流下来，滴落在地上。

榎田瞪大了眼睛。熏子无从得知他内心有多惊讶，因为她根本无暇推测，甚至无暇擦拭眼泪。

"打扰了。"这时，包厢外传来声音，接着，纸拉门打开，女服务生出现在门口，手上端着放了两份甜点的托盘。

熏子的余光捕捉到她刹那间倒吸了一口气，愣在那里。她应该发现了女客人的眼泪。

"甜点不用了，"榎田用平静的声音说道，"麻烦你帮我结账，尽可能快一点儿。"

"哦，好……"女服务生立刻关上了拉门，似乎觉得看到了不该看的画面。

"走吧。"榎田说，"要直接回家吗？还是想去别的地方坐一坐？我知道几家可以安静聊天的店。"

熏子的身体终于可以活动了。她调整了呼吸，从皮包里拿出手帕，按着眼角说："不，我不想去店里。"

"是吗？那我帮你叫车，你要回广尾吧？"

"不，"熏子摇了摇头，"我想去你家……如果……方便的话。"

"去我家？"

"对、对不起，我知道自己的要求很厚脸皮，如果不行的话就算了。"熏子低着头说。

榎田想了一下后说："好吧，那就这么办。不知道该说是幸好，还是我早有准备，我房间刚好整理过了。"

熏子知道榎田努力在开玩笑，却无法挤出笑容。

榎田住在东日本桥，两室一厅的房间，一个人住有点儿大。客厅和饭厅连在一起的房间超过三十平方米，正如他所说，房间整理得很干净，就连随意放在中央桌子上的杂志看起来也有时尚的感觉。

熏子在榎田的示意下，在沙发上坐了下来。

"要喝什么？我家有很多酒，但我想还是先喝矿泉水比较好。"

"好。"熏子回答后，要了矿泉水。

她在喝水时，榎田不发一语，也没有看她。熏子觉得即使自己最后什么都没说就离开，榎田应该也不会有任何意见。

"你愿意听我说吗？"熏子放下杯子问道。

"当然。"榎田回答，露出真挚的表情看着她。

该怎么说？又该从何说起？——各种想法在脑海中交错，最后，熏子说出了这句话。

"我的女儿……瑞穗她可能会死。"

榎田的眼睑抽搐着。他难得露出慌乱的样子。

"可能的意思是？"

"她在游泳池溺水了，心跳一度停止，之后虽然恢复了心跳，但始终无法清醒。医生说，应该是脑死亡状态。"

熏子缓缓地诉说着像噩梦般的相关情况，突如其来的悲剧，夫妻俩为器官捐赠的事讨论了一整晚，翌日去医院时原本打算同意器官捐赠，却在最后关头改变主意，以及如今每天都在照顾昏迷不醒的女儿。熏子的说明条理清晰，连她自己都感到惊讶。

榎田露出哀伤的眼神频频摇头，小声地说："太难以置信了。你女儿的不幸也令人难以置信，但更无法相信你的坚强。你今晚和我吃饭时，内心藏了这么大的事吗？为什么能够……"

熏子从皮包里拿出手帕按着眼角："因为我打算作为最后一次。"

"最后一次？"

"最后一次和你见面，所以我希望至少今晚可以遗忘痛苦的现实，假装一切都没有发生，一切都像以前一样，享受和你在一起的时光。我决定要扮演这样的自己，但还是做不到。"

榎田皱着眉头，看着熏子的眼睛。

"你决定不再和我见面的理由是什么？"

"因为……我决定不离婚了。"熏子握紧了手上的手帕，"我想为瑞穗做力所能及的事。无论别人说什么，我都认为她还活着。在我接受她的死亡之前——虽然我不知道会不会有这么一天，但在这一天之前，我想尽力照顾她。为此，将需要庞大的资金，因为我必须照顾瑞穗，所以不能外出工作。即使离婚，我丈夫也会提供经济援助，但还是会感到不安。因为这个，我决定不离婚了。我已经和我丈夫谈过，他也同意了。"

榎田抱着手臂。

"既然不打算离婚，所以就不能和其他男人在外面见面吗？"

"这当然是原因之一，但我更害怕会输给自己的内心。"

"什么意思？"

"因为持续和你见面，我就会想要离婚，但因为有瑞穗，又无法离婚。我担心日子一久，自己的思想会向奇怪的方向扭转。"

"你的意思是……"榎田似乎察觉了熏子的想法，但并没有说出口。

"没错，"她回答说，"我担心自己有一天会希望瑞穗早点儿断气。"

榎田摇了摇头："你不会变成这样。"

"希望如此……"

"我当然无意要求你，既然你这么决定了，我也会尊重你的想法。只是身为医生，我很担心你的心理状况。如果你有任何烦恼，欢迎你随时来找我。如果你认为在外面见面不太妥当，来诊所应该没问题吧？"

榎田的话温柔地打进了熏子的心里，她忍不住想要把自己托付给他。但正因为这样，继续见面才是一件危险的事。

她重重地叹了一口气后，再度巡视着室内说："你家里很漂亮。"

榎田露出意外的表情回答说："谢谢。"他可能不知道熏子为什么突然称赞他的居家环境。

"不瞒你说，如果今天晚上你约我来这里，我觉得应该可以答应。因为我想抛开所有的痛苦，当作什么事都没有发生，做回一个女人。"熏子对榎田露出微笑，"女儿遭遇这种事，我却在想这些，真是一个坏母亲，又坏又笨的母亲。"

冷静的医生耸了耸肩说："谢谢你告诉我一切，如果和你共度了幸福的时光后才知道真相，我会陷入自我厌恶，恐怕会有好一阵子无法站起来。"

"对不起……"

"等你心情平静后告诉我，我送你去可以拦到出租车的地方。"

"谢谢。"熏子说完，喝着杯子里的矿泉水。奇妙的是，这杯矿泉水比今晚吃的任何一道料理更美味。

·第二章——让她呼吸·

1

低头看资料的和昌抬起了头。

这一天的第三项发表的内容,是关于 Brain Robot System——播磨科技内缩写为 BRS 的研究。站在大型液晶屏幕前的是三十岁左右的研究员。

"现在容我向各位报告,BRS 的无线化获得了良好的结果。"男研究员白净细长的脸上露出了紧张的神情。

他身后的巨大屏幕上出现了一个男人。男人年约五十岁,体形略微肥胖,看起来不像病人。他的头上戴着头罩,坐在椅子上。仔细观察后,才发现他的身体被皮革固定在椅子上。

男人的面前放了一张桌子,上面并排放了两条机械手臂,手臂上各有五根手指,和人类的手一样左右对称。两条机械手臂之间放了一张红色的折纸。

"开始。"不知道从哪里传来一个声音。

不一会儿,画面左侧的机械手臂动了起来。对男性实验对象而言的右手臂灵巧地拿起了桌上的折纸。

会议室内响起了一阵轻微的骚动。

右侧的机械手臂也动了起来,手指拿着折纸。左右机械手臂像人类的手一样开始折纸。虽然速度并不快,但两条机械手臂的动作很流畅。

"这名男子因为车祸导致颈椎损伤,四肢都麻痹了。"男研究员开始解说,"脖子以上也只有一小部分能够自由活动,但大脑本身并无异状,所以借由接收想要动手时神经元活动的微弱信号,并根据这些信号活动机械手臂。虽然世界各地都积极尝试这种方法,但大部分是采取借由外科手术,在大脑中植入芯片的方式,并没有这种不需要外科手术的头罩式,而且也从来不曾有过能够做这么细腻动作的案例。"

两条机械手臂顺利折好了纸鹤。镜头移向实验对象的男人,他缓缓地眨了两次眼睛。虽然表情没什么变化,但可以充分感受到他很有成就感。

屏幕上切换成复杂的线路图和插图结合的影像,研究员将激光笔在画面上移动的同时,说明了这项研究比传统技术更进步的地方和今后的课题。他说话的语气充满自信。

太了不起了。和昌在听取简报的同时不由得感到佩服。公司每个月都会举行一次BMI的开发会议,每次都会有相当程度的进展,但并不能因此认为播磨科技的研究员很优秀。他们随时密切了解其他研究机构的动向,有时候也会模仿他人的技术,和自己的研究成果相结合。也就是说,随时处于开发竞争的状态,今天在这里介绍了新技术,明天其他公司就可能会开发出类似的技术。

BMI——脑机接口技术,是一项将大脑和机械融合的技术。

简直就是充满梦想的技术。即使身负重伤,只要大脑还能够发挥功能,人类就不必放弃人生,可以再度找回生命的喜悦。

没错,只要大脑还能够发挥功能——

和昌告诉自己，必须专心听下属简报的内容，但还是忍不住想起躺在医院病床上的瑞穗。因为工作，自己无法经常去医院探视，但只要能够挤出时间，他就会尽可能去医院。虽然即使去了，也无法为瑞穗做什么，只能看着她沉睡的脸庞。

护理师经常走进病房照顾瑞穗，每项护理工作都很复杂和细腻，和昌觉得自己根本无法胜任，但熏子似乎正在努力学习自行护理。因为如果想要带瑞穗回家进行居家护理，家属必须能够胜任护理的工作。和昌之前听熏子说这件事时，暗自惊讶不已。

即使在拒绝器官捐赠之后，和昌也从来没有想过要让瑞穗出院。虽然瑞穗还有心跳，但也只是这样而已，他觉得只能接受女儿已死的事实，也做好了在不久的将来，瑞穗将在那家医院停止呼吸的心理准备。不，和昌至今仍然做好了这样的心理准备。熏子应该也一样。

只不过熏子并没有放弃。无论在医学上的根据多么渺茫，她仍然愿意在不知道有没有万分之一的可能性上下赌注。或许即使是极短的时间，她仍然认为自己的女儿还活着，否则根本不可能打算把那种状态的女儿带回家里。

和昌觉得熏子是坚强的女人，自己根本望尘莫及。

当生人叫"姐姐"时，和昌的确感觉到瑞穗的手动了一下，但更强烈地认为那只是错觉。和昌知道有一种请碟仙算命的方法，他认为应该只是发生了和请碟仙时相同的现象。熏子说她没有动，和昌也不认为自己动了，但可能实际上有某一方在无意识之下动了，或是双方可能都动了。

和昌当然无意主张这一点。他想要尊重熏子相信瑞穗还没有死的想法，而且他自己也期待奇迹能够发生。

然而，在听取 BMI 的研究成果简报时，却不由得感到极度空虚。因为这些最尖端的技术，也无法拯救瑞穗。他已经不抱任何希望，觉得应该无法从瑞穗的大脑捕捉到任何信号。

当他回过神时，发现下属的视线都集中在自己身上。BRS 的研究员已经完成了简报，正一脸不安地等待他的指示。

"哦，"和昌清了清嗓子，轻轻举起了手，"研究的进展似乎很顺利，在不动手术的情况下，可说是划时代的成果。问题在于如你刚才所说，到底可以将多少触感回馈到大脑。在具有障碍的病患中，如果能够找回健康时的感觉，即使风险比较高，有些人也愿意接受外科手术。"

研究员一脸紧张地回答："我会继续努力。"

"我对目前的成果很满意，继续加油。"

"谢谢董事长。"

"这次没有请实验对象表达感想吗？"

"有。关于这个问题，我想请大家看一样东西。"

研究员操作了手上的遥控器，屏幕上出现了一张纸，纸上用签字笔写着"简直就像在做梦，好像送给我一双新的手"。文字很工整。

"这是刚才那位病人用机械手臂写的，因为他无法说话。"

"是吗？太了不起了。"和昌对研究员点了点头，"他既然无法说话，可见伤势很严重？"

"对，只有舌头能够稍微活动，声带无法发挥作用，也无法自主呼吸。"

"是哦,原来是这样。"和昌说完之后,脑海中浮现了疑问,"嗯?怎么可能?不可能啊。"

"……董事长的意思是?"

"我是说,他不可能无法自主呼吸。"和昌指着屏幕说,"让我看刚才的影片,就是实验对象的影片,静止画面就可以了。"

屏幕上出现了影片。实验对象坐在那里。

"你们看,他不是在自主呼吸吗?"

"不,不是。"

"为什么?他并没有装人工呼吸器。"

"哦,原来董事长是在问这件事。"研究员点了点头,似乎终于了解了和昌的疑问,"没错,这位先生的确没有装人工呼吸器,因为他不需要装。"

"不用装?怎么回事?他无法自主呼吸,为什么不用装人工呼吸器?"

"因为他接受了一种治疗,动了特殊的手术……"

"怎样的手术?"

"这个嘛,呃……"研究员的眼神飘忽。

"那个……"有人举起手,是星野佑也,"我可以发言吗?"

"有什么事?"

"也许我可以比较清楚地说明这个问题。"

"为什么?你不是其他小组的吗?"

"是啊,但我得知这名病人的情况时,曾经和董事长产生了相同的疑问,所以自行调查了一番。"

和昌看了看仍然一脸困惑地站在那里的研究员后,将视线移向星野,对他扬了扬下巴,示意他说明。

星野站了起来,面对和昌,双手交握在身体前方。

"因为这位病人装了很特殊的横膈膜起搏器。"

和昌皱了皱眉头:"你说装了什么?"

"横膈膜起搏器,简单地说,就是借由电力刺激横膈膜,用人工方法活动横膈膜的装置,和心脏起搏器的构想是相同的。"

"有这种东西?是最新技术吗?"

"很久以前就有了基本构想,在二十世纪七十年代已经有成功的案例。"

"这么早以前……"和昌摇了摇头,"我竟然一无所知,太惭愧了。"

"不知道也很正常,因为日本几乎没有使用这种方法,不仅器具很难买到,维护也很复杂,费用更是相当昂贵。最重要的是,大部分无法自主呼吸的人都卧床不起,只要切开气管,装人工呼吸器就可以解决问题,再加上横膈膜起搏器在安全性方面尚有疑虑,所以很难普及。"

"但这名男子决定要在体内装这种器具。"

"听说有几个原因。首先这名男子的症状适合装起搏器,另一个原因是技术有了进步,开发了划时代的产品,解决了之前的起搏器存在的问题。"

和昌探出身体问:"是怎样的产品?之前的产品又有什么问题?"

星野为难地转动眼珠子后搓了搓手说:"如果要说明这些情况,

恐怕会占用很长时间。"

和昌听到这句话，终于回过神看着四周。可能是因为看到董事长突然关心起和会议完全无关的话题，所有人都露出困惑的表情不说话，眼中露出了不安的眼神。

"不好意思，"和昌对星野说，"让你陪我闲聊，你可以坐下了。"

星野松了一口气，坐了下来。

"啊，星野……不好意思，你等一下来我办公室一趟。"

年轻的研究员担心地看了周围一眼，回答说："我知道了。"

听到敲门声，和昌应了一声："进来。"

"打扰了。"随着招呼声，门打开了，星野抱着一堆资料走了进来。

"刚才不好意思，因为我个人对这个问题很有兴趣，所以一时太忘我了。"和昌离开办公桌，请星野在沙发上坐下，"请坐吧。"

"是。"星野拘谨地在沙发上坐了下来。

"我找你来，不是为别的事，就是想了解刚才你还没有说完的情况。"和昌在星野对面坐了下来，"就是刚才说的那个什么，横膈膜……"

"横膈膜起搏器吗？我猜想应该是这件事，所以把数据带来了。"星野把资料放在茶几上。

和昌点了点头问："你为什么对这项技术有兴趣？"

星野坐直了身体，收起下巴说："原因很简单，我觉得可能对自己目前着手进行的研究有参考价值。"

"我记得你的研究和刚才的BRS不同,是将大脑的信号传给肌肉,让病人可以自行活动手脚,不是吗?"

"董事长说得对,因为都是借由电气信号,让因为接收不到大脑的指令而无法活动的器官活动,所以我对横膈膜起搏器产生了兴趣。"

"原来是这样,但和横膈膜相比,手脚的肌肉活动不是复杂得多吗?你的研究内容难度更高,我不认为有参考价值。"

星野点了点头,翻开了资料。

"传统的起搏器是这样,电气刺激是单向进行,只是让横膈膜以一定的节奏活动而已,但这样会衍生出各种问题。"

"你刚才也提到这件事,到底有什么问题?"

"最具代表性的就是误吞的情况。食物等异物可能会不慎吸入气管,即使可以借由其他方法补充营养,异物进入喉咙的危险性仍然存在。另外,还有排痰的问题。正常人如果喉咙卡痰时,会怎么办?董事长应该知道吧?"

"痰?那当然——"和昌轻咳了两下,"是不是这样?"

"没错,正常人会咳嗽。咳嗽有两种,一种是像董事长刚才那样的自主咳嗽,还有另一种反射性的咳嗽。当异物进入气管时,黏膜表面的感受器就会产生反应,将信号传达到大脑的咳嗽中枢,然后向横膈膜等呼吸肌发出指令,产生咳嗽——这是保护气管和肺部等呼吸器官的生理防御反应,称为咳嗽反射。咳嗽还具有把气管内累积的痰排出的作用,但传统的横膈膜起搏技术难以重现这种咳嗽功能,即使能够在形式上重现,也无法顺利和正常呼吸进行切换。关于这个问题,只要回想一下健康的人在不小心呛到时,常常无法顺利切换回正常呼吸的状态就能够理解。"

星野的说明很流畅，内容也条理清楚，通俗易懂。虽然有时候会看资料，但显然他已经清楚掌握了相关内容。

"最新型的横膈膜起搏器解决了这些问题吗？"

"虽然还没有到完美的程度，但已经大致解决了。"

"怎么解决的？"

"简单地说，就是让向起搏器发出信号的控制装置具有大脑的功能，不是单向发出信号而已，同时也接收黏膜表面感受器发出的信号，并根据接收的信号，改变发出信号的种类。比方说，接收到有异物吸入的信号时，就会向横膈膜发出咳嗽的信号，问题一旦解决之后，就恢复正常的呼吸。"

"原来是这样，听了你的说明，的确有可能做到，反而很纳闷为什么以前无法做到。"

星野露出严肃的表情摇了摇头。

"因为要真正做到并不是一件容易的事。开发者首先必须分析健康的人在咳嗽时，以及恢复正常呼吸状态时，脑内会进行怎样的信号交换，然后再建筑神经元网络的模型。接着，在模型的基础上，开发能够发出多频信号的控制装置。虽然为了方便起见而称为横膈膜起搏器，但其实除了横膈膜，还用电气刺激腹肌。我也并不是了解所有的情况，但可以想象这项研究付出的辛劳。"

星野的说明突然变得很难，但和昌已经了解，这是一项和传统技术无法相提并论的复杂而高性能的技术。

"对你的研究有帮助吗？"

"有很大的参考价值。"星野点了点头,"正如刚才董事长所说,我的研究课题是让身体仍然有障碍的人能够自行活动手脚,但实际上,光能够活动还不行。比方说,在碰到烫的东西时,还必须有能够立刻缩手的反射行为。因为自己的手和机械手臂不同,皮肤会烫伤。我觉得从中得到了一些解决这种问题的启示。"

年轻研究员双眼发亮,谈到自己的研究项目时充满热情。

"谢谢,我充分了解了。"和昌说,"再回到刚才的话题,最新型的横膈膜起搏器是由谁开发的?"

"庆明大学医学院呼吸器外科研究团队,我直接见到了论文的执笔者,向他了解了情况。"

星野说,论文的执笔者是一位姓浅岸的副教授,也参与了成为BRS实验对象那名男子的手术。

"迄今为止,完成了几次手术?"

"听说有六个人,所有人手术后的情况都很顺利。"

和昌抱着双臂想了一下后开了口:"这些病人都意识清晰吧?"

"意识……吗?"星野看向斜下方。

"有没有因为意识障碍而卧床不起的病人?"

"这个……呃……"星野不敢正视和昌,偏着头,拼命眨着眼睛,"我并没有确认这件事,但我想应该没有。如果是卧床不起的病人,只要切开气管,装上人工呼吸器就可以辅助呼吸,更何况如果失去意识,没必要使用这么高精度的起搏器,因为这是为了方便病患进行正常生活所开发的产品。"

"但你并没有听说,失去意识的人不能装,对不对?"

"这……是的。"星野似乎下定了决心,直视着和昌回答,"董事长说得对,也许也能够用于昏睡状态的病人身上,因为据我听到的情况,这项技术并不需要任何来自大脑的信号。"

和昌看到星野认真的眼神,了解到这名下属的顾虑。公司几乎所有的员工都知道董事长的女儿发生意外,目前陷入了植物状态或是更加严重的状态。星野正是知道董事长找自己的原因,才会带着厚厚一沓数据资料进来。

"谢谢你和我分享这些有益的信息。"

"不敢当。"星野低下了头。

和昌从口袋里拿出手机,拨打了神崎真纪子的电话,立刻听到电话中传来:"你好,我是神崎。"

"你进来一下。"和昌只说了这句话,就挂上了电话。

不一会儿,响起了敲门声,神崎真纪子打开门走了进来。她穿着灰色套装和白衬衫,一头黑发绑在脑后。

"我想请你联络一个研究机构,"和昌说,"是庆明大学医学院呼吸器外科,详细情况你问星野。星野,你愿意提供协助吗?"

"当然。"他回答。

"但是,"和昌抬头看着神崎真纪子,"这是我的私事,所以不要影响公司的业务。"

"是,遵命。"女秘书恭敬地鞠躬。

2

"不必着急，要慢慢地、慢慢地，因为皮肤变得很脆弱，所以请小心，不要用力摩擦。"

千鹤子在护理师武藤小姐的指导下，正在为瑞穗翻身。因为躺在病床上一直维持相同的姿势会造成瘀血，而且容易生褥疮。

千鹤子扶着外孙女身体的手很稳当，但脸上的表情很紧张。如果稍微发生一点儿小状况，她就会立刻手忙脚乱。

"妈妈，"熏子叫了一声，"注意左手。"

"啊？什么？"千鹤子看着自己的左手。

"不是你的左手，是瑞穗的左手，不要忘记她的手上连着管子。"

"哦……"千鹤子不知所措地愣在那里。

熏子虽然觉得快看不下去了，但还是忍着没有说出内心的焦躁。因为如果现在沉不住气，千鹤子可能这辈子再也不愿意参与照护瑞穗。这样就太伤脑筋了。

"别紧张，放轻松，就这样慢慢来。没错，这样很好。"武藤小姐轻声细语地对千鹤子说道。这名资深的护理师无论在任何时候都镇定自若。

千鹤子总算完成了工作。在照护瑞穗的所有护理工作中，翻身是最简单的。光是这项最简单的工作就这么辛苦，未来令人担忧，但熏子决定要发挥耐心。

意外发生至今快两个月，瑞穗的心脏持续跳动，各项数值也很稳定，让医生惊讶不已，也从来没有接到医院方面的紧急通知。

医生似乎也无法预测这种情况能够持续多久，正如脑神经外科医生进藤之前所说，很难预测小孩子的情况。

既然这样，熏子只有一个目标。她以瑞穗还能继续活下去为前提，开始着手进行各项准备工作。

主治医生对瑞穗奇迹般的生命力认输，认为如果目前的状态可以持续，在家照顾也并非困难的事，但有一个条件，必须最少有两个人有能力进行目前护理师所做的工作，必须随时有一个人陪在瑞穗身旁，一旦发生异状，可以立刻处理。

问题在于除了熏子以外，还有谁能够胜任。熏子无法拜托美晴，美晴有自己的家庭，和昌当然更不可能。

烦恼多日，最后决定拜托千鹤子。

照理说，原本应该第一个就想到千鹤子。在瑞穗出生后，千鹤子曾经在广尾的家中住了一个月，帮忙照顾孩子。

熏子之所以犹豫，是因为担心千鹤子的精神状态。

在决定继续进行延命治疗后，千鹤子也迟迟不来探视瑞穗。听茂彦说，她认为自己没有资格。熏子再三打电话给她，告诉她没这回事，希望她来探视瑞穗。在瑞穗住院两个星期后，她才终于来医院。

看到外孙女昏迷不醒，千鹤子再度泣不成声。她流着泪，懊恼地自责，为什么当时没有及时发现。如果一直看着瑞穗，就不会发生这种事了，真希望可以代替瑞穗受苦。如果可以用自己的生命交换，她很想马上这么做,因为自己活着也没有用。然后对瑞穗道歉说:"对不起,对不起,你就在那里好好痛恨外婆,诅咒外婆早死。"她在病房期间,眼泪始终没有停过。

之后,她每隔几天都会来医院探视,但熏子发现一件事,千鹤子绝对不碰触瑞穗的身体,甚至不敢靠近。

熏子问她原因,她回答说,因为害怕。

瑞穗身上插满管子,正用自己无法想象的高度而复杂的科学技术,维持着这个小生命。如果不小心乱碰瑞穗的身体,万一引起重大意外,后果不堪设想。

这和她不敢帮忙照顾生人的理由一样,母亲无法再相信自己。

即使熏子告诉她,不必担心,请她碰触瑞穗的身体,或是拜托她抚摩瑞穗的头,千鹤子也不敢伸出手。如果继续要求,她就会微微发抖,所以熏子也不敢强烈要求。

看到母亲这种状况,熏子觉得根本不可能拜托她协助居家照顾,但又想不到其他的人选,于是和茂彦商量这件事。父亲对她说,不需要犹豫。

"就让你妈帮忙,这样比较好,对双方来说,都是这样比较好。如果你妈知道你找别人帮忙,就会觉得自己没用,一定会更加自责。熏子,我拜托你,就让你妈去帮忙。"

听了父亲这番话,熏子也觉得言之有理。而且,在照护瑞穗这件事上,自己的母亲当然是这个世上最值得信赖的人选。

但是,即使自己提出要求,千鹤子也未必会答应。不,熏子甚至觉得千鹤子不可能答应。因为她一直不敢碰瑞穗的身体,所以猜想只要自己一开口，母亲会毫不犹豫地回答，自己无法帮忙。

没想到千鹤子的反应出乎意料。当熏子提到正在考虑居家照护时，千鹤子露出有点儿惊讶的表情，之后一脸严肃地听熏子说明。当熏子拜托她帮忙时，她并没有露出太意外的表情，而是看着半空中的某一点沉思起来。

经过长时间的沉默之后，她回答说："只要你不嫌弃就好。是我害瑞穗变成这样，我必须受到惩罚。虽然我好几次都想用死来弥补，但即使我这种人死了，也无法改变任何事，只不过活着也很痛苦，我不知道该怎么办。所以，如果能够把余生全部奉献给瑞穗，当然求之不得。只要你不嫌弃，我愿意做任何事，我也可以做任何事。"

母亲的话让熏子感到心痛，很庆幸自己没有拜托别人，一旦自己这么做，千鹤子必定会迷失自己存在的意义。

就这样，熏子终于找到了可以帮忙一起照顾瑞穗的副手，但接下来的发展并非一帆风顺。千鹤子每天都来医院学习护理的方法，只是恐怕还有很长一段路要走。因为千鹤子直到最近才敢碰瑞穗的身体。

"除了体温过低的问题以外，还要随时注意低血压的问题。这样的病人很容易因为一点儿小状况就导致血压急速下降，经常因为没有及时发现而导致病人的生命陷入危险。"

武藤小姐正在说明各种仪器的使用方法，千鹤子一边听，一边做笔记，脸上的表情甚至有点儿悲怆。

后方的门打开了，回头一看，身穿西装的和昌探头进来。

"啊……呃，现在方便吗？"他瞥了一眼千鹤子和武藤小姐后问熏子。

"没问题啊。"

千鹤子向他鞠了一躬："你好。"

"妈妈正在学护理的方法。"熏子说。

"是吗？辛苦了。"和昌说道。

"不辛苦。"千鹤子轻轻摇了摇头。

"那今天就先到这里，"武藤小姐离开了病床，"如果有什么问题，可以随时叫我。"

资深护理师走出病房，大家都向她道谢。

和昌走向病床，站在那里，一动也不动地低头看着女儿。

"没什么变化吗？"

"嗯，"熏子回答，"最近都很稳定。"

和昌默默点了点头，他的双眼仍然注视着瑞穗沉睡的脸。

熏子注视着丈夫的侧脸，无法不猜想他内心的想法。他在想什么？对于已经被宣告脑死亡的可能性相当高的女儿，仍然用这种方式继续活着，到底有什么想法？虽然他嘴上没说，但是不是觉得这样的行为很荒唐？是不是在内心很不以为然，觉得是愚蠢的行为？和昌在工作上都接触最先进的科学技术，当然不可能相信灵魂的存在。

和昌转头看向熏子说："现在方便吗？我在电话中也说了，有事情想要和你商量。"

"可以啊，不能在这里说吗？"

"如果可以，我想和你单独商量。"说完之后，他瞥向瑞穗，"之后再告诉瑞穗。"

他可能认为自己很幽默。

"好啊。"熏子回答后,看着千鹤子说,"妈,那就拜托一下。"

千鹤子有点儿紧张地点了点头说:"那你们去吧。"

走出病房后,和昌问熏子:"你妈没问题吗?"熏子之前就告诉他,将会请千鹤子协助居家照护。

"有问题就伤脑筋了。"熏子注视着走廊前方回答。

"如果你仍然感到不安,随时告诉我,护理员的事,我可以想办法。"

"嗯,谢谢。"

听说熏子打算居家照护时,和昌就认为必须雇人照顾。因为他知道熏子一个人无法胜任,但她拒绝了。因为之后经济上必须仰赖和昌,她想自行完成力所能及的事,而且有外人一天二十四小时在家也会让她感到不自在。

他们走进医院一楼的咖啡厅,坐在窗边的座位。点了饮料后,熏子突然想到,他们夫妻已经很久没有这样面对面了。最后一次可能是决定离婚的时候,虽然两个月前决定取消离婚的协议,但当时只是通电话而已。

和昌也有点儿坐立难安,喝了一口杯子里的水后开了口。

和昌说的内容完全出乎熏子的意料。

"让她自行呼吸?这是怎么回事?"

"利用计算机发出的信号,让横膈膜和腹肌活动,当灰尘进入气管时,就可以咳嗽,也不容易积痰。"

"等一下,有办法这么做吗?"

"必须做详细的检查之后才能明确知道,但在理论上没有问题。这称为人工智能呼吸控制系统,缩写为 AIBS,是庆明大学医学院和工学院共同开发的技术。前几天,我见了其中一名开发人员,听他说明了情况,虽然需要动手术,但只是把几个电极植入体内,和体外的控制器和电线连接,控制器的体积也不大,比人工呼吸器更方便。你觉得怎么样?"

和昌问熏子的意见。

熏子眨了眨眼睛,低头看着桌子,拿起不知道什么时候送上来的茶杯,喝了一口红茶。

"要不要切开气管?"

"不需要,因为不需要装人工呼吸器,所以当然没必要。"

"是哦……原来不需要装人工呼吸器。"

熏子完全没有真实感。意外发生至今,瑞穗靠人工呼吸器活到今天,她一直以为瑞穗以后的生活中也无法摆脱人工呼吸器。

"既然那么方便,为什么大家都不装?"

"有两大理由:第一是没有必要,因为大部分无法自主呼吸的病人都躺在床上无法动弹,所以人工呼吸器就够用了;第二是金钱问题,因为无法使用保险,所以金额相当高。"

"金额相当高,要多少钱?"

和昌摇了摇头:"你不需要知道。"

既然和昌这么回答,可见费用很惊人,也许并不是一两百万日元能够解决的问题。

"为什么?"熏子问。

"什么为什么?"

"为什么想要为瑞穗装这种器材?瑞穗整天都躺在床上,人工呼吸器也没有问题。"

和昌耸了耸肩。

"庆明大学的人也这么说,还说没有想到会有这种病例,更不了解失去意识的人装这种器材有什么意义。"

"你怎么回答?"

和昌停顿了一下后说:"我回答说,只是想让我女儿呼吸。"

"呼吸……"

"我一直在想,我能够为瑞穗做什么。如果我的时间很自由,当然也可以协助照护她,但这并不现实。刚好在这个时候,得知了AIBS的事。在了解情况之后,就想要让瑞穗呼吸。虽然那并不是她自主呼吸,而是计算机让她呼吸,但我总觉得她用肉体进行的呼吸和人工呼吸器不一样。"

和昌在说话时微微晃动着脑袋,眼中露出对自己无能为力的焦躁。他比任何人更清楚,利用最新的科学技术,让瑞穗进行形式上的呼吸,只是自我满足而已。

熏子在内心为自己刚才的一丝怀疑道歉,原来和昌也坚定地希望瑞穗活下去。

"有风险吗?"

"因为要动手术,不能说完全没有风险。如果判断控制信号和呼吸器官无法顺利反应,就会立刻中止。到时候就会切开气管,改成装人工呼吸器。"

"嗯。"熏子用鼻子发出声音,"可以让我考虑一下吗?我也想和这家医院的医生讨论一下。"

"当然没问题,如果你想了解进一步的情况,下次我们可以一起去庆明大学。"

"好，我也许会这么做。"

和昌露出松了一口气的表情，拿起了咖啡杯。他可能做好了被熏子断然拒绝，说不愿意做这种莫名其妙的手术的心理准备。

和昌挽起西装的袖子想要看手表，这时，熏子发现他衬衫的袖子有点儿脏。可能已经穿了超过两天，他向来不在意这种事。

"我问你，"熏子说，"你应该有人吧？"

"你在说什么？"

"我是说女人。我们原本打算离婚，你有女朋友也很正常。如果是这样，希望你可以告诉我。"

和昌皱着眉头："才没有呢。"

"真的吗？你没有必要隐瞒，因为我无所谓，当初是我提出要取消离婚的决定，而且是因为瑞穗。"

"我知道。"

"照顾瑞穗需要很多钱，我没办法赚那么多钱，所以决定依靠你。虽然今年春天，是我提出要和你离婚，但说起来，我真的很自私。"

"没这回事。"

"不，我很自私，所以我无意束缚你。或许你现在没有，但如果有喜欢的人，记得告诉我，我会努力不影响你们。"

和昌坐直了身体，直视着熏子，但可能想不到该说什么，默默地咬着嘴唇。

"对不起，"熏子小声嘀咕后低下头，"我真是一个讨厌的女人。"

一滴眼泪滴落在腿上，她自己都不知道是为什么流泪。

3

进入十二月后不久,瑞穗在庆明大学附属医院接受植入 AIBS 的手术。和昌、熏子和千鹤子都在候诊室等待。在手术之前,医生花了三个小时向他们说明情况。

三个人没有说话,只是默默等待。岳母千鹤子双手在脸部前方交握,用力闭着眼睛,可能正在祈祷手术成功。

但是,到底怎样才算成功?

如果 AIBS 能够顺利发挥功能,当然算是成功,但即使 AIBS 无法发挥功能,也可以切开气管,装上人工呼吸器,所以也不会有任何问题。瑞穗最近的状况很稳定,医生判断能够承受手术的负担,才决定今天动手术。只要没有发生重大意外,瑞穗就会活着离开手术室。

活下去——

得知和昌他们正在评估手术的可能性时,包括主治医生在内,每个人都提出了疑问,无法了解为什么要这么做。

使用人工呼吸器就已经足够了。

因为瑞穗能够恢复自主呼吸的可能性连万分之一都不到。

甚至不知道她到底还能够活几天。

和昌每次都回答:"这只是我这个做父亲的自我满足。"

于是,大部分人都不再说什么。他们可能认为让瑞穗在这种状态下继续活着，就是父母的自我满足。

负责手术的庆明大学研究团队的态度稍有不同。他们并不认为这个手术能够为瑞穗的人生带来重大的改变，但期待能够对自己的研究带来极大的正面帮助。从沟通阶段开始，他们似乎就不把瑞穗视为病人，而是视为实验对象，而且是允许失败的实验。和昌与熏子在手术前签了同意书，无论手术会对瑞穗的身体造成任何影响，都不会追究研究团队的责任。

"播磨先生。"和昌听到叫声抬起头，看到身穿蓝色手术服的浅岸站在那里。他是研究团队的实质领导人，虽然个子矮小，但身材很结实。

和昌从椅子上站了起来："结束了吗？"

浅岸点了点头，看了熏子她们一眼之后，将视线移回和昌身上。

"手术已经结束，目前正在观察后续状况。"

"情况怎么样？"

"机器开始运作。"

"机器是指……"

"AIBS。"

和昌轻轻吸了一口气之后，回头看了熏子一眼，再度看着医生。

"所以手术成功了？"

"目前没有任何异状，你们要看她吗？"

"现在可以见到瑞穗吗？"

"当然，这边请。"

浅岸快步走在走廊上，和昌跟在他身后，熏子和千鹤子也跟了上来。她们母女俩握着手。

他们跟着浅岸来到恢复室，看到瑞穗正躺在床上，身旁有两名医生，正看着复杂的仪器。

"老公，你看瑞穗的嘴……"熏子小声说道。

"嗯。"和昌应了一声，他知道熏子想要说什么。

意外发生后，一直插在瑞穗嘴巴里的管子消失了。虽然固定管子的胶带造成了瑞穗嘴巴周围的皮肤过敏，但很久没有看到她的嘴巴周围这么清爽了。目前用于补充营养的鼻胃管也拆了下来，完全是瑞穗以前健康时熟睡的样子。

仔细一看，发现她小小的胸口微微起伏着。瑞穗在呼吸。

浅岸和看着仪器的几名医生小声说了几句话后，走向和昌他们。

"肌肉的活动很出色，目前完全没有任何问题，但因为之前一直没有自主呼吸，所以肌肉力量有点儿衰退，吸气的力量还很弱。在肌肉力量恢复之前，会辅助使用氧气面罩的氧气疗法。"

"会不会不舒服？"

浅岸听到熏子的问题，露出纳闷的表情："什么不舒服？"

"就是——"

"没关系啦，不必担心这件事。"和昌对着妻子的侧脸说，然后又看向浅岸说，"之后呢？"

"目前先观察情况，等手术的患部恢复，确认呼吸稳定之后，就可以回原来的医院。通常是七天左右，但也许会多几天。"

"我了解了，那就拜托了。"

浅岸离开后，三个人再度走向病床。

熏子把脸凑到瑞穗嘴边："可以听到她的呼吸……"然后就因为哽咽说不下去了。

看到熏子的样子，和昌很庆幸动了手术。即使连执刀的医师也认定这名病患没有意识，不可能感到不舒服，妻子感受到女儿微弱的生命气息，就如此感动不已。这样不就足够了吗？

熏子仍然不愿意离开瑞穗身旁，她一定想要一直听着女儿的呼吸声。年轻医师拿着氧气疗法的面罩，不知所措地站在那里。

"熏子，"和昌叫着她，"走吧，不要影响治疗。"

这时，熏子才发现医生，赶紧道歉说："对不起。"

走出恢复室，在走廊上走了几步，熏子说："要记得买乳霜。"

"乳霜？"

"你不是看到瑞穗的嘴了吗？之前贴胶带的地方过敏了，太可怜了。"

"对哦……"

"啊，对了，还有，"熏子停下了脚步，在胸前握着双手，"还要买圆领的衣服。"

"圆领？"

"嗯，之前因为无法拿掉呼吸器，所以只能穿开襟的衣服，但以后可以穿套头的衣服了，毛衣、T恤和运动衣都没问题。"熏子双眼发亮。

和昌频频点头："你可以买很多衣服给她穿，她不管穿什么都好看。"

"没错，不管穿什么都好看，我明天就去百货公司。"熏子的视线在半空中飘忽，可能想象着为瑞穗换上了各种衣服，但突然想起了什么，露出严肃的表情。

"老公，"她用真挚的眼神看着和昌，"谢谢你，真的很感谢。"

和昌摇了摇头。

"谢什么，真是太好了。"他的声音有点儿沙哑。

4

买完菜，熏子和生人一起走在回家的路上，发现天空中飘下了白色的东西。

"哇，是雪。小生，下雪了。"熏子仰头看着天空。

"下雪了，下雪了。"穿着深蓝色连帽羽绒服的生人努力地伸出一双短短的手臂，想要抓住从天空飘落的雪花。

时间已是严冬，这是新年过后，东京第二次下雪，但上一次只是飘了零星的雪花而已，很快就停了。不知道今天会下多久。希望可以多下一点儿雪，有冬天的感觉，但如果下太多，交通瘫痪就糟了。

回到家，生人脱了鞋子，走去盥洗室。因为之前就教过他，从外面回到家要漱口、洗手。

熏子拎着购物袋，打开离玄关的门厅最近的那道门。当初和昌打算把这个房间作为自己的书房，但他搬离了家里，这里也变成多年没有使用的房间。

但是，这个房间目前发挥了重要的功能。

熏子看向窗边的床，忍不住皱起眉头，应该躺在那里的瑞穗不见了，负责照顾瑞穗的千鹤子也不在。

她把购物袋放在地上，走出了房间，快步穿越走廊，打开了走廊后方客厅的门。和刚才的房间相比，这里的空气有点儿冷。

她看到了身穿灰色开襟衫的千鹤子的背影，正在面向庭院的落地窗前，套了粉红色套子的担架式轮椅放在旁边。

"啊，你们回来了。"千鹤子转过头说。

"你在干吗？"

"干吗……因为下雪了，所以我想告诉瑞穗。"

熏子冲了过去，绕到轮椅前。虽然椅背竖了起来，但穿着红色毛衣的瑞穗闭着眼睛。熏子把手放在她的脖子上。

"她身体都变冷了，毛毯呢？"

"毛毯，呃……"

"算了，我去拿。妈妈，你把这个房间的暖气打开。"熏子一口气说完，来到走廊上。

她拿着毛毯回到客厅，盖在瑞穗的身上，然后立刻把体温计夹在瑞穗的腋下。

"为什么随便移动她？"熏子瞪着母亲。

"因为这里看雪比较清楚……"

"我之前不是说过，如果要带她来这个房间，要预先把暖气打开，让房间变暖和，你忘了吗？"

"对不起，因为我担心如果动作太慢，雪就停了。"

"既然这样，至少要为她多穿件衣服，然后马上打开暖气啊。万一她感冒怎么办？瑞穗和普通的孩子不一样，一旦生病，没那么容易好。"

"我知道，对不起。"

"你真的知道吗？上次也是在我洗澡的时候——"熏子咄咄逼人地开始数落母亲之前犯的小错。

就在这时，瑞穗的右手抽搐了几下，简直就像是在说："妈妈，不要再骂外婆了。"

千鹤子也发现了，母女俩互看了一眼。

熏子放松了嘴角："看在瑞穗的面子上，这次就原谅你。你以后要小心啦。"

"嗯。"千鹤子点了点头后，看着轮椅上的瑞穗说，"瑞穗，谢谢你。"

熏子从瑞穗腋下抽出体温计，三十五摄氏度出头。瑞穗最近的体温偏低，但应该没有大碍。

生人不知道什么时候走进了房间，站在落地窗前看着庭院。雪花把枯萎的茶色草皮渐渐染白了。

"姐姐，下雪了。"生人回头对轮椅上的姐姐说。

熏子看着瑞穗的脸，觉得她脸上的表情稍微变柔和了，但应该只是自己的心理作用。

开始居家护理快两个月了。起初一个人根本忙不过来，必须和千鹤子两个人二十四小时一起照顾。虽然之前在医院时已经充分训练，但真正在家自行照护时，发生了好几个之前没有遇过的问题。痰突然增加就是其中一个问题，熏子猜想可能是空气不干净，立刻在房间内放了一个高性能的空气净化器，改善了痰的问题。补充营养用的管子也一直插不好，经过上门指导的医生提醒，才发现瑞穗的姿势和之前在医院时有微妙的差异。

各种仪器的警铃声也让人头痛。熏子和千鹤子都没有时间好好睡觉，整天昏昏沉沉，好几次都担心这样的生活能够持续多久。

不，现在仍然感到不安，总是战战兢兢地担心犯下重大疏失，危及瑞穗的生命。

但是，和瑞穗共同生活的喜悦振作了挫折的心，想到自己如果不坚强起来，瑞穗就无法活下去，就没时间抱怨了。

幸好一个月下来，照护工作已经渐入佳境，千鹤子也渐渐熟练，可以留她一个人在家照护瑞穗。今天她擅自用轮椅把瑞穗推到这个房间，也证明她对照护工作已经游刃有余。

而且还有一个振奋人心的巨大变化。瑞穗的身体频繁出现反应。虽然之前在住院期间也曾经发生过几次，但开始居家护理后，反应情况更加显著了。熏子告诉千鹤子时，千鹤子也说有相同的感觉。

而且，瑞穗不像是随便乱动，经常像刚才一样加入谈话，或是像在表达喜悦或是愤怒。虽然熏子告诉自己，只是心理作用，但有时候实在无法这么解释，瑞穗甚至曾经在别人叫她的名字时做出反应。

向脑神经外科的进藤报告这个情况后，他的反应很不积极，只说是居家护理和瑞穗接触的时间增加，所以看到这种现象的次数也增加了。

没错，医生用了"现象"这个字眼。他说这只是名为脊髓反射的现象，没什么好惊讶的。

"出院之前，曾经做了 CT 检查，很遗憾，并没有看到任何功能恢复的迹象，这代表瑞穗目前的状态和当时一样。"

而且，进藤还说，如果反射运动真的增加，应该是 AIBS 的影响。

"因为透过神经回路传送微弱的电气信号，让呼吸器官活动，很可能是这些信号也同时刺激了脊髓，最后导致手和脚产生了反应。"

他断言说，瑞穗在别人叫她的名字时有所反应，完全只是巧合而已。

熏子并不讨厌进藤这位医生，他向来不会表达轻率的意见，只陈述客观事实，这应该是医生应有的态度，但那一次熏子觉得他的意见很冷漠，总觉得好像遭到了否定，叫自己不要做白日梦。

熏子注视着沉睡的女儿，再度觉得自己绝对不能轻言放弃。即使全世界所有人都认为瑞穗不会再醒来，自己都要深信有这一天，持续等待。

她把手伸进毛毯，轻轻握着瑞穗的手臂。瑞穗的手臂像棉花糖般柔软，而且比意外发生之前更瘦了。因为她没有活动，肌肉慢慢萎缩，当然越来越瘦。

熏子抬头看着墙上的挂钟，傍晚五点多。她打算六点多吃晚餐，所以该去准备了。希望可以在八点之前吃完晚餐，也收拾完毕。因为今天晚上有重要的客人上门。

快晚上九点的时候，玄关处传来动静。熏子正在瑞穗的房间，和千鹤子一起给瑞穗喂食。

敲门声过后，门打开了，看到身穿大衣的和昌站在门口。他对千鹤子说："晚安。"

"啊，晚安。"千鹤子回答，并没有对他说"你回来了"。

和昌目前仍然独自住在青山的公寓，千鹤子最近才知道女儿和女婿分居的事，但并没有多问，应该是美晴已经告诉了她大致的情况。

"你们是不是在忙？"

"没关系。"她回答。

和昌脱下大衣，走向女儿的轮椅。因为瑞穗刚进食完，所以轮椅的椅背稍微竖了起来,以免胃中的食物倒流。

"有没有什么变化?"和昌看着女儿的脸问道。

"没什么特别的变化,情况很不错啊。"

"是吗?"和昌轻轻握着瑞穗的手,动了动手指,似乎在确认感觉,然后回头看着门口。

门口站了一个年轻男人,也穿着大衣,手上抱着一个大皮包。年轻人的年纪大约三十岁,身材偏瘦,长相很斯文,向熏子她们微微欠身打招呼。

"这是我在电话中和你提到的星野,可以请他进来吗?"和昌问。

熏子点了点头:"好啊,当然没问题。"

和昌对星野说:"进来吧。"

"打扰了。"年轻人走进房间,站在瑞穗面前,他似乎因为紧张,表情有点儿僵硬。

星野端详瑞穗片刻后,对熏子露出微笑。

"她真可爱。"

熏子一见到他,就觉得可以把瑞穗放心交给他。他的笑容很真诚,感觉是发自内心的笑容。所以,熏子也很自然地表达了感谢:"谢谢你。"

"生人呢?"和昌问。

"刚才上床睡觉了。"

"星野做了充分的准备,现在方便听他说明吗?"和昌问道。

"可以啊。妈妈,这里交给你也没问题吧?"

"没问题,你去好好听清楚。"千鹤子说,她也知道和昌他们来这里的目的。

熏子与和昌、星野一起来到客厅，熏子想要准备饮料，但星野说不需要。

"因为我想专心说明。"

熏子觉得他做事很认真，工作能力一定很强。

星野从皮包里拿出笔记本电脑，放在茶几上，然后敲打着键盘，屏幕上出现了影片。

影片中有一只猩猩，头上戴着像是头套的东西。头套上有电线，电线连向猩猩的背部。猩猩的前方是一个有把手的箱子，它的右手固定在把手上。

"这只猩猩的脊髓受到损伤，无法自行活动手脚，但在训练之后，它已经了解只要不停地摇把手，就可以拿到食物。"星野说完，开始播放影片。

猩猩看着箱子，时而眨眼，时而转头，但握着把手的手仍然静止不动。

"它的手不会动，但是——"

星野的话音未落，就出现一个像是实验人员的手，他的手上有一个小巧的装置，他的手指按下了开关。

"啊！"熏子忍不住叫了起来。因为猩猩的右手动了，前后摇动把手好几次。

实验人员关了开关，猩猩的手再度静止不动。重新打开开关之后，手又动了——

星野暂停了影片。

"这只猩猩的头部植入了电极,能够捕捉大脑皮质发出的电气信号。这些信号透过特殊的电子回路,比脊髓损伤部位抢先一步传达,就可以像这样正常活动手。"

"也就是说,把大脑的指令直接传达到肌肉。"和昌在一旁补充道。

熏子轮流看着他们的脸,叹了一口气说:"这么厉害!"

"离实用化还有一段距离。想要活动麻痹的手脚,并不是只要能够活动就行,还必须有感觉,也可以感受到温度。"

"是这样吗?但我觉得已经很厉害了。只不过——"熏子将视线移向电脑屏幕,"这只猩猩的大脑没有异状,对吗?"

言下之意,就是猩猩的案例并不具有参考价值。

星野似乎了解到她的意思,点了点头,再度操作笔记本电脑的键盘。屏幕上出现了新的影片,但这次的主角不是猩猩,而是一名男子,身上戴着好像降落伞用的护具,悬在半空中。

"这名男子是健康的人,手脚都可以自由活动,"星野开始说明,"你应该可以看到他手上有电线。这是借由观察流过肌肉的电流,了解在活动手臂时,大脑会发出怎样的指令。再将这种电流经过特殊处理,变成信号,送到装在他腰上的磁力刺激装置上。"

正如星野所说,影片中男人手臂上的电线连接在附有监视器的仪器上,仪器还伸出另一条线,连在男人的腰上。

"请你仔细看影片。"星野开始播放影片。

男人似乎接收到什么指令,开始活动起来。他悬在半空中前后摆动手臂,仪器的监视画面上出现了波形。

"监视器上的波形是手臂的肌电图,实验时要求这个男人放松下半身,所以脚没有活动,向下伸直,但是如果向腰部的磁力刺激装置传送电气信号呢?"

实验人员打开了某个开关,立刻发生了惊人的情况。摆动手臂的男人,双脚也以相同的节奏前后摆动起来。关掉开关后,他的动作就跟着停止;打开开关之后,又开始动了起来。和刚才的猩猩一样。

星野停止播放影片。

"步行是高度自动化的运动,目前认为基本上由脊髓负责控制。在走路的时候,我们不会一直思考先迈出右脚,再迈出左脚这种情况。简单地说,大脑只是发出'走路'的信号而已。这个实验只是证明可以通过摆动手臂这个信号加工后,人工制造出'走路'的信号。我想不需要我说明也知道,这是为了脊髓受到损伤而无法行走的人进行的研究。"

"这项研究有两大重点,"和昌接着说道,"首先了解到,大脑的信号并不是送到脊髓。因为实验对象并不想活动自己的脚,但脚自己动了起来。另一个重点,就是没有任何侵入性行为,也就是实验对象的身体不会有任何伤口。磁力刺激装置只是线圈而已,贴在腰部后方就好。"

"所以不需要动手术,对吗?"熏子向星野确认。

"不需要,"年轻的研究员回答,"只要沿着脊髓贴几个线圈,分别传送不同的信号,应该就可以活动全身的肌肉。"

"……是这样啊。那我想问一个问题,这也是我最想了解的事,"熏子舔了舔嘴唇后继续说道,"像我女儿那样的身体,也可以活动吗?"

星野的表情稍微严肃起来,然后转头看着和昌,似乎在请示他是否可以回答。看到上司轻轻点头后,星野转头看着熏子说:"我认为可以,因为她的脊髓并没有受到损伤,不可能无法活动。"

这句话就像福音般在熏子的耳朵深处回响，她闭上眼睛，用力深呼吸。

"就是这么一回事。"和昌说，"技术上没有问题，接下来就是决定要不要做，你决定就好。"

"我已经决定了。我想要做，想要为瑞穗做——星野先生，可以拜托你吗？"

"我只要接到指示……没问题。"

熏子直视着丈夫说："又要让你花很多钱了。"

"这种事不重要。"和昌挥了挥手，"星野，那你可以从明天就开始进行这项作业吗？需要什么，随时向我开口。"

"知道了。"星野开始收拾电脑。

熏子把他们送到门厅。星野并没有问为什么董事长不留在自己家里，他应该已经知道了这些复杂的内情。

"那我再和你联络。"和昌穿上大衣后，看着熏子说。

"好。啊，老公，"熏子抬头看着和昌，"对不起，拜托你这么麻烦的事。"

"你在说什么啊。"和昌皱着眉头，"那就晚安了。"

"晚安。"

"我告辞了。"星野鞠躬说道。

熏子向他道谢："谢谢你。"

回到瑞穗的房间，发现她已经被移到床上。

千鹤子问熏子，情况怎么样，熏子把刚才与星野、和昌讨论的内容告诉了她。千鹤子安心地频频点头说："真是太好了。"然后看着外孙女。

熏子坐在床边的椅子上,听到了瑞穗静静的呼吸声。

两个星期前,她带瑞穗去医院做了定期检查。她回想起医生当时说的话。

虽然进藤不认为瑞穗的大脑机能恢复,但确认了瑞穗的身体状况逐渐好转。她的气色明显比以前更好,而且血压、体温和SpO_2值等客观的数据也证实了这个事实。

主治医生认为可能是 AIBS 带来的效果。虽然是受到计算机控制,但瑞穗目前使用了自己的呼吸器官,当然会消耗能量,所以代谢很可能比以前增加了。

"这就像健康的人运动时,血压和体温会上升一样。"

主治医生随即补充说:"但是,通常这种状态的病人不会发生这种情况。因为调节体温和维持血压是大脑的功能,所以瑞穗很可能还残存了一小部分这方面的功能。"

熏子立刻追问了主治医生不经意说的这句话。

"请问这句话是什么意思?进藤医生说,瑞穗的大脑功能完全停止,八成已经是脑死亡状态,你说还残存了一小部分,这是什么意思?"

主治医生慌忙摇着双手。

"不是不是,进藤医生说的大脑功能停止,是指在判定时必须确认的功能全都停止的意思。"

主治医生说,大脑内有名为下视丘和脑下垂体前叶的部分,会分泌各种不同的激素,维持体温和血压,来适应身体的各种变化。医生将之称为身体的统合性。

脑死亡判定会测试是否具有意识,头颅神经是否能够发挥正常功能，以及是否有自主呼吸，并不会确认是否失去了统合性。

"瑞穗刚住院时，注射的激素量也很多，但之后逐渐减少，如今几乎已经不需要了。我认为是那个部分发挥了功能，对幼童来说，这种情况并不罕见。"

所以即使只有一小部分肌肉活动，身体状况也会逐渐好转。

熏子听了这番话后，内心产生了某些隐约的想法，只是当时还不清楚具体的内容。

在照顾瑞穗之后，她找到了答案。在为瑞穗擦拭身体时，发现她的腿动了一下。虽然进藤认为，那只是反射而已，但熏子并不这么觉得。

"啊哟，你觉得痒吗？你可以多动几下。"

在对瑞穗说话时，熏子脑海中突然闪过一个念头。只要瑞穗多活动，就可以增加肌肉——

她恍然大悟。对啊，只要多增加肌肉就好。无论对普通人，还是像瑞穗这种身体的人都一样，适度的运动一定有益于身体健康。

熏子努力想要甩开这个想法。让瑞穗运动？这根本是不可能的事，不能被这种荒唐的想法困住。

然而，即使她努力想要忘记，这个想法仍然挥之不去。相反，这种想法一天比一天强烈。当她回过神时，发现自己开始在网络上用"卧床不起、运动"等关键词搜寻相关内容，结果当然无法找到令她满意的内容。

她只能找一个人商量这件事。她做好了被认为是无稽之谈，遭到一笑置之的心理准备，鼓起勇气，与和昌讨论了这件事。

没想到和昌认真地倾听妻子说的话，而且提到了令熏子意外的事。

· 119 ·

"你还记得之前在医院听进藤医生说,瑞穗脑死亡的可能性相当高时,你对我说的话吗?你问我,你们公司不是在研究把大脑和机械连接在一起吗?既然这样,应该很了解这些事,不是吗?我当时回答说,我们的研究是以大脑还活着为大前提,从来没有考虑过脑死亡的情况。但是,当时我觉得有某种隐约的念头浮现在脑海,只是连我自己也不清楚到底是什么想法。现在听了你说的话,我终于了解了。虽然很遗憾,瑞穗的大脑发生了重大障碍,丧失了很多功能,但只要弥补这些功能就好。既然大脑无法发出运动的指令,那就用其他方式发出指令。"

当熏子问他,有没有可能做到时,和昌回答,虽然不知道,但不能排除这种可能性。

"我会找一名技术人员讨论这件事。"

今天早上,和昌打电话给熏子,说想带那名技术人员去家里。

熏子回想起星野的脸,他看起来很诚恳,让她感到安心。因为接下来有相当长一段时间,都必须把瑞穗的身体交给他,如果发现他打算用瑞穗来做人体实验,那熏子打算拒绝。

熏子握着女儿细瘦的手腕。

虽然现在变得很细,但如果能够借由运动,逐渐增加肌肉,每天的生活一定会很快乐。

最重要的是——

当有朝一日发生了奇迹,瑞穗清醒过来时,如果能够靠自己的能力坐起来、站起来,然后走路,她自己一定比任何人更高兴。

"妈妈会努力等到这一天的。"熏子注视着女儿的脸喃喃说道。

5

星野佑也正在自己的座位上把东西放进皮包,放在桌上的手机响了,一看屏幕,发现是真绪打来的。星野站着接起了电话。

"喂?"

"喂?是佑也吗?我是真绪,现在方便吗?"

"没问题啊,怎么了?"星野一边说话,一边看着手表。下午三点半刚过。

"这个星期天,你有没有什么安排?"

"星期天哦……"星野拿起皮包,另一只手拿着手机迈开步伐,"星期天有什么事吗?"

"嗯,美纪他们说要烤肉,约我一起去。你要去吗?"

"烤肉哦。嗯……"

"怎么了?你不方便吗?"真绪带着不悦的声音变得很尖。

"也不是不方便,可能要加班。"

"啊?你上个星期不是也这么说吗?所以我们已经有三个星期没见面了。"

"我知道,但工作很忙,我也没办法啊。"

"就是你们老板直接委托你的工作吗?到底要你做什么?不能请其他人代替你吗?"

"跟你说，你也听不懂，这是只有我能够胜任的工作，所以董事长才会找我。"

电话中传来叹息的声音。

"好吧，既然这样，那也没办法了。我一个人去烤肉，但是你要小心点，假日也加班，小心累坏身体。"

"我知道，谢谢。你也要小心，去吃烤肉时不要喝太多。"

"怎么可能！那就再联络。"听真绪的声音，她似乎已经不生气了。

他把手机放进口袋，在电梯厅等电梯，旁边有人问："你去出差吗？"转头一看，原来是BMI团队第一小组的同事，他是比星野早一年进公司的前辈，目前正在开发针对视障者的人工视觉认知系统。只要戴上特殊的风镜和头罩，就可以在有障碍物的迷宫行走，的确是很惊人的研究成果。

他之所以问星野是否去出差，是因为星野并没有戴上公司规定要戴的名牌，而且还没有到下班时间，星野就带着皮包准备离开。

"虽然没有出差津贴，但的确是去外面工作。"

前辈听了星野的回答，露出讶异的神情，但立刻恍然大悟地点了点头。

"是去董事长家里吗？我听说了，是不是利用ANC技术，让董事长脑死亡的女儿能够活动？听说是董事长夫人想到的主意，没想到董事长竟然会同意。"

ANC是星野目前正在进行的研究项目的缩写，正式名称是人工神经接续技术。

"董事长似乎希望尽可能完成夫人的心愿。"

"话虽如此……"前辈说到这里时，电梯的门打开了。星野很希望电梯内有人，但不巧的是，电梯内空无一人，所以一走进电梯，前辈又继续刚才的话题。

"他女儿不是已经脑死亡了吗？没有意识，只是在等死而已。让这种人的手脚活动，到底有什么意义？费用也很惊人吧？"

"董事长个人支付相关的费用。"

"我知道，但是你的人事费用呢？虽说是董事长，但也不能把技术员当成私有财产啊。"

"虽然我是去董事长家里，但并不认为董事长把我当成私有财产，反而觉得是给我提供了很宝贵的研究机会，能够有机会了解当病患的大脑无法发出运动指令时，如何刺激脊髓，会产生怎样的反应，我相信以后再也不会有这种机会了。"

前辈耸了耸肩，微微偏着头说："换成我就没办法。"

"什么没办法？"

"我才不愿意去做这种事。我做目前的工作，是希望帮助身障者，既觉得很有意义，也感到骄傲，但换成是脑死亡病患，又另当别论了。病人不是没有意识吗？以后也不会恢复意识，不是吗？用计算机和电气信号活动病人的手脚，到底有什么用？我觉得根本只是在制造科学怪人。"

星野没有看前辈的脸说："科学怪人有意识。"

"那就比科学怪人更不如，只是利用失去意识的病人身体，沉浸在自我满足之中。主谋是董事长夫人。你听我一句话，我劝你赶快收手，这是为你好。这不是什么太困难的事，你只要煞有介事地做几个实验，然后说无法活动他们女儿的手脚，就可以全身而退。"

星野很希望电梯中途停下来，有人走进电梯，但电梯完全没有停，直接来到一楼，所以电梯内陷入了尴尬的沉默。

"我无法表达得很清楚，"走出电梯后，星野对前辈说，"虽然我们在研究大脑发出的信号，却不知道心在哪里，全世界的学者都不了解这个问题。既然这样，不接触这个部分，只响应病人家属的要求，不就好了吗？"

前辈仔细端详着星野的脸说："你真冷酷。"

"是这样吗？"

"虽然法律上还很模糊，但脑死亡实质上就等于已经死了，也就是说，你面对的是一具尸体。我无法对着尸体做实验，心里感觉毛毛的，浑身起鸡皮疙瘩。"

星野内心愤怒不已，脸颊的肌肉都快抽搐了，但还是克制了怒气，面带笑容说："董事长的女儿并没有接受脑死亡的判定。"

"难道你要说她只是植物状态吗？"

"我不知道，我没有资格判断。"

前辈一脸很受不了的表情摇了摇头。

"没关系啦，既然你这么说，那就随你喽。但我告诉你，再怎么研究如何活动脑死亡的人的手脚，也不会对任何人有帮助。"

"我会牢记在心。"

"那就加油喽。"前辈挥了挥手，走向和玄关相反的方向。

星野瞪着前辈的背影，在心里嘀咕道："不会对任何人有帮助？

你在说什么啊,已经有帮助了——"

下午四点多,他来到了广尾的播磨家。按了大门对讲机的门铃,对讲机中传来播磨夫人的声音。

"哪位?"

"我是星野。"

"好。"随着播磨夫人的回答,门锁"咔嚓"一声打开了。

他余光扫到了庭院,沿着通道走向玄关,播磨夫人已经打开了门,等在门口。她皮肤白皙,下巴很尖,单眼皮的眼睛细细长长,穿和服应该很漂亮。她今年三十六岁,比星野年长四岁,但她皮肤滋润,根本看不出实际年龄。

"午安。"星野鞠了一躬,向播磨夫人打招呼。

"辛苦了,那就拜托你了。"

播磨夫人客气的语气让星野感到高兴,她似乎并不认为自己是丈夫的下属,更觉得是女儿的恩人。

走进熟悉的房间,发现瑞穗坐在轮椅上,穿着格子图案的洋装,脚上穿着裤袜。

"今天外婆不在吗?"

"对啊,她带我儿子回她家了,晚上之前都不会回来。"

"是吗?"

也就是说,今天和播磨夫人单独相处。星野正暗自感到高兴,想到还有瑞穗,在心里暗暗纠正了自己的想法。今天只有我们三个人。

"线圈已经贴好了。"播磨夫人说。

"是吗?瑞穗,午安,打扰一下哦。"星野微微直起瑞穗的上半身,把手放在她后背上,"嗯,位置没有问题。"

"我觉得越来越贴合了,现在这样,瑞穗应该不会觉得痛了。"

"希望是这样。"

线圈是向脊髓发出磁力刺激的装置,在配合瑞穗脊椎形状的盒子内,排放了好几个线圈,但起初盒子的形状无法完全贴合脊椎,迄今为止,已经修改了多次。

轮椅旁的工作台上并排放了两台仪器,一台是信号控制器,也是司令塔,连接了磁力刺激装置,控制各个线圈发出什么信号。目前尚未完成,星野每次造访,都会稍加改良。另一台是用电力监视肌肉活动的装置。

"今天也从腿部运动开始,麻烦你装上电极。"

"好。"播磨夫人在女儿面前弯下腰,脱下了她的裤袜,用创可贴把星野递给她的电线上的电极贴在瑞穗的腿上。她的动作很熟练。

"那就开始了。"星野操作着信号控制器的键盘,调整了运动幅度、速度和次数之后,按下了执行键。

瑞穗的右侧膝盖微微抬了起来,立刻又放了下来。接着,左侧膝盖也做了相同的动作。在轮流各做了三次之后停了下来。也就是说,她坐在轮椅上原地踏步。

星野看着肌电监视器,左右肌肉的活动很平均,也没有造成过度的负荷。

"很好,非常好。"

听到他这么说,播磨夫人把双手交握在胸前,看着瑞穗的脸。

"瑞穗,听到了吗?你做得非常好,太好了。"

可惜女儿并没有响应母亲的呼唤。星野忍不住想象，如果这种时候，能够立刻操作控制器，让瑞穗点头，不知道该有多好，只是目前还无法做到这种程度，还只是在摸索的阶段。

"现在稍微将腿张开，做相同的运动。"

"好。"播磨夫人回答后，抓着瑞穗的膝盖向左右两侧打开。"请等一下。"星野叫了起来，但晚了一步。监视器发出了警告声。

"完了……"播磨夫人慌忙把瑞穗的腿放回原位。

星野操作了监视器，关掉了警铃声。

"我上次也说过，即使瑞穗的动作停止，也不代表没有送信号给肌肉，有时候可能发出了维持相同姿势的信号。在这种状态下强制移动，计算机会判断信号和身体位置不同，就会像刚才一样发出警告铃声。"

"我知道，对不起，我太大意了……"

"你不用道歉，刚才那种程度不会有问题，但以后肌肉增加时，可能会损伤肌肉，请特别注意。"

"我知道了，对不起。"

"我说了，不用道歉。"星野笑着说。

播磨夫人的表情也放松了。

之后，花了一个小时活动瑞穗的腿部和手臂的肌肉。虽然目前都只是简单的动作，但可以感受到动作越来越顺畅，应该是关节渐渐放松了。

休息时，播磨夫人泡了红茶。

"上次不是和你提到整骨师的事吗？你还记得吗？"

看到播磨夫人表情开朗地说话，星野知道应该不是坏消息。

"我记得是请整骨师来了解瑞穗在卧床不起的这段时期，肌肉衰退的程度，是不是？我记得这件事。"

"那位整骨师昨天又来看瑞穗的身体情况，说她的肌肉渐渐有了弹性，之前骨骼有点儿歪的地方，也慢慢纠正了。"

"真的吗？那真是太好了。"

"我看了日历，只有一个月而已。小孩子的身体真的充满潜力。"播磨夫人转头看着女儿，心满意足地眯起眼睛。

"之后肌肉会越来越饱满，其他部分也一样。"

"我很期待，我很感谢你，真的太谢谢了。"播磨夫人正视着星野说道。

星野心慌意乱："不，别这么说……"他伸手拿起红茶杯，掩饰着慌乱。

是哦，一个月了——

时间过得真快。星野想。

播磨董事长在两个月前找他，说有重要的事和他谈一谈。星野听了之后大惊失色，因为董事长的女儿失去意识，卧床不起。董事长问星野，有没有办法活动他女儿的肌肉。

这件事并不是毫无预兆。星野之前就听说，董事长女儿装了人工智能呼吸控制系统，已经能够自主呼吸了。当初也是星野告诉播磨这项技术，播磨也知道他在研究 ANC——人工神经接续技术。既然想要活动肌肉，当然会最先想到星野。

星野虽然惊讶，但并不觉得是异想天开。相反，星野很希望有机会一试。这是全世界谁都没有做过的研究。

他立刻着手进行这项工作。最先将微弱的信号送至脊髓各处，了解瑞穗的身体会产生何种反应。同时在公司制作了磁力刺激装置和信号控制器，以及肌电监视器。一个月前，才完成了所有的装置，正式开始肌肉训练。之后几乎隔天就来播磨家一次。因为要等肌肉恢复，所以才会隔天训练。

实际进行之后，充分了解到这项研究的困难度。因为只要稍微改变信号模式和刺激的部位，身体就会做出完全不同的动作。有时候想要活动手臂，但手臂完全不动，背部挺了起来，整个身体几乎跳起来。

星野在这个过程中深刻体会到，人类的身体和机械不同，恐怕要花上好几个月，不，可能要几年的时间，才能够完全控制身体。

但是，即使这样也没有关系。他认为这项研究有价值，而且每天都感到很充实。

"啊，对了，我有东西要给你看。"

播磨夫人合着双手站了起来，走向衣柜，从衣柜里拿出的衣架上挂了一件深蓝色的服装。

"哦！"星野叫了起来，"这该不会是制服吧？"

播磨夫人笑着点了点头："下个星期一是小学的入学典礼。"

"是吗？是下个星期吗？真让人期待。"

星野之前就听说，特殊教育学校接受了瑞穗，但瑞穗并不需要去学校，而是老师每周来家里数次。虽然星野纳闷，不知道老师会对持续沉睡的孩子实施怎样的教育，但他并没有问出口。

"所以下周一不能训练了，因为瑞穗不常外出，回来之后应该会很累。"播磨夫人把制服挂回衣柜时说道。

"是啊，我了解了。"

"但接下来就是星期二，中间会不会隔太久？"播磨夫人带着一脸沉思的表情说道。因为今天是星期四，最好不要连续每天训练。播磨科技周六和周日都休假。

"那要不要星期六来？虽然是假日，但我没关系。"

播磨夫人听了，一脸遗憾地垂着眉毛。

"谢谢你这么说，但星期六要带瑞穗去医院。"

"是吗？那星期天呢？"

"啊？但你上个星期天也来……你会不会有其他事？像是约会之类的。"

星野笑了笑，摇了摇头。

"没关系，我猜想可能会发生这种情况，所以特地空了下来。"

播磨夫人一脸得救了的表情，双手放在胸前。

"是吗？太好了，谢谢你。"

"你太客气了。"

星野把茶杯举到嘴边，感受着红茶的香气，很希望刚才说"再怎么研究如何活动脑死亡的人的手脚，也不会对任何人有帮助"的前辈，能够听到夫人刚才说的话。

·第三章——你守护的世界通往何方·

1

那家餐厅位于月岛,是一整排文字烧餐厅中的一家。真绪隔着窗户看向餐厅内,看到身穿短袖衬衫的星野佑也坐在墙边的座位上,正低着头,八成在玩手机。

一看手表,晚上七点不到。佑也约会时提早到并不稀奇,但今天晚上,这种理所当然的景象却让真绪感到意外。

她打开门,走进餐厅内。佑也抬起头,对她点了点头。

"等很久了吗?"真绪发问的同时,在他对面坐了下来。

"不,我也刚来而已。"

女服务生送上了小毛巾,问他们要点什么饮料,于是他们点了两杯生啤酒和毛豆。

"今天真热啊。"真绪说。

佑也点了点头:"都已经是九月下旬了,听说好像快三十摄氏度了。"

"天气这么热,真想去凉快的地方旅行。"

佑也轻轻笑了笑说:"是啊,如果有时间的话。"

言下之意,就是目前没有时间。

生啤酒送了上来,虽然没有什么值得庆祝的事,但他们还是干了杯,然后点了韩国泡菜、猪肉文字烧。他们每次都会在快煎好时,撒上"宝贝之星拉面"脆果。

他们已经有一个月没约会了,主要原因是双方的时间无法配合。其实真绪的时间可以调整,之所以仍然没有约会,是因为佑也没有时间。

"你的工作好像仍然很忙。"

佑也听到真绪这么说,露出苦笑,耸了耸肩。

"没办法啊,因为这是全世界前所未有的研究,时间永远不够用。"

"我猜想也是这样,所以很少打电话给你,也尽量不传信息给你。"

"你不必这么见外,如果有事,随时可以联络我。"

"嗯。"真绪点了点头,但内心的不满并没有消失。没事也会联络,才算是情人啊。

文字烧的食材送了上来,每次都是佑也负责煎饼。他将食材在大碗中混合后,放在铁板上,用两把铲子利落地切成小块。他的动作很熟练,真绪第一次看到时惊讶不已。

因为我学生时代在文字烧店打工——佑也当时这么告诉真绪,露出了爽朗的笑容。

佑也和那次一样,动作精准地煎着文字烧。真绪看着他的脸,觉得不一样了。眼前的佑也,已经不是那时候的佑也了。

"好了,煎好了。"佑也最后把"宝贝之星拉面"脆果撒在最上方,对真绪说道。

真绪用名叫剥铲的小铲子,把文字烧送进嘴里后表达了感想:

"真好吃啊，你煎的文字烧果然最棒。"

"你不用奉承，反正每次都是我在煎。"

他们吃着文字烧，喝着啤酒，聊了很多事，但几乎都是真绪提供话题。工作的事、朋友的烦恼、时下的流行和演艺圈的事。无论真绪聊什么，佑也都不会露出不感兴趣的表情，总是认真地响应她的话。当真绪分享自己出糗的经验时，佑也都会很捧场地发笑。

但是，他不会主动提供话题。之前和现在不一样，他总是和真绪分享各种大小事，尤其聊到工作时，表情特别生动。即使真绪因为内容太费解而无法理解，只能目瞪口呆地听他说话，他也无所谓。真绪不止一次佩服他这么热爱研究工作。

第一次见面时也一样。

他们是在共同认识的朋友经营的餐厅开幕那一天认识的，那天是只有餐厅老板的朋友参加的小型派对，真绪和佑也刚好坐在同一张桌子上。

佑也的五官清秀，整个人感觉很有气质。虽然不会积极和其他人聊天，但不会感觉他不起眼，或是觉得他阴沉。真绪猜想他应该喜欢听别人聊天。

大家聊天时，真绪刚好聊到自己的工作。当她说自己在动物医院当助理，有时候也会参与手术时，佑也比任何人更有兴趣。

"你有没有参与脊髓受到损伤的动物的手术？"这是他问真绪的第一个问题。

"有啊。"听到真绪这么回答，他探出身体，接连不断地问，是什么动物？损伤的程度如何？手术的具体内容是什么？真绪有点儿被他吓到了,其他客人也都惊讶不已。这时,佑也似乎才发觉不对劲,不好意思地向大家道歉说:"对不起。"

然后他又接着说:"因为我的工作是开发脊髓损伤的人使用的辅助器。"

真绪听到他的解释,立刻对他产生了好感。

他不仅从事出色的工作,而且随时都想到工作的事,随时张开天线,接收能够为工作带来灵感的信息。真绪从他的这种态度中感受到诚实,认为他一定能够了解他人内心的痛苦。

真绪告诉他,自己参与的是发生车祸导致脊髓损伤的狗的手术,那只狗虽然后腿无法动弹,但在其下半身装了用滑板改装的轮椅后,就可以靠前腿移动。佑也专心地听着她说的这些事,中途甚至开始做笔记。其他人都开始聊其他的事,真绪暗自庆幸,因为和他单独聊天很开心。

"希望下次还有机会见面。"佑也主动对真绪说。于是,他们交换了联络方式。

"你有女朋友吧?"真绪鼓起勇气问道。

佑也露出微笑,摇了摇头:"没有。川嶋小姐呢?"

"我目前也是自由身。"

"是哦,那就太好了。"说完,他露出了洁白的牙齿。

约会了几次之后,他们很自然地发展为男女朋友关系。因为双方都很忙,所以每个月只能见两三次面,就这样交往了两年多。

真绪即将三十岁,父亲虽然不过问,但母亲经常和她联络,不时打听她有没有理想的对象。真绪一直骗母亲说没有男朋友,因为只要告诉母亲佑也的事，母亲一定会要求见面，甚至希望可以带他回家。真绪的老家在群马，即使当天来回也没问题。

真绪并不是不想让父母见到佑也，事实完全相反，她一直期待可以有这样的发展，但她认为这种事不该由自己开口。佑也从来没有提过结婚的事，而且真绪认为必须等佑也求婚之后，才能要求他和父母见面。更何况她自己并不急着结婚。

没想到最近对未来越来越不确定。这和年龄无关，而是她觉得佑也的态度发生了变化，所以令她感到不安。

差不多半年前，她察觉到这种变化。那时候好像是三月，即使传信息给他，他也迟迟不回复，有时候甚至完全不回复。即使约他出来玩，他也总是用各种理由拒绝。

真绪知道直接的原因。那就是佑也的工作比以前更忙了，而且那是董事长直接交代的工作，只有佑也才能胜任。真绪能够理解佑也想要全力以赴，不辜负董事长的期待，所以她起初并没有太在意，只是担心他会累坏身体。

但是，真绪渐渐觉得佑也不是因为工作忙碌，而是对自己的感情变淡了。理由之一，就是佑也几乎不再主动说自己的事，尤其只字不提工作。以前只要真绪问起，他就愿意回答，但现在不一样了。

"我问你啊，上次的猩猩之后怎么样了？"真绪用剥铲吃着明太子年糕芝士文字烧，语气开朗地问。

"你是问奥利佛吗？"

"没错没错，就是奥利佛，因为脊髓受到损伤，手脚无法活动的那只猩猩，但用了你制作的机械之后，手臂可以活动了，之后有什么

· 135 ·

进展吗？"

佑也在一年前第一次告诉真绪这件事。佑也双眼发亮，侃侃而谈。

但是，今天晚上的佑也脸上不见当时的表情。

"那项研究已经交给后辈了，我不是很清楚，但好像没什么进展。"佑也一脸冷漠地摇了摇头。

"是这样吗？我觉得这项研究很了不起啊。"

"谢谢。"

"上次我们医院来了一只因为脑梗死，下半身无法顺利活动的猫。我在想，那只猫也使用那种机械，或许就可以治好了。"

"不太清楚，脊髓损伤和脑梗死完全不一样。"

"是哦，重点是大脑到底发出了怎样的信号，对不对？脑梗死导致无法行动，就代表无法顺利发出信号。"

正准备伸手拿文字烧的佑也停下了手。

"难得约会，不想聊工作的事。"

"啊，对不起。对哦，这样你心情无法放松，但因为你之前经常告诉我工作的事……"真绪抬眼看着他。

"现在和之前的状况不同。"

"怎样不同？"

"怎样……"佑也把剥铲放在盘子上，坐直了身体，直视真绪，"我之前没告诉你吗？我正在做高度机密的工作，详细情况只有董事长一个人知道，所以希望你能谅解。"

"这件事听你说过，但我原本以为稍微聊一下应该没问题。"

"董事长特别吩咐，就连家人也不能说。"

"是哦……那我知道了。"真绪低下了头。她觉得佑也的言下之意，就是说和她之间的关系不如家人。

虽然心情很沉重，但她努力表现得很开朗，不想把心事写在脸上。真绪和刚才一样，不断提供各种话题，努力聊得很投入，但内心深处始终觉得不太对劲。并不是因为研究内容是高度机密，所以不能告诉自己。或许这也是原因之一，但真绪觉得另有原因。也许那是佑也想要守护的世界，所以拒绝他人进入——真绪忍不住有这样的感觉。

走出餐厅时，已经晚上九点多了。真绪觉得自己一个人聊了两个多小时，虽然吃了很多，但不太记得后半段吃了些什么。

"吃得好饱。"真绪边走边说。

"嗯，好久没吃这么多了。"

"接下来要去哪里？要去门仲吗？不知道常去的那家酒吧有没有空位。"

他们常去的那家酒吧在门前仲町。

但佑也停下脚步，看了看手表，皱着眉头，微微偏着头说："不，今晚就先到这里吧，因为我有事要在明天之前完成。"

真绪愣在原地，瞪大了眼睛。

"啊？什么意思？该不会是工作吧？"

"嗯……不好意思。"

"到底——"是什么工作？真绪差一点儿这么问，但还是把话吞了下去，"我们好不容易约会一次。"

佑也把背包背在肩上，合起双手说："真的很对不起，下次一定补偿你。我送你回家，作为道歉。"

"不用了，反正坐上出租车，马上就到了，而且现在时间还早。"

"那我送你到可以拦到出租车的地方。"

说完，他们刚走了没几步，前方就驶来一辆亮着空车灯的出租车。为什么偏偏这种时候，一下子就有空车。真绪忍不住想要生气。因为她还有很多话要说。

佑也举起手，拦了出租车。"真绪，你上车吧。"

"佑也，你先上车吧。我不是这个方向，要到转角处去搭车。"

他们目前所在的那条路是单行道。

佑也完全没有客气，很干脆地点了点头说："好啊，那就这样，我会再和你联络。晚安。"

"晚安。"

目送佑也坐上出租车离开后，真绪迈开步伐。她仍然觉得难以释怀。

她还没有走到转角，又有一辆出租车迎面驶来。

搭这辆出租车，方向还是相反，但她突然浮现一个想法。她转头看向后方，佑也的那辆出租车正在等红灯。真绪见状，下定了决心。她对着出租车举起了手。

出租车停了下来，后方车门打开。真绪一上车就指着前方对司机说："请跟踪前面那辆出租车。"

"跟踪？要去哪里？"白发的司机讶异地问。

"不知道，所以请你跟着那辆车。"

"啊？"司机发出不太愿意的声音，"我不太想牵扯这种事。"

"拜托你了。啊,如果再不赶快,车子就要开走了。"

佑也的出租车已经驶了出去。

"真伤脑筋啊。"司机边说,边踩下了油门。

"不能让对方发现,对吗?真难啊,万一追丢了,就请你见谅喽。"

"没关系。不好意思,我好像有点儿强人所难。"

"这位小姐,你应该不是警察吧?我可不希望那辆出租车上坐的是危险人物,结果发现我们跟踪,来找我麻烦。"

"别担心,他是普通人。"真绪又补充说,"是我男朋友。"

"男朋友?你跟踪你的男朋友?哦哦哦……"司机似乎察觉了什么,轻轻点了点头,"你是不是怀疑他劈腿?怀疑他接下来去见其他女人?"

"呃,嗯……差不多就是这样。"

"是哦,我就知道。你男朋友真差劲啊,既然这样,那我就努力跟踪。"司机的好奇心受到了刺激,似乎终于来劲了。

怀疑男朋友劈腿——原来是这样。这也许最接近真绪目前的心境。

即使工作再忙,真的必须这么早就回家吗?以前也曾经有过工作忙碌的时期,但佑也说只要减少睡眠时间就好,一直陪真绪到很晚。

真绪想,也许佑也接下来必须去某个地方。那里可能有什么东西改变了佑也的心,那里可能有他想要守护的世界。

出租车来到东京铁塔附近。真绪看到东京铁塔,立刻确信自己猜对了。因为佑也住在与此完全相反的方向。

"要去哪里呢?这样看来,很可能是惠比寿或是目黑……"司机嘀咕道。

司机的开车技术很好，不时让其他车子插进来，持续跟踪佑也搭的出租车，幸好路上的车子并不多。

"这位小姐，如果你目睹他劈腿，你打算怎么办？"司机兴致勃勃地问，"你打算闯进去吗？"

"……不知道。"

"虽然要怎么做是你的自由，但我劝你要冷静，如果闹得天翻地覆，双方都会受伤。"

"谢谢。"真绪在回答的同时，也纳闷自己为什么要道谢。

如果发现了佑也的去向该怎么办？她完全没有思考这个问题，到底该怎么办？

她的心跳突然加速，手心也渗着汗。自己到底想干吗？发现他的秘密之后，到底要怎么做？

"啊哟，好像快到终点了。"司机说着，放慢了车速。

真绪发现已经进入了住宅区，道路并不宽。司机之所以放慢速度，可能觉得太靠近容易被发现。一看地址，发现是广尾。

"果然没错，车子停下来了。"

前方的出租车闪着车尾灯。

"我会先开过去，如果在这里停车，容易引起怀疑。"

"好。"真绪在回答时，在座椅上压低了身体。万一被佑也发现就惨了。

出租车开了一小段路后停了下来，真绪向后看，发现佑也下了车，站在一栋大房子前，完全没有发现自己。

不一会儿，他走进了那栋房子。

"好像是那栋房子，"司机说，"我刚才瞥了一眼，那栋房子很气派。你男朋友的劈腿对象住在那里吗？"

"不知道。"真绪偏着头，拿出了皮夹，看了车资的金额，拿出了几张千元纸钞。

"那就加油喽。别嫌我啰唆，你真的要冷静。"司机在找零时说道。这个司机爷爷长相很亲切。

下了出租车，真绪战战兢兢地走向那栋房子，很担心万一佑也走出来该怎么办，她无法解释自己为什么会在这里。

她来到那栋房子前。司机说得没错，那是一栋豪宅，镂空雕刻的铁门内是一条很长的通道。

真绪看了门牌，立刻倒吸了一口气。因为门牌上写着"播磨"的姓氏，真绪知道那是播磨科技的董事长的姓氏。所以佑也来这里，果然是为了工作吗？董事长直接委托的工作，是在董事长家里工作吗？还是今天晚上要讨论什么事，所以来找董事长吗？

通道前方的欧式建筑周围种了一些树，散发出一种梦幻的气氛。真绪很快就发现，这是因为几乎所有的窗户都没有亮灯。时间还早，这家人不可能所有人都睡觉了，而且还有佑也这个客人。这家人到底在干什么？

真绪抬头一看，发现一楼的窗户透出隐约的灯光，应该是玄关附近的房间。

真绪凝视着那个窗户。窗户内是佑也想要守护的世界——她不由得这么想。

2

星野在玄关脱鞋子之前,再度向播磨夫人鞠了一躬:"不好意思,这么晚才来,真的很抱歉。"

播磨夫人苦笑着摇了摇手。

"我没关系,星野先生,你没问题吗?你不是去参加公司的聚餐吗?你可以慢慢来,可以等明天再训练。"

"不,如果今天再休息,就连续休息三天了,而且会不会有酒臭味?虽然我努力注意不喝太多。"

"不会,要不要喝水?"

"不,不需要,那就打扰了。"

星野说完,脱了鞋子,穿上播磨夫人为他准备的拖鞋。

"外婆今天晚上不在吗?"

熏子露出微笑,指着楼梯上方。

"她照顾我儿子睡觉之后,自己也睡着了。今天幼儿园去远足,外婆也陪着一起去,所以累坏了。"

"原来如此,那真的很累。"

"是啊,其实照顾瑞穗反而比较轻松。"播磨夫人皱起了鼻梁。

播磨夫人像平时一样,打开了玄关旁房间的门说:"请进。"

星野微微欠身后走进了房间,隐约飘来芳香精油的味道。从这个夏天开始散发精油的味道。播磨夫人说，精油的味道让自己比较容易入睡。这里也是她的卧室。

瑞穗躺在床上，她穿着白色运动衣和深蓝色的运动外套，穿着白色的袜子。五月左右，播磨夫人说，训练时当然也要穿运动服。星野猜想可能是因为瑞穗上了小学。

"现在即使穿这样，她的体温也不太会下降，医院的医生也很惊讶。"播磨夫人兴奋地说。

她当然会高兴，因为一旦脑死亡，也就是脑干的功能停止，通常不会有这种情况。虽然医生没有明说，但他们内心可能已经认为，瑞穗的一部分脑干仍然能够发挥作用。

星野坐在工作台前，打开各种机器的电源，然后从自己带来的皮包里拿出电脑，连接控制器，换了几个程序。他因为写这些程序耽误了时间，所以无法在傍晚来这里，直到六点多才完成，差不多就是和真绪见面的时间了。

星野完成一连串的工作后，回头问播磨夫人："线圈已经装好了，对吗？"

"对，已经装好了。"

星野点了点头，打量着瑞穗的身体。

这就是一年前被宣告几乎是脑死亡状态的女孩吗？她气色红润，持续规律的呼吸力道很强。即使隔着衣服，也可以知道她的肌肤滋润有弹性，手臂和腿上都有适度的肌肉，好像随时会睁开眼睛，打着哈欠，用力伸懒腰。

星野得知，瑞穗最近几乎不需要服药。这半年来，身体几乎没有任何巨大的变化,真是太令人惊讶了。

她的手臂上贴了几个连着电线的电极。

"那就从推手运动开始,先是不加压的情况。"星野操作着控制器的键盘。

星野和播磨夫人看着瑞穗原本贴着身体的手肘慢慢弯曲,当拳头来到胸部旁时,手臂用力伸直,拳头伸向前方,对着空中伸出了拳头。当手臂伸直后,手肘再度弯曲,回到了原来的位置。这个动作重复了五次。

星野点了点头,看着播磨夫人说:"很完美。"

"她的动作越来越稳当了。"

"和以前大不相同。接下来要增加负荷,可以麻烦一下吗?"

"OK。"播磨夫人说完,站在瑞穗旁说,"准备好了。"

"那就开始了。"星野操作着键盘。瑞穗的手臂动了起来,先是弯曲手肘,接着和刚才一样,拳头伸向身体前方。

这时,播磨夫人将双手握住瑞穗两侧的拳头,也就是阻止瑞穗把手伸直。星野看向肌电监视器,发现瑞穗的肱三头肌承受了很大的负荷。

相同的运动重复了八次之后停止。因为瑞穗不会喊累,如果不借由肌电监视器观察,就会造成过度负荷,可能会损伤肌肉。

"让她休息一下,因为这个运动相当于普通人做俯卧撑。"

"那我来泡茶。"播磨夫人离开了床,但走向门口时,突然停下了脚步,盯着自己的双手。

"怎么了?"星野问。

播磨夫人抬起头，她的双眼都红了。

"她刚才的力气很大，虽然我只是轻轻压着她的手，但她轻轻松松就把我的手举了起来。我做梦都没想到，瑞穗竟然有这么一天……"她哽咽着说不出话，然后胸部起伏了几次，似乎在调整呼吸，"对不起，我来泡茶。"说完，她走了出去。

星野将视线移回瑞穗身上。她的脸颊比刚才稍微红润，可能是因为运动促进了血液循环。如果大脑所有的功能都停止，就不可能发生这样的状况。

瑞穗的大脑功能果然已经稍有恢复了吗？还是原本就残留了这种程度的功能，如今这些功能只是苏醒而已？当然还有另一个可能性，就是ANC的刺激活化了脊髓。关于身体的统合性问题，目前还有很多不明之处，但有人认为只要脊髓功能正常，身体就具有统合性。

但是，对佑也来说，这并不重要。重要的是，自己的技术让瑞穗的身体日益健康，即使只是表面的健康而已，而且，播磨夫人为此喜极而泣。

如今，在这个房间所度过的时间，逐渐成为星野生活的重心。播磨董事长认同这是正式的业务工作。对星野来说，只是用磁力刺激脊髓，就可以如此自在地活动身体的实验，也充满了魅力。

但是，只要时间允许，他就希望能够在这里的原因并非如此而已。

每次让瑞穗做新的动作，或是活动了以前不曾活动过的部位，播磨夫人就会兴奋得热泪盈眶，对星野表达感谢。她每次感谢时的语气充满热情，仿佛相信他就是女儿的救世主。

为了响应播磨夫人的期待，星野不断开发新的课题，希望熏子更加感动，希望看到她喜极而泣。她充满喜悦的样子，正是他动力的来源。

星野当然知道这是一种恋爱感情。事实上，他第一次来这里看到播磨夫人时，就已经被她吸引。当时这种感觉还很模糊，但在经常出入这个家之后，这种感情也逐渐成形。

他知道自己不可能表达这种感情。因为对方是有夫之妇，而且她的丈夫是自己的老板，是老板为自己创造了目前的状况。一旦背叛老板，将会失去一切。虽然他们夫妻正在分居，但老板不可能允许自己爱上他的太太。

星野对目前的状况感到十分满足。他并不想和播磨夫人发展进一步的关系，只要能够和她一起养育瑞穗长大，共同分享喜悦就足够了。

手机发出收到信息的声音。星野拿起来一看，果然是真绪传来的信息。他迟疑了一下，还是看了内容："正在努力工作吗？谢谢你这么忙，还抽空和我见面。不要累坏身体，晚安。"

星野想了一下，回复了信息："谢谢你的关心，晚安。"

然后，他将手机关机，叹了一口气。

和川嶋真绪交往两年。在迄今为止交往的女人中，和她最合得来。真绪个性很好，脑筋也不差，听她谈论在动物医院当助理时的各种事也很有趣。

没错，真绪没有任何过错。她是一个出色的女人，能够娶到她的男人一定可以得到幸福。

不久之前,星野觉得自己会是那个男人。进公司后,他的生活一直以工作优先,但并不觉得不需要成家。他认为只要时间到了,自己就会结婚生子,而且认为真绪是理想的对象。

他之所以从来没有在真绪面前提过这件事,只能说是因为没有机会。星野没理由急着结婚,真绪看起来也不急。他只是很轻松地认为,早晚会有一方提起这件事,到时候再思考就好。

没想到事态朝着意想不到的方向发展。遇见播磨夫人和瑞穗之后,之前隐约设计的未来全都归零。

他至今仍然不讨厌真绪,也可以说出好几个她吸引人的优点,只是无法想象自己和她建立家庭。

因为对星野来说,目前在这里的时间成为生活中的头等大事。一旦结婚成家,就无法再这么做。

最重要的是,真绪已经不再是他在这个世界上最爱的女人了。

他觉得很对不起真绪,也知道自己很自私,但他无法欺骗自己。

所以,他很想赶快和真绪提出分手。今天晚上,他好几次想要提出分手,但最后还是说不出口。一方面是没有勇气;另一方面是如果真绪问及原因,自己没有自信可以说清楚。他不想提及在这个家所发生的事,不想提到瑞穗,也不想提到播磨夫人。虽然他也搞不清楚其中的原因。

或许可以说,自己喜欢上其他女人了,但如果真绪追问是哪里的哪个女人,自己立刻就会张口结舌、语无伦次。他很不擅长在这种事上说谎。

最近,他有时候希望真绪向他提出分手。她很聪明,不可能没发现星野的态度有问题。

他正在想这些事,听到敲门声。"可以请你帮忙开一下门吗?"

星野起身打开了门,双手端着托盘的播磨夫人走了进来。托盘上有两组茶杯,还有装了饼干的盘子。

"啊,你又烤了这种饼干吗?"星野问。播磨夫人笑着点了点头。

"上次你不是说很好吃吗?所以我昨天趁我妈照顾瑞穗的时候烤了这些。"

"是吗?那我来尝尝。"星野咬着饼干,除了适度的甜味,还有淡淡的柠檬香气在嘴里扩散。

"好吃吗?"

"很好吃,再多也吃得下。"

"太好了,还有很多,你不要客气,这些饼干都是为你烤的。"播磨夫人说着把茶杯举到嘴边。

"谢谢。"

星野喝着红茶,偷偷地看向播磨夫人的侧脸。她正看着瑞穗。

自己可能永远不会向她表明心迹,但星野最近开始觉得,也许这份感情并非单向,也许即使什么都不说,两个人的心也紧密地结合在一起了。

3

真绪把车子停在公寓的地下停车场，打开了后车座的侧滑门。这辆小型厢型车是真绪任职的动物医院的车子，但几乎都是她在开，所以她的皮包里也有一把车钥匙。

白色的金吉拉波斯猫蜷缩在她从后车座拿下的粉红色提篮内，它的名字叫汤姆，是十三岁的公猫。因为不久之前才动了切除肛门腺的手术，所以脖子上还戴着伊丽莎白项圈。虽然还必须观察术后状况，但前天接到饲主的电话，说他们夫妻要离开东京两天，不放心把它独自留在家中，希望可以留在医院照顾。虽然平时都会婉拒类似的委托，但饲主是院长多年来的老朋友，所以这次特别通融，收留了它。原本饲主应该今天来接它回家，但又接到电话说，晚上之前都无法出门，而且不知道几点才能结束。无奈之下，真绪只能把它送到饲主家。

在玄关请饲主开门后，真绪拎着提篮上了楼。按了房间的对讲机后，立刻听到门锁打开的声音，门也打开了。

汤姆的妈妈——饲主太太出现了。她是一个五十多岁，看起来很有气质的女人。

"啊，是川嶋小姐，谢谢你，真不好意思，提出这么任性的要求。"饲主太太一脸歉意，两道眉毛皱成了"八"字形。

"你太客气了,汤姆这几天都很健康。"真绪递上提篮。

"是吗?那真是太好了。汤姆,你有没有乖?对不起,爸爸和妈妈都不在家。"饲主太太接过提篮,对里面的爱猫说话。

"为它称了体重,比刚动完手术时轻了,但在正常的范围内,所以不必担心,希望不要让它有压力。"

"好的,啊,对了,这次的费用是多少钱?"

"不,不用钱。"

"啊?没关系吗?真是太不好意思了。"

"你不必放在心上,那就请汤姆多保重。"真绪鞠了一躬,离开了饲主家。

回到停车场,坐上了厢型车,发动车子,驶出了公寓,但开了一小段路之后,她踩了刹车,看着卫星导航系统。

这里是西麻布,广尾就在附近。那栋房子就在广尾。

上上个星期的星期四,她和佑也一起去吃了文字烧。时间过得很快,已经快两个星期了。那天的天气很热,最近已经完全有了秋天的味道。这段时间,虽然他们会相互传信息,但并没有见面。信息的内容也很空洞,比现成的贺年卡更加空洞无物,根本不会想要一看再看。

不一会儿,就来到了目的地附近。刚好有一个投币式停车场,简直就像在鼓励真绪的行为。

真绪犹豫着踩下了刹车。她换了挡,转动方向盘,倒车停进了停车位。

她用卫星导航系统确认了位置。她大致知道那栋房子的位置,在记住目前地点和那栋房子的位置关系之后,她关掉了引擎,下了车,锁上车门后迈开步伐。

我到底想干什么?我想去那栋房子干什么?

佑也今天也许也在那里。既然那是他的工作,他在那里也很正常。自己想要确认这件事吗?这么做有什么意义吗?不,更何况自己要怎么确认?

她不断地问自己,却不知道答案,但还是无法停下脚步。她在熟悉的街角转弯,继续往前走。

虽然白天的感觉不太一样,但的确是那天晚上出租车经过的路。真绪放慢了脚步,内心有点儿发慌。

接着——

那栋房子出现在视野左侧。欧式的房子周围种着树木,记忆中,墙壁接近漆黑色,但现在发现是明亮的茶色,屋顶是红色。

她沿着米色的围墙来到大门前,停下了脚步。因为颜色和记忆中不同,她担心是否错了,但并没有错。铁门上的装饰和那天晚上看到的相同,而且门牌上写着"播磨"。

她看向房子。长长的通道前方是玄关的门,那天晚上透出灯光的窗户拉起了窗帘。

佑也今天也在里面吗?他在这栋房子里,守护着什么吗?

门柱上装了对讲机。如果自己按门铃会怎么样?屋内的人问"是哪一位?"时,自己该如何回答?难道要说,自己是星野佑也的女朋友,他今天有没有来这里?

她摇了摇头。自己当然不可能这么做,这简直就像是跟踪狂。如果被佑也知道，一定会觉得很可怕，搞不好会讨厌自己。

回家吧。她想。自己为什么会来这里？真是鬼迷了心窍。

正当她准备离开时，背后传来一个声音："请问是有事要找我家吗？"

真绪惊讶得心跳都快停止了，回头一看，一个鹅蛋脸的女人满脸讶异地站在那里。她穿着灰色洋装，外面套了一件淡粉红色的开襟衫，气质出众，镇定自若的感觉，一看就知道是这栋房子的主人。

"不，并没有特别的事，只是听朋友提过这里……"说出口之后，她感到后悔不已。早知道应该说刚好路过，看到房子很漂亮，就忍不住张望了一下，但现在已经来不及了。

"你的朋友是？"果然不出所料，那个女人追问道。

真绪根本无法掩饰，如果说的谎不合理，自己的处境会更难堪。

"呃……是一个姓星野的人。"她小声回答。

女人松开了微微皱起的眉头，点了点头说："哦，原来是这样。你也是播磨科技的人吗？"

"不，并不是……"真绪不知道该说什么，眼神飘忽起来。

那个女人露出似乎察觉了什么的表情问："你该不会是他的女朋友吧？"

那个女人一猜就中。真绪慌了手脚，拨了拨刘海，小声地回答："嗯，差不多吧。"

真绪似乎看到女人的眼睛深处一亮，接着露出几乎可以称为妖媚的笑容。

"原来是这样啊，星野先生从来没有提过他有女朋友，我还以为他没有女朋友呢。不过，像他那么英俊潇洒的人，没有女朋友才奇怪吧。"

英俊潇洒的人。这种说法让真绪有点儿在意。这是什么意思？

"请问……他经常来这里吗？"

"对啊，差不多两三天来一次，但今天不会来。"

"这么频繁……"

"星野先生没有详细告诉你在我家做什么吗？"

真绪摇了摇头说："他什么都没告诉我。"

"是这样啊。"女人小声嘀咕后想了一下，然后再度对真绪露出微笑。

"如果你时间方便，要不要去我家喝杯茶？我来告诉你，星野先生在我家做的事。"

"可以吗？但他说是高度机密的业务。"

"高度机密……这的确不是可以逢人就说的内容，但让你知道没关系。"女人打开了大门说，"请进。"

"打扰了。"真绪说着走进大门内。

"我还没有请教你的名字。"女人在关上大门时说。

"哦……我姓川嶋，川嶋真绪。"

"真绪，真是好名字。请问怎么写？"

真绪回答说，是真实的真，头绪的绪。女人听了之后，又说了一次："真是好名字。"

"请问……你是播磨董事长的夫人吗？"真绪鼓起勇气问道。

"对。"女人点了点头，然后告诉真绪，她叫熏子。

"夫人的名字也很好听。"

"谢谢。"董事长夫人说完,沿着石板通道走向玄关。真绪对着她的背影说:"那个……"播磨夫人停下脚步,回头看着她。

"我刚才说,是从男朋友口中听说这里的事是骗你的。其实是我很想知道他在干什么,所以跟踪了他。我不想让他知道我来这里的事,如果你认为不想牵扯这么麻烦的事,请你告诉我,我马上就离开,但请你不要告诉他。"真绪直直地站在那里说。

播磨夫人面无表情,有点儿不知所措地听着她说完,立刻嫣然一笑。

"我知道了,那就不告诉星野先生,我并不觉得麻烦,这很常见。"说完,她再度走向玄关。

播磨夫人打开门,对真绪点了点头,示意她进屋。"打扰了。"真绪打了一声招呼后,走进了屋内。

门厅很宽敞。门厅旁是楼梯,因为是挑高空间,所以天花板很高。有淡淡的香料味道。是芳香精油吗?

门厅旁的房间门打开了,一个像是读幼儿园年纪的男孩走了出来。他的一双大眼睛令人印象深刻。男孩可能以为妈妈回来了,所以出来迎接,看到一个陌生女人站在那里,似乎很惊讶。

"我回来了。你有没有乖?"播磨夫人问。但男孩脸上的表情仍然很僵硬,露出警戒的眼神看着真绪。真绪对他打招呼说:"你好。"他也没有反应。

这时,另一个人走出了房间。这次是个子矮小的白发老妇人,她也发现了真绪,露出不知所措的表情。

真绪向老妇人鞠了一躬。

"有客人啊。"播磨夫人说,"等一下会向你解释,妈妈,你可不可以带生人去客厅?"

"哦,好啊好啊。"应该是播磨夫人母亲的老妇人握着男孩的手,"小生,和外婆去那里玩游戏。"

"我想搭积木。"

"搭积木吗?嗯,好啊好啊。"

老妇人牵着男孩的手,消失在走廊深处。

"请进来吧。"播磨夫人说。

"打扰了。"真绪脱了鞋子走进屋内,但不知道该走去哪里,所以站在原地。

播磨夫人走向刚才那个男孩走出来的那道门。

"星野先生每次都进去这个房间,说起来,这里是他工作的地方。"

真绪吞着口水。果然没有猜错。那天晚上看到亮着灯的窗户,应该就是这个房间。当时他就在这里。

"川嶋小姐,"播磨夫人注视着真绪的脸说,"我想要让你见的人就在这个房间。你愿意见她吗?"

播磨夫人的眼神很认真,真绪有点儿不知所措,忍不住紧张起来。她感到害怕,但事到如今,不能逃走。

"愿意。"她收起了下巴。

"那就请进。"播磨夫人打开了门。

真绪诚惶诚恐地走向那个房间。芳香精油的香味似乎就是从这个房间散发出来的。

那是一间很宽敞的西式房间,真绪最先看到放在窗边的大泰迪熊。接着看到泰迪熊前有一张小床,铺着花卉图案的床单。

然后她才注意到粉红色的椅子。那张椅子绝对不小,反而大得有点儿不适合称为椅子,但不知道为什么,一开始并没有进入真绪的视野。

一个女孩坐在椅子上。女孩的年纪大约读小学低年级,长得很可爱,刘海剪得很整齐的发型很适合她。她睡着了,闭着眼睛,睫毛显得特别长。

"她是我女儿,"播磨夫人说,"请你再靠近一点儿。"

真绪慢慢走过去,立刻发现了一件事,刚才以为是椅子的东西,其实是担架式的特殊轮椅,而且女孩的鼻子插着管子。真绪知道那是补充营养的鼻胃管。

"我女儿因为溺水,已经沉睡超过一年了。医生说,她可能不会再醒过来了。"

真绪惊讶地转头看着播磨夫人。"这该不会……"她把说到一半的话吞了下去。

"没错。"播磨夫人嘴角露出笑容点了点头。

"说她是植物人,你可能比较清楚。但医生认为她甚至称不上是植物人。"

真绪想到"脑死亡"的字眼,但没有说出口,看着轮椅上的女孩:"她看起来完全……"

这句话并不是奉承。因为无论气色还是皮肤,都和健康的孩子无异，而且即使穿着衣服，也知道她的体格并不差。

"经过了很多人的努力，最重要的是她自己的生命力，所以能够维持目前的状态。对这个孩子来说，星野先生的努力更是不可或缺的。"

"他做了什么？"真绪问。

"好吧，"播磨夫人露出一丝迟疑的表情偏着头后小声嘀咕，"也许该让你目睹一下。川嶋小姐，不好意思，可不可以请你在外面等一下？"

"啊？我要出去吗？"

"对，只是一下子而已。"

真绪搞不清楚状况，但还是按照播磨夫人的要求走了出去。她等在门外，很快就听到播磨夫人说："请进。"

她再度走进房间，看到播磨夫人坐在椅子上。她前方的桌子上排放着复杂的仪器，刚才这些仪器用布盖了起来。

真绪将视线移向轮椅上的女孩。她看起来和刚才没什么两样，但其实稍有不同。她的背上有几条电线，连在桌子的仪器上。

女孩仍然闭着眼睛，面对真绪的方向，手臂放在轮椅的扶手上。

"先让她打招呼。"播磨夫人说着，按了仪器的某个地方。

下一刹那，发生了意想不到的事。女孩放在扶手上的右手缓缓抬了起来，然后放回原位。真绪差一点儿叫出来，但好在忍住了。

"虽然星野先生说会有危险，所以他不在的时候不要使用，但这种程度应该没有大碍。"播磨夫人抬头看着真绪，"你似乎真的很惊讶。"

真绪按着自己的胸口,调整着呼吸说:"这是怎么回事?"

"就是你看到的啊,我用星野先生开发的最新技术,活动了我女儿的手。多亏了星野先生,让我女儿身上很多肌肉都可以活动,也逐渐恢复了健康,现在骨质密度也几乎是正常值。"播磨夫人满脸得意,然后又继续说道,"星野先生是我们的恩人,是我女儿的上帝,也是她的第二个父亲。"

真绪想不到该说什么,注视着闭着眼睛的女孩,茫然不知所措。

播磨夫人站了起来。"真对不起,我请你来喝茶,却连茶都没倒。"说完,她走出了房间。

真绪仍然愣在原地,她的脑子里一片混乱。

植物人。不,脑死亡。这种人能够动吗?播磨夫人刚才说,星野让她女儿可以活动。星野两三天来这个房间活动女孩的身体。

他在这里是上帝,是女孩的第二个父亲——

其中到底有什么玄机?她暗自纳闷,向女孩靠近一步。

女孩的右手像刚才一样举了起来,然后又放回原位。

一阵寒意贯穿真绪的背脊,她忍不住发出轻声尖叫。

她转身离开了房间,来到刚才脱鞋子的地方,穿上球鞋,立刻冲了出去。她冲向大门时,想起了男友的脸。

佑也,那就是你守护的世界吗?那个世界的前方是什么?

4

"应该是回声现象。"

听到星野这么说,正在为瑞穗脱下白色训练服,换上格子图案睡衣的熏子停下了手,回头看着他:"回声?有这种现象吗?"

"目前还不是很清楚,"星野拿起桌上的茶杯,"因为这是用磁力刺激使神经产生微小的电流,借此活动肌肉,在刚结束时,运动神经处于活化的状态,所以微小的刺激就会产生反射,有可能会重复相同的动作。这就是回声现象。"

"没办法预防吗?"

"不,只要修改程序,应该就可以改善,但发生回声现象有什么问题吗?"

"不,并没有问题,只是觉得很奇怪。"

"呵呵呵。"星野笑了起来,"没有操作控制器,瑞穗就突然做出和之前相同的动作,可能会有点儿被吓到吧?"

"有一点点,我一时以为是瑞穗自己动了,但随即告诉自己,不可能有这种事……"熏子让瑞穗躺在床上,帮她调整姿势后,回到桌子旁。

"我之前应该告诉你,会有这种可能性。怎么办?修改程序并不是太困难的事。"星野说。

熏子摇了摇头："不需要，我以后不会随便动仪器了。"

"好，这样比较好，那就拜托了。"星野眯起眼睛，喝着红茶。

熏子也伸手拿起杯子。当初与和昌结婚时，朋友送了皇家哥本哈根的茶杯作为贺礼，以前都放在碗柜内作为装饰品，如今都拿来喝茶。

"但是，"星野开了口，"为什么呢？"

"什么为什么？"

"我在想，夫人为什么会想要一个人操作仪器？我记得之前叮嘱过，我在的时候才能为瑞穗做训练，否则会有危险。"

"对不起。"熏子坐着鞠了一躬，"因为我和瑞穗在一起时，突然想要让她活动一下……心想让她的手上下摆动一下应该没问题。我以后不会再这么做了。"

星野点了点头。

"等数据齐全，程序完成之后，夫人一个人的时候，也可以操作。在完成之前，请再稍微忍耐一下。"

"好。"熏子回答后，看着床上的瑞穗。

她回想起两天前发生的事，同时想起了川嶋真绪的表情。

当熏子端着为她泡好的茶走回房间时，发现只有瑞穗独自在房间内。去玄关一看，发现川嶋真绪的球鞋不见了。熏子觉得她不可能不告而别，所以等了一阵子，却没有看到她再回来。

熏子完全搞不清楚状况，更不知道她为什么不打一声招呼就消失了。即使临时有急事，也该打声招呼。既然是星野的女朋友，至少应该有这种程度的常识。

熏子回到瑞穗的房间，决定拆下仪器，但在此之前，想要让瑞穗再动一下。她就像刚才表演给川嶋真绪看时那样，举起了瑞穗的右手，然后放了下来。瑞穗出色地完成了动作。

"你越来越厉害了，做得很好。"

熏子对瑞穗说完，关掉了装置的电源，然后用布盖了起来，但并不是为了防止灰尘，而是不喜欢电子仪器冷漠的感觉。正当她准备把线圈——磁力刺激装置从瑞穗身上拆下来时，瑞穗的右手轻轻抬了起来，然后又放回了原位。熏子倒吸了一口气，看向已经盖上布罩的装置。她以为自己忘了关掉电源，但电源已经关掉了。

她注视着双眼紧闭的女儿。该不会发生了奇迹吧——这种想法掠过她的心头，但立刻消失了。虽然觉得可惜，但最好还是不要这么想。在使用这个装置之前，瑞穗的身体就会突然动一下。是进藤医生用冷漠的口吻说，那纯粹只是反射现象而已。

星野刚才的说明，让她完全了解了。回声现象，也许该记住这个名词。否则下次再发生相同的情况，可能会吓到不知情的人。

没错，川嶋真绪应该看到了这个现象，在熏子泡红茶时，她应该看到瑞穗的右手因为回声现象动了起来，所以她吓得逃走了。

真是没礼貌的女人。我女儿还活着，动一下手，有什么好害怕的？

但是，熏子决定以后不再随便在陌生人面前活动瑞穗的身体。不久之前，和昌难得带了他父亲多津朗来家里，于是让多津朗看了瑞穗举起双手的样子。没想到公公一脸错愕地愣了半天，一动不动地站在原地，然后对和昌说："我无法苟同这种事。"

和昌问他为什么，多津朗面色凝重地注视着孙女的脸说："因为我觉得用电力操作来活动人的身体，是对神的亵渎。"

这句话把熏子惹火了,她用力呼吸后说:"用电力操作?为什么?随时活动卧床不起的孩子手脚,为他们翻身,是日常的照护工作,现在只是让瑞穗靠自己做这些事,为什么是对神的亵渎?更何况这项技术是和昌的公司,也是爸爸你以前担任董事长的公司所研发的,你为什么要这么说?"

多津朗被熏子气势汹汹的样子吓到了,慌忙辩解说:"我刚才说是对神的亵渎,实在是言重了。因为太了不起了,所以我很惊讶。"和昌也出面解释,向熏子道歉说是他的错,他应该先向父亲说明情况。

之后,多津朗听了熏子与和昌的说明,也了解到这个装置的训练对维持瑞穗的健康发挥了多大的作用。临走时,多津朗露出温柔的眼神看着瑞穗说:"瑞穗,你要好好训练。"

但是,并不是每个人的想法都能够像多津朗那样开放。不,多津朗也许只是在儿子和媳妇面前假装接受,更何况像川嶋真绪这种外人,很可能感到毛骨悚然。

星野喝完了红茶,把茶杯放回了茶托,看了一眼手表后说:"那今天就先到这里。"

熏子也看向墙上的时钟,晚上七点刚过。他来这里约两个小时了。

"如果不赶时间,要不要留下来吃晚餐?不过今天没有什么特别的菜可以招待你。"

这是熏子第一次邀他留下来吃饭。星野听到熏子的话,惊讶地眨了眨眼睛。

"不……这太不好意思了。"星野说着轻轻摇了摇手,但熏子没有错过他脸上浮现的喜色。

"你不必客气,还是已经有其他安排?约会吗?"

"没有没有，"星野摇着头，"才不是这样。"

"真的吗？星野先生，你不是假日也来我家加班吗？所以我很担心你连约会的时间也没有。"

"什么约会……"星野的眼神飘忽之后，瞥了熏子一眼说，"我没有这种对象。"

"啊？怎么可能？"

"是真的，"星野一脸严肃地点了点头，"真的没有。"

"那就好，如果因为我，剥夺了你和心爱的女朋友相处的时间，我心里会很过意不去。"

"完全不必担心。"星野低头嘀咕道。

"既然这样，就务必留下来吃晚餐，我去跟我妈说，请她准备一下。"熏子说完，站了起来。

"啊，那个，这……"星野也站了起来，"非常感谢，但我还要回公司处理一些工作。我刚才中断了手上的工作来这里。"

熏子皱着眉头，轻轻摇了摇头。

"是这样啊，真对不起，特地为了瑞穗过来。"

"别这么说，这是我的工作，请你不要放在心上。"

"谢谢。"熏子说完，打开了衣柜，拿了星野挂在衣架上的上衣后，说了声，"来吧。"打开上衣，让星野穿上。

"啊，谢谢……"星野诚惶诚恐地背对着她，把手伸进上衣袖子。

熏子像往常一样送星野到玄关。星野用鞋拔穿上皮鞋后，右手拎着皮包，恭敬地鞠了一躬说："那我就告辞了，我后天再来。"

"辛苦了，路上请小心。"

"谢谢。"

星野转身把手伸向门把，但在推开门之前转过头。

"怎么了？"熏子微微偏着头。

"不，那个……"他舔了舔嘴唇，"下次务必让我有机会一起吃晚餐，虽然这样说听起来脸皮很厚。"

熏子瞪大眼睛，微微吸了一口气。

"你有没有什么要求？你喜欢吃什么？"

"我哪敢提什么要求。"星野微微红了脸，"什么都可以，我不挑食。"

"那我一定要设计很棒的菜色。啊，但我这么说，你就会期待，真伤脑筋。"

"不，真的什么都好，你不必担心。那我就告辞了。"星野再度鞠了一躬，开门走了出去。

熏子锁好门之后，回到了瑞穗的房间。打量了女儿熟睡的脸庞后，她将视线移向窗外，看到身穿西装的星野正走向大门。

那个年轻的贡献者——

自己当然不可能轻易放手。因为还需要他为瑞穗做很多事，希望他的生活中没有任何其他需要优先的事。

川嶋真绪该怎么办？因为她必须隐瞒跟踪的事，所以不可能告诉星野她来过这里。但是她知道自己的男朋友在这里干什么，也知道自己的男友在这里像上帝一样被崇拜。

而且，她一定深切体会到，自己踏进了一个不该涉入的世界。

星野说他没有女朋友，熏子期待在不久的将来，这句话不再是谎言。虽然她内心产生了一丝愧疚。

·第四章——上门朗读的人·

1

熏子刚为瑞穗的长发绑好马尾，门铃就响了。熏子很喜欢为女儿梳这个发型，她觉得这个发型最好看，但仰躺在床上时很不方便，所以平时很少有机会梳这个发型，像今天这样，需要长时间坐着和别人见面时，即使多花一点儿时间，她也想为瑞穗绑一个可爱的发型。

熏子拿起装在门旁的对讲机："哪一位？"

"午安，我是新章。"对讲机中仍然是那个没有起伏的声音。

"请进。"熏子说完，按下了大门的解锁开关，回头看着瑞穗。她今天穿着格子短袖衬衫和迷你裙，虽然闭着眼睛，但身体坐得很直，脖子也很挺。因为轮椅的辅助，让她可以维持这样的姿势，当然也是因为瑞穗的肌肉和骨骼状态不错，才能够做到。

熏子走出房间，在门厅换了拖鞋，打开玄关的门锁开了门。

新章房子站在门口。她穿着白衬衫和深蓝色裙子，一头黑发盘成发髻，背着一个很大的黑色背包，对着熏子鞠了一躬。

"我们正在等你，谢谢你每次辛苦上门。"熏子说。

"应该的。"新章房子简短地回答，她的嘴巴几乎没有动，眼镜后方的眼睛也没有动，"瑞穗的情况还好吗？"

"托你的福，最近都很稳定，和上个星期一样。不，可能比上星期还好一点儿。"

"那就太好了,这下我就放心了。"她在说这句话时,嘴角才终于有一丝像是笑容的表情,但随即恢复了没有表情的脸。她今年四十岁,虽然脸上的妆不浓,但几乎看不到皱纹,也许就是因为她很少做任何表情。

"请进。"熏子说。

"打扰了。"新章房子说完,走了进来。

新章房子知道瑞穗在哪里,立刻敲了敲旁边房间的门。里面当然没有回答。她明知道不会有响应,仍然先敲门。每次都这样。

"瑞穗,我进去喽。"说完,她打开了门,走进房间。熏子也跟在她后面走了进去。

新章房子面对着坐在轮椅上的瑞穗说:"午安,你妈妈说得没错,你看起来很有精神。"她用没有起伏的声音说道,把旁边的椅子拉过来后坐了下来,"今天我带了你应该会喜欢的书,是关于魔法和动物的故事。"

新章房子从肩膀上拿下背包,从里面拿出绘本,把封面展示给瑞穗。

"瑞穗,你闭着眼睛,所以可能看不到。封面上画了紫色的花和茶色的小狐狸,花的名字叫风吹草,那是一种会变魔术的神奇花朵。这本绘本就是关于风吹草和小狐狸的故事。"她把绘本对着瑞穗,翻开了封面,"在一个地方,有一只小狐狸饿坏了。小狐狸已经好几天没吃东西了,头晕眼花,连路都走不动了。这时,小狐狸听到有人在对它说话。哎哟,真是可爱的小狐狸啊。原来是一个女孩。女孩似乎发现小狐狸饿坏了,从口袋里拿出饼干送给小狐狸。小狐狸咬了一口，发现饼干真好吃啊。小狐狸转眼之间，就把饼干吃光了，浑身立刻有了满满的力气。女孩看到之后对它说，太好了，然后就离开了。"

熏子蹑手蹑脚地打开门，走出了房间，然后又静静地关上门，但是，她没有立刻去客厅，而是站在原地偷听。

她听到新章房子的声音。

"小狐狸很想再见到那个女孩，这时，它看到一张布告，上面写着要在城堡里举行派对。看到布告上画的公主，它太惊讶了。因为那就是送它饼干的女孩。只要参加派对，就可以见到那个女孩。但是狐狸不能进城堡去。怎么办？怎么办呢？小狐狸很伤脑筋，就去找它的好朋友风吹草商量。风吹草对它说：'小狐狸，别担心，我可以把你变成人。'然后就使用了魔法。结果呢？小狐狸——"

熏子蹑手蹑脚地离开了。

今天没问题，即使只剩下她们两个人，新章房子也会继续朗读。

还是她发现自己走出房间后在偷听？

很难说。等一下再确认一次——

走进厨房后，用水壶烧了水，把茶杯放在烹饪台上，从柜子里拿出大吉岭茶叶。

两个月前，瑞穗升上了特殊教育学校的二年级。因为是去年四月入学，所以这也是很正常的事，然而，对瑞穗来说，这种理所当然的事并非理所当然。

一年级的班主任是米川老师。那位三十五六岁的女老师很亲切善良。

瑞穗无法像其他学生一样去学校上课，所以采取了上门辅导的方式。由老师来到家里，配合学生的情况授课，所以在入学之前，曾经和校方多次沟通，也因此和米川老师见过几次面，但即使得知了瑞穗的状况后，也没有显得不知所措。她说以前也曾经多次负责情况类似的学生。

"我们可以在多方尝试后，发现瑞穗喜欢的事，一定能够做到！"米川老师的脸上充满自信。

米川老师来家里第一次看到瑞穗时，觉得她根本不像是有障碍的孩子。

"感觉就像是健康的孩子睡着了，真是太惊讶了。"

她的感想让熏子感到骄傲，也觉得她说得没错。因为自己正是这样照护、训练瑞穗的。瑞穗真的睡着了，只是没有醒来而已。

每个星期上门辅导一次。米川老师对瑞穗尝试了各种方法。对她说话、触摸她的身体、让她听乐器的声音，还播放音乐。瑞穗的身体随时都连着好几个显示生命征象的仪器，米川老师特别注意观察瑞穗的血压、脉搏和呼吸频率，她似乎想要努力发现瑞穗的身体有何反应。

"即使在意识障碍的状态下，仍然有潜在的意识。"米川老师对熏子说，"听说曾经有一个女孩子，每天在陷入植物状态的男生耳边说，等你好起来，就让你吃寿司。不久之后，男生奇迹似的苏醒了，你猜他醒过来的第一句话是什么？他说想吃寿司，但他完全不记得曾经有人对他这么说。你不觉得太神奇了吗？"

米川老师说，即使瑞穗现在没有意识，呼唤她的潜意识很重要。

熏子不由得感到佩服。因为她完全不像是装出来的，而是基于信念说这些话。熏子虽然感到佩服，但并没有感动，是因为并没有完全相信米川老师，怀疑米川老师内心是不是觉得自己接到了一个烫手山芋。呼唤瑞穗的潜意识很重要——既然她这么说，那倒来看看她到底有什么本事。熏子内心甚至萌生了这种有点儿坏心眼的想法。

但是，回想起米川老师之后努力的情况，熏子不得不在内心对当初曾经产生怀疑向她道歉。她真的很努力。虽然瑞穗几乎没有任何明显的反应，但她绝不轻言放弃，即使某些征兆只是反射的结果，她也觉得"瑞穗可能喜欢这个"，锲而不舍地反复敲玩具鼓测试。

熏子不得不承认，瑞穗遇到了一位优秀的老师。正因为如此，所以听到二年级要换老师时，熏子内心失望不已。一问之下才知道，米川老师身体出了状况，暂时无法回学校任教。

新章房子接替了米川老师的工作。熏子对她的第一印象，觉得她是一个安静而不起眼的人。脸上没什么表情，话也不多，从来不曾像米川老师一样，表达自己的方针和信念。有时候熏子问她，她却反问熏子："你希望采取怎样的教育方针？"

"教育的事，全权交给老师。"熏子回答后，又补充说，"米川老师的辅导很出色，所以很希望能够继续采用她的教育方针。"

新章房子面无表情地轻轻点了点头，只回答说："我会考虑。"她并没有回答："我知道了。"这件事让熏子很在意。

但是，刚开始时，新章房子也和米川老师一样，触摸瑞穗的身体，让她听各种不同的声音，也和米川老师一样，注意观察瑞穗的生命征象。但从某个时期开始，变成了整天都读书给瑞穗听。大部分是以幼儿为对象的绘本，有时候也会说一些稍微复杂的故事。

"你认为朗读适合瑞穗吗?"熏子曾经问她。

新章房子微微偏着头回答:"我不知道是不是适合,但我认为这么做最恰当。如果你不满意,我可以再考虑其他方法。"

"不,没这回事……那就拜托你了。"熏子在鞠躬的同时,暗自思考适合和恰当到底有什么不同。

过了一阵子之后,熏子像今天一样,离开房间去泡红茶。当她端着放了茶杯的托盘回到房间门口时,可能离开的时候门没有关好,所以还留了一条缝。她一只手拿着托盘,另一只手准备去开门时,从门缝中看到了里面的情况。

新章房子并没有在朗读。她把书放在腿上,看着瑞穗不说话。从背后看不到她的表情,但熏子觉得她的背影很空虚。

做这种事也是白费力气——

即使朗读给她听,她也听不到。她根本没有意识,也不可能恢复意识——

熏子觉得新章房子内心一定这么认为。

她拿着托盘,沿着走廊轻轻走回客厅前,打开门之后,故意大声关上了门。然后走路时发出很大的声音,缓缓走去那个房间,再度听到了新章房子朗读的声音。

从此之后,她对新老师产生了怀疑。

这个女人是真心投入瑞穗的教育工作吗?她有这个意愿吗?是不是因为工作,所以才不得不上门?内心是不是很不愿意?是不是觉得对着脑死亡的女孩朗读很愚蠢?

熏子很想了解新章房子的内心,想知道她是带着怎样的心情持续朗读。

熏子把飘着大吉岭红茶香气的茶杯放在托盘上，走出了厨房。客厅的门敞开着，她轻手轻脚地走在走廊上，努力不发出脚步声，听到瑞穗的房间传来新章房子的声音。

"怎样才能救公主一命呢？科恩问医生，医生回答说，只有风吹草的花才能救公主的病，但那是很珍奇的花，很难找到。科恩听了，立刻冲出城堡。他翻山越岭，跋山涉水，终于来到了风吹草生长的地方。风吹草一看到他，立刻问他：'小狐狸，你怎么了？'但是科恩听不到风吹草的声音，他一把抓起风吹草，连根拔起。"

熏子打开门，走进了房间，但新章房子并没有停止朗读。

"科恩的身体立刻被一阵烟雾包围，当他回过神时，已经变回了原本的小狐狸。魔法失效了。小狐狸慌忙把风吹草放回地上，但已经来不及了。花枯萎了。对不起，风吹草，对不起。小狐狸哭着道歉，哭了很久很久。那天晚上，有人敲公主房间的窗户，仆人打开窗户，却看不到人影，但看到一朵风吹草的花。虽然那朵花救了公主一命，却没有人知道是谁把花送来的。"

故事结束了。新章房子合起了绘本。

"虽然有点儿哀伤，但故事好美。"熏子把茶杯放在桌上。

"你知道内容吗？"

"我大致听到了。被魔法变成人类的小狐狸好像见到了公主。"

"是啊，他们变成了经常一起玩的好朋友，没想到公主病倒了。"

"因为太受打击，所以小狐狸忘记了魔法的事，结果做了蠢事。失去了好朋友风吹草，也见不到公主了。"

"虽然是这样，但真的是愚蠢的行为吗？"

"你的意思是？"

"如果小狐狸什么都没做，公主就会死。风吹草终究是植物，早晚会枯萎，魔法也就同时失效了。小狐狸早晚会失去双方，但公主的性命因此得救了，所以不觉得他的选择是正确的吗？"

熏子察觉了新章房子的意图，接着说了下去。

"你的意思是说，既然是早晚都会失去的生命，应该在还有价值的时候，帮助其他有可能救活的生命，是不是？"

"我认为也可以这么理解，只是不知道这本书的作者有没有想这么多。"新章房子把书放进背包后，看着桌子说，"好香啊。"

"趁热喝吧。"

"谢谢。"新章房子转向桌子的方向，"但是，下次请不要费心张罗了。之前我一直没机会说，很抱歉。"

"只是泡杯茶而已。"

"不，我希望妈妈也能够一起听故事，因为我希望你了解，我朗读了什么书给瑞穗听。"

她可能对刚才她在读风吹草和小狐狸的故事时，熏子中途离开感到不满。原来那个故事不是读给几乎是脑死亡状态的儿童听，而是想要读给家长听的。

"好，那下次就这么做。"熏子挤出笑容回答。

2

滴答。冰冷的东西滴在鼻尖，门胁五郎忍不住叹着气。这也是无可奈何的事，之前就做好了心理准备。他从放在旁边的皮包内拿出透明雨衣。

其他成员也纷纷讨论，果然下雨了。

今年的五月很闷热，很担心就这样进入夏天了。没想到进入六月之后，气温不再上升。真是太好了，这样站在街头不至于太辛苦。没想到刚松了一口气，就提早进入了梅雨季节。下雨是街头募款的天敌。今天在上街之前，还在讨论到底要不要停止活动，但上网查了天气之后，发现降雨量并不大，最后决定继续进行。刚好有十名义工参加今天的募款活动，正午过后，站在车站前的天桥旁，对着马路大声叫喊时，天气还只是有点儿阴沉而已，没想到还不到三十分钟，就下起了雨。

所有成员都在相同的 T 恤外穿了透明雨衣。T 恤上印着江藤雪乃满面笑容的照片，在贴着相同照片的募款箱上也罩上了塑料套后，再度开始募款。门胁左手拿着写了"雪乃拯救会"的旗帜，右手抱着装了宣传单的盒子。

"那就好好加油！"

听到门胁的激励，其他九个人回答："好！"除了他以外全都是女人。非假日的白天，很难拜托有工作的男人来支持活动。

天气不稳定时，捐款的人数就会急速减少。不光是因为路上的行人减少，更是因为雨伞。因为要撑伞，所以占用了一只手。在这种状态下从皮夹里拿零钱很麻烦，即使想要捐款，也会想着改天再说。而且雨伞挡住了视线，行人可能根本没看到有人在街头募款。

这种时候，只能靠大声宣传。门胁用力深呼吸时，站在他身旁的松元敬子用响亮的声音对行人说："敬请伸出援手。住在川口市的江藤雪乃因为罹患严重的心脏疾病而深受痛苦，请伸出援手，协助雪乃去国外接受心脏移植手术。零钱不嫌少，请各位踊跃捐款。"

松元敬子的宣传很快就发挥了效果，刚好路过的两名粉领族中的一人停下脚步，拿出皮夹走了过来。另外一个女人似乎也不甘示弱，虽然不是很愿意，但也跟着捐了款。

"谢谢。"门胁说着，向她们递上了宣传单。宣传单上也印了江藤雪乃的照片，并记录了她的病情和迄今为止的情况，但那两个女人轻轻摇了摇手，没有接过宣传单就离开了。她们捐了款，却不是对活动的详细内容有兴趣，可能只是觉得默默经过有点儿过意不去。在刚开始进行募款活动时，门胁对捐款人的这种反应难以释怀，觉得自己好像是在利用人性的弱点。

但在活动开始一个星期后，就不再思考这些事。因为他发现募款的金额和原本预计的数字相比，简直微乎其微，没时间计较这么多，所以和其他成员讨论后，决定不去猜测捐款人的心情，只要专心募款就好。

当然，有很多人都是纯粹基于善意捐款，也经常有人鼓励他们：

"好好加油！"甚至有人送饮料和食物给他们。遇到这些亲切的民众，之后吃喝时也会格外有精神。

"门胁先生，"松元敬子小声地叫着他，"你不觉得那个人有点儿怪怪的吗？"

"啊？在哪里？"

"那里。马路对面不是有一家书店嘛，就是站在书店门口的那个人。啊，不行，你不要盯着那里看，因为她正看着我们。"

门胁假装不经意地观察周围，然后看向松元敬子说的方向。的确有一个女人站在那里，戴了一副眼镜，因为只是瞥了一眼，所以没看清楚她的长相，但从整体的感觉判断，应该四十岁左右。

"穿着藏青色开襟衫的女人吗？"

"没错没错。"

"她怎么了吗？"

"总觉得有点儿毛毛的，她从刚才就一直看着我们，已经看了超过十五分钟。"

"可能正在等人，刚好看向这个方向，也可能只是脸朝向我们，但其实是在看走上天桥楼梯的人。"

"绝对不是。"松元敬子摇了摇头后说，"啊……非常感谢您的支持。"她用和刚才完全不同的开朗声音说道。因为一位老妇人走过来捐了款。

"谢谢。"门胁也递上了宣传单。那位老妇人接下了宣传单，还慰问道："下雨天还在募款，真辛苦。"

"不，一点儿小雨算不了什么。"门胁说。

· 175 ·

"各位多保重，别累坏了。"老妇人说完，转身离去。门胁在目送老妇人离去的背影时，看向书店的方向。那个女人还站在那里。

"她还在那里。"门胁小声嘀咕。

"对不对？门胁先生，你刚才可能没注意到，她刚才过来捐过款。"

"啊？是这样吗？什么时候？"

"十五分钟以前啊，捐款之后，从山田小姐手上拿了宣传单，然后就走去书店门口，一直看着这里。你不觉得很奇怪吗？"

"原来是这样啊，但这种事不必在意，感觉这个人很不错啊，也许就像刚才的老太太一样，很担心我们冒雨在这里募款。"

"门胁先生，你的想法太天真了，这个世界上，并不是所有的人都是好人。我相信你应该很清楚，有不少人对我们在做的事持批评的态度。"

"这我当然知道，但她刚才不是捐款了吗？"

"她的确把东西放进了募款箱，但不一定是钱啊。"

"不是钱，那又是什么？"

"不知道，搞不好是什么奇怪的东西，像是蟑螂之类的。"

"蟑螂？你怎么会想到这种东西？"

"我只是打一个比方，等一下打开募款箱时，要特别小心。"松元敬子似乎并不是在开玩笑。

门胁再度斜眼偷瞄女人所在的方向，没想到那个女人不见了。他告诉了松元敬子。松元敬子四处张望："她去了哪里？突然不见了，也让人很在意。"

结果，那天因为雨越下越大，募款活动不到两个小时就结束了。

收拾完东西，门胁准备和其他成员一起离开时，感觉到有人走了过来。"请问……"那个人开了口，门胁看到她的脸，忍不住有点儿惊讶。因为就是刚才站在书店门口的那个女人。

"可以打扰一下吗？"那个女人客气地问道。

松元敬子似乎也发现了那个女人，停下脚步，满脸诧异地看了过来。

"有什么事吗？"门胁问道。

"请问今天在这里参加募款活动的人，全都认识吗？"

门胁偏着头纳闷："你的意思是？"

"我是说……各位都是希望做移植手术那个女生和她父母的朋友吗？"

"哦。"门胁点了点头，他终于了解了那个女人想问什么。

"有人是，像我就是他们的朋友，但也有很多人与雪乃、江藤夫妻并没有直接的关系，都是在朋友和熟人的邀约之下，一起参加募款活动。"

"是这样啊，真的很了不起。"女人用没有起伏的语气说道。

"谢谢，请问有什么问题吗？"

"不，我只是在想，不知道完全无关的人，能不能参加这种活动。"

"当然竭诚欢迎，因为参加的人数越多越好。"门胁说完后，注视着她的脸问，"啊？你该不会愿意协助我们吧？"

"不知道能不能算是协助，只是希望尽点儿力……"

"原来是这样，早说嘛。"门胁看向仍然站在那里的松元敬子，

"这位小姐想要加入我们,你们先回办公室统计,我等一下就回去。"

松元敬子听了他的话,惊讶地瞪大了眼睛,然后露出稍微放松了警戒的表情看了那个女人一眼说:"那就一会儿见。"转身去追其他人。

门胁将视线移回那个女人身上:"你时间方便吗?如果有时间,我可以稍微向你说明一下。"

"我的时间没问题。"

"那我们来找一个可以安静聊天的地方。"

门胁迈开步伐,开始物色地点,但他并不打算找咖啡店,最后决定坐在公车站候车亭的长椅上。因为候车亭有屋顶,所以不会淋到雨。

"因为我穿这个,所以不能去咖啡店。"门胁用指尖抓着身上的T恤,"这不是很引人注目嘛,如果穿着这个走进餐饮店,很快就会有人在网络上写什么原来这些人用募款募到的钱吃吃喝喝,或是既然有钱去餐厅吃饭,为什么不把这些钱拿去捐款。所以有人在参加完募款活动后,就会马上换衣服,但我会尽可能穿在身上。老实说,穿这种T恤有点儿丢脸,但我还是尽可能忍耐,因为我希望更多人了解雪乃的事。"

"果然很辛苦。"

"和雪乃与江藤夫妻相比,这点儿辛苦算不了什么。"门胁说完,看向那个女人,"你以前就知道我们拯救会吗?"

女人点了点头。

"我是从新闻上知道的,之后看了你们的网站,也知道你们今天的募款活动。"

"原来是这样啊，所以你了解大致的情况？"

"对，我知道名叫雪乃的女生如果不接受心脏移植手术就无法存活，我记得她得的是……"

"扩张型心肌病。听说她在两岁时发病，之后靠持续服药过着正常的生活，但去年病情突然恶化，如果不接受心脏移植手术就无法存活。"

"我也听说是这样，而且因为小孩子很难在国内找到器官捐赠者，所以只能去海外移植，只是金额相当庞大。我看到金额时吓了一大跳。"

"谁看到两亿数千万日元的金额都会吓一跳。"

门胁第一次听到时，也吓到腿软。

"有办法募到这么庞大的金额吗？"

"无论如何都必须募到，现在有网络，和以前相比，募款活动方便多了。你只要上网查一下就知道，有好几个团体曾经在短时间内就募到了差不多的金额。没问题，我们也一定可以做到。"

"啊，对了。"门胁说着，拿出了名片。那不是他本业的名片，而是身为"雪乃拯救会"代表的名片，上面有办公室的联络方式。

"我还没有请教你的名字，如果你愿意加入，我会请负责的同事和你联络。"

女人接过他的名片，沉默了片刻。

"我很想尽一份心力。这么年幼的孩子深陷痛苦，很希望能够帮一点儿忙，但因为我白天要工作，所以只能参加你们星期天的活动，这样也没问题吗？"

"当然没问题。应该说，大部分会员都和你一样，大家都有各自的生活，只要有时间的时候来参加就好，这样就已经帮了很大的忙。"

"是吗？"

女人迟疑了一下，用很轻的声音报上了自己的名字。她叫新章房子，留了电话和电子邮件信箱。

"请问你做哪方面的工作？"门胁随口问道。

新章房子停顿了一下，回答说："老师。"

"哦……是小学老师吗？"

"对。"

"原来是这样。"

看来她原本就很喜欢小孩子。门胁擅自这么认为。否则，如果没有朋友的介绍，通常不会自动参加这种公益活动。

"新章小姐，以后还请多指教。"门胁向她鞠躬说道，然后站了起来。

"呃……"新章房子也站了起来，"我可以请教一个问题吗？"

"什么问题？"

"雪乃必须去国外接受移植手术，是因为在国内找不到捐赠者，对吗？但是二〇〇九年，器官移植法修正之后，日本的小孩子也可以提供器官捐赠。虽然法律已经认可，却没有人提供器官，请问门胁先生对这种现状有什么看法？"新章房子微微低着头，垂着双眼，仍然用没有起伏的语气问道。

她的问题太出乎意料，门胁有点儿不知所措，被她的气势吓到了。

"不,这个,我……"门胁结巴起来,"我努力不去想这些复杂的事,因为即使想了也没有用。在日本找不到捐赠者,去美国就可以找到,所以要在美国接受移植手术,我们也为了这个目的募款。就这么简单。这样想不对吗?"

"不,没这回事……对不起,问了这么奇怪的问题。"

"不,你的问题并不奇怪,我相信是很重要的问题,只是我觉得现在去想这些事也没用。"

"是啊,恕我失礼了,那我就等工作人员和我联络。"

新章房子说:"那我先走了。"转身离开了。

门胁目送着她的背影,觉得她有点儿与众不同。也许因为是老师,所以有强烈的问题意识。

门胁以前几乎不曾关心器官移植法修正案的事,因为他觉得与自己没有关系。他在三个月前,才第一次听到这件事。当时是出自江藤哲弘之口。他是江藤雪乃的父亲,门胁的朋友,以前也曾经是情敌。

他不由得想起那一天的事。

3

那天，门胁和江藤约在东京都内的居酒屋见面。这是他们五年来第一次见面。前一天，门胁打电话给江藤，说有事要和他谈，约了他见面。门胁一坐下，就拍着桌子，用严厉的口吻质问："这是怎么回事？"来为他们点餐的女服务生吓得忍不住向后退。

"这么久没见面，竟然一开口就是这种态度。"江藤轮廓很深的脸上露出淡淡的微笑。他的脸颊消瘦，下巴也很尖，明显比五年前瘦了许多。不，这种说法也不准确，应该说，他满脸憔悴。

"我能够接受你没有邀请我参加婚礼，也不计较你这五年都没有和我联络，但这也太过分了吧？我们投捕拍档的八年到底算什么？我从中谷口中听到这件事，真是太伤心了。你愿意和比你小一岁的候补投手商量，却不愿意和曾经挺身为你接下指叉球的最佳辅佐商量吗？"

听到门胁这番话，江藤痛苦地皱着眉头。

"不瞒你说，我原本不打算让棒球队的任何人知道。因为只要有人知道，早晚会传到你的耳朵里。我知道大家都很忙，不希望大家因为没时间帮忙感到愧疚。但是，中谷经常和我联络，也会关心我女儿。我不想说谎，所以就把实情告诉了他。"然后，他简短地道歉说，"对不起。"

门胁咂了一下嘴,摇了摇头。想到江藤目前的处境,他不忍心继续责怪他,反而很后悔这五年来自己没有主动联络他。

他们以前都是公司棒球队的成员,分别是球队的王牌投手和捕手,也曾经参加过都市对抗棒球大赛,江藤甚至一度被职棒的球探相中。速球和指叉球是他的武器。

从棒球队退休后,江藤被分配到营业部,门胁辞职,回家继承祖父那一代创立的食品公司。他之前就和父亲约定要继承家业,所以在练习棒球的同时,也并没有疏于学习经营。

彼此的立场改变之后,和球队队员之间的关系也渐渐疏远。尤其门胁和江藤因为某件事,彼此开始保持距离。那件事很简单,就是门胁暗恋多年的女人嫁给了江藤。门胁之前完全不知道他们两个人偷偷交往,所以也曾经向江藤吐露自己对那个女人的好感,想到当初江藤不知道带着怎样的心情听自己说那些话,就觉得没脸再和他见面。

就这样过了五年。门胁内心已经完全没有任何疙瘩,但也没有理由和机会联络江藤,就这样一直到了今天。

就在这个时候,他接到了当时在棒球队比他晚一年进球队的中谷的电话。中谷告诉他的事完全出人意料。江藤打算带女儿去美国接受心脏移植手术,因为手术金额极其庞大,所以打算发动募款活动,却找不到人帮忙,正在为此伤透脑筋。

门胁立刻感到热血沸腾,完全没有丝毫的犹豫。和中谷道别后,立刻拨打了向中谷打听到的江藤的手机号码,随便打了招呼后,就对他说,有事要谈,明天找时间见一面。

"由香里还好吗?"用生啤酒庆祝久别重逢后,门胁问道。由香里就是门胁之前暗恋的女人。

"勉强过得去,因为女儿的事,所以也不可能精神抖擞。"江藤用低沉的声音回答。

"听说快四岁了,叫什么名字?"

江藤拿起串烤的竹扦,蘸了酱汁后,在盘子里写了"雪乃"两个字:"发音是 yuki-no。"

"好名字。谁取的?"

"我老婆。说希望她可以成为一个皮肤白皙的女孩,就直接取了这个名字。"

即使听到江藤很自然地说由香里是"我老婆",门胁也已经无动于衷了。

"给我看一下照片,你的手机里一定有很多她的照片。"

江藤把手伸进上衣的内侧口袋,拿出了智能手机,单手操作了几个按键,把手机递到门胁面前。照片上是一个穿着粉红色T恤的女孩,手上拿着水管,笑得很灿烂。她长得很像由香里,但也有江藤的特征。

"真可爱,皮肤的颜色也很健康。如果没有晒黑,皮肤可能很白吧。"他把手机还给江藤时说。

"那是她每天可以在外面玩的时候拍的。"江藤把手机放回了内侧的口袋,"现在的皮肤颜色不是白色,而是接近灰色。"

门胁把毛豆丢进嘴里:"听说她心脏不好?"

江藤喝了一口啤酒,点了点头。

"扩张型心肌病。你知道心肌吗?就是心肌功能衰退的疾病,向全身输送血液的泵力量变弱了。原因还不是很清楚，听说很可能是遗传，所以我们也放弃生第二个孩子。"

"原来是先天性的……"

"但刚开始并没有很严重，只要按时服药，避免剧烈运动，就可以像其他孩子一样读幼儿园。没想到去年年底，身体突然变差。整天浑身无力，食欲也很差。虽然住院接受了各种治疗，却丝毫不见好转，最后，医生终于宣告，只有接受心脏移植手术才能救她一命。"

门胁发出低吟："原来是这样……"

"但心脏移植说起来简单，要做起来可没那么简单。如果是成人，有可能在国内找到捐赠者，但小孩子根本没有希望。虽然器官移植法修改之后，只要父母同意，小孩子也可以提供器官捐赠，但实际上几乎没有相关案例。"

"所以要去美国……"

"在器官移植法修正之前，禁止未满十五岁的儿童提供器官，所以日本的小孩子想要接受器官移植，就只能去国外。因为这样的关系，已经建立了相关的流程，我们打算按照这个流程进行，但得知费用之后，眼前一片漆黑。"江藤的双肘架在桌子上，叹了一口气，缓缓摇着头。

门胁探出身体。因为他认为接下来才是正题。

"关于这件事，为什么需要这么多钱？听中谷说，需要超过两亿日元，真的吗？"

"对，是真的。正确的金额是两亿六千万日元。"

"为什么要这么多钱？你是不是被骗了？"

江藤停下原本准备拿生啤酒的手，苦笑着问："被谁骗？"

"但是……"

江藤从旁边的皮包中拿出记事本，打开后说："这并不是我们一家三口搭经济舱去美国，然后接受手术后回来这么简单。要搭机出国就必须包机，包机上必须有医疗仪器、备品、药剂、电源和氧气筒之类的东西。我们外行人当然不会使用，所以必须带专业的工作人员一同前往，其中包括医生和护理师，当然也要负担他们在当地滞留的费用。这些工作人员很快会回国，但在等到捐赠者之前，我们必须在美国待命。除了住宿费用以外，每天的生活费也是不小的金额。当然，我女儿的住院费用就更不用说了。因为不知道捐赠者什么时候会出现，所以不能用挂门诊的方式等待。这种状态必须持续好几个月，听说平均是两三个月，但没有人能够保证两三个月就结束。"江藤抬起头，露出无力的笑容，"是不是光听这些，就觉得快晕了？"

门胁虽然有同感，但并没有点头。"但也不至于要超过两亿……"

"不光是这些费用而已，应该说，刚才我列举的所有这些费用相加，也不到整体费用的一半。"

"怎么回事？"

"美国的医院虽然可以为外国人做器官移植手术，但必须先支付一整笔医药费作为保证金。至于保证金的金额，由各家医院决定，这次美国的医院要求我们支付的保证金，换算成日元就是一亿五千万。"

"这么多……"门胁几乎无法呼吸。

"这已经算便宜的。听说曾经有人被要求支付四亿日元，虽然症状可能不同。但这是生命的价格，所以不能讨论贵或是便宜的问题，只不过总觉得未免太那个了,对不对?"

"这么大一笔钱,普通老百姓根本拿不出来。"

"所以要募款。我刚才也说了,在国外接受器官移植的流程已经确立了,也包括了筹措费用的方法。只有拜托大家,请大家伸出援手。大家都是这么做,虽然说起来很丢脸,但我们也决定采用这种方法,现在不是谈论志气或是自尊心的时候,因为关系到我女儿的性命。"江藤的眼中充满了悲壮的决心。

门胁终于了解了状况,原本听中谷说时还半信半疑,但情况似乎比想象中更紧急。

"我了解了。"他说,"让我也尽一份力。听中谷说,目前不是正在为没有人负责张罗而伤脑筋吗?我知道你和由香里都没有时间,所以交给我吧。我一定帮你筹到两亿六千万。"

"但你不是也有工作吗?"

"当然啊,但我的时间比较好安排。虽然我的公司不大,但我好歹也是老板,而且对自己的人脉颇有自信。"

"门胁。"江藤叫了一声,立刻哽咽得说不出话,用力抿紧嘴唇。看到他的眼睛都红了,门胁的内心也一阵激动。

"我一直很后悔,"门胁说,"当时为什么没办法对你说声恭喜,为什么没对你说,一定要让由香里幸福。现在仍然很生自己的气,你们结婚时,之所以只邀请家人,是因为一旦办得风风光光,就必须邀请以前棒球队的人,也就不得不邀请我参加吧?我知道其中的原因,所以内心觉得很对不起你,所以让我来弥补吧。当投手陷入困境时,只有捕手能够出手相助。"

江藤皱着眉头听门胁说话，用右手的拇指和食指按着眼角，然后抬起头，嘴角露出了笑容。

"在考虑募款活动时，我第一个想到你。不瞒你说，我很想找你商量，但最后还是觉得做不到。因为我绝对不能依赖你，现在仍然这么觉得，觉得不可以依赖你。"

"等一下，我——"

江藤伸出右手制止了门胁，似乎希望门胁听他继续说下去。

"虽然我觉得不能依赖你，但除了你以外，我想不到第二个可以依赖的人。如果不依赖他人，就救不了雪乃。既然这样，我只有一条路可走。"

"那……"

江藤直视门胁，挺直了身体，双手放在腿上，深深地低下头："谢谢，那就拜托你了。"

门胁内心燃烧的火焰开始烧遍了全身，他找不到该说的话，不知如何是好，最后只能默默伸出右手。

原本低着头的江藤似乎察觉了，他抬起了头。他们视线交会，门胁上下晃动着伸出的右手。

江藤握住了他的手。以前投出快速球的手已经变得柔软。门胁注视着老友的眼睛，用力回握着他的手。

4

在大型购物中心的募款活动效率很高,不光是因为人多。因为大家都来这里购物,所以来来往往的都是经济比较宽裕的人,只要他们愿意把百分之零点几的宽裕投进募款箱就好。

今天,江藤所住社区的小学也有三十多名小学生来当义工。当他们站成一整排吆喝"拜托大家""一元不嫌少""请帮帮我们的学妹江藤雪乃"时,只要是正常人,很难视而不见地走过去。每次看到有人一脸无奈地拿出皮夹,就觉得好像造成了民众的压力,心里有点儿过意不去。但是,门胁告诉自己,现在没时间想这些天真的事,支付保证金的期限已经近在眼前。

一看手表,已经快下午三点了。门胁走向带学生来这里的男老师:"谢谢你们,时间差不多了。"

"啊,是吗?"

男老师也确认了时间,向前一步,对着一整排学生说:"各位同学,辛苦了,你们表现得很好。今天就到此结束,请把募款箱交还给工作人员。"

"好!"学生很有精神地回答后,纷纷把募款箱交给工作人员。看他们的动作,每个募款箱都很有分量。门胁忍不住暗中计算,总额应该有五十万日元。最近在打开募款箱之前,他就能够估算出募款的大致金额。

学生都聚集在男老师周围,门胁对着他们说:"各位同学,今天真的很感谢你们。你们努力募到的重要款项,我会负责汇入'雪乃拯救会'的账户。托各位同学的福,我们离目标又更进一步了。我代表雪乃的父母感谢你们。"门胁深深地向他们鞠了一躬。

在男老师的示意下,一名男学生走到门胁面前,递上一个信封。

"这是我们的捐款,希望能够有点儿帮助。"

由于事出意外,门胁惊讶地看着男学生。那位同学被看得很不好意思,男老师满意地点着头。

"谢谢。"门胁用力说道,"谢谢你们,我也会转告雪乃和她的父母。"

学生在男老师的带领下离开了,也有的学生转过头向他挥手。

门胁回到工作人员那里,松元敬子正准备离开。他把学生刚才给他的信封交给了松元敬子。她也深有感慨地说:"真是太感谢了。"

"咦?少了一个募款箱。"门胁看着整排的募款箱说道。

"啊?"松元敬子抬起头时,后方传来一个声音。"请伸出援手。"回头一看,新章房子正独自对着来往的行人募款。

"拜托各位,请踊跃捐款,协助江藤雪乃接受心脏移植手术。"

门胁看了下手表,确认了时间后走向她。"新章小姐。"门胁叫了一声,但她似乎没有听到,所以没有反应。门胁从背后拍了拍她的肩膀,她才终于转过头。

"今天就先到这里吧。"

"不,再多募一会儿。"

门胁指着手表说:"快三点了。购物中心同意我们在这里募款,但说好三点要结束。募款活动必须严格遵守时间,因为不能造成其他店家的困扰。"

新章房子恍然大悟地睁大了眼睛,随即露出落寞的表情。

"对哦。对不起,我完全没想到……"

门胁对她笑了笑。

"没必要道歉,我知道你很热心。"

但她还是频频小声地说:"对不起。"

他们一起走回工作人员那里,大部分义工都当场解散,但门胁和松元敬子他们要回办公室。因为必须统计今天募款的金额。

"呃,"新章房子开了口,"我可以和你们一起去吗?"

"去办公室吗?"

"对,如果不会太打扰的话。"

门胁和松元敬子互看了一眼后,对新章房子点了点头。

"来者不拒啊。不光是这样,甚至竭诚欢迎,也希望能够让义工看到我们确实做好了金钱管理。"

"不,我并不是对这件事有所怀疑……"

"我知道,这只是我们感受的问题。"

听到门胁这么说,新章房子仍然面无表情,戴着眼镜的双眼眨了几下。

她在两个星期前的星期天第一次参加募款活动,地点是在举办二手市集的公园。虽然她一开始不太敢大声吆喝,但很快就适应了,快结束时,她的音量丝毫不输给其他人。

上个星期天，在公益音乐会会场募款时，她也来参加，所以今天是第三次参加活动。当初她主动提出要帮忙，所以在募款时也充满热忱。

门胁很在意她的背景。除了知道她是老师以外，她从来不提及自己的任何事。她说是很认同募款活动的宗旨，所以想要参加，但门胁怀疑真的只是这样而已吗？

松元敬子似乎也有同样的疑问，她说："虽然她很热心，但总觉得心里有点儿毛毛的。"

门胁心想，带新章房子去办公室，或许可以多了解她一些。

办公室在西新井所租的一间公寓内，里面堆放了办公机器和装了资料的纸箱，拯救会的干部等主要成员一回到办公室，甚至连坐的地方都没有。今天包括新章房子在内，也只有五个人，所以不必担心没椅子坐。

在会议桌上打开募款箱后，在松元敬子的指示下开始统计金额。她是门胁的高中同学，也曾经是棒球队的经理。她的丈夫是棒球队的学长，比门胁大两届。松元敬子有簿记的证照，数字能力很强。门胁在思考请谁帮忙管理"拯救会"的钱时，第一个想到松元敬子。

经过多次计算后，确定的金额远远高于门胁预料的金额。

办公室内有金库，在众人的见证下，把今天募得的款项放进了金库。虽然很希望能够马上汇入"拯救会"的账户，但今天是星期天，所以无法如愿，而且因为硬币太多，无法使用自动取款机存钱。

今天的募款金额将马上在网站上公布。这种活动一定要明确公布金钱流向和用途。

确认下一次募款活动的流程后，大家就立刻解散了。办公室内只剩下门胁、松元敬子和新章房子。在统计募款金额和之后讨论时，新章房子都完全没有发言。可能她怕打扰大家。

"怎么样？"门胁用咖啡机泡咖啡时问新章房子，"没想到我们很规矩吧？"

"怎么可以说没想到……我觉得你们处理得很严谨，大家都很厉害。每个人都很忙，有各自的工作和家庭，做起事来却一丝不苟。"新章房子静静地说道。

"既然牵涉到钱的事，一旦马马虎虎，不知道别人会说什么。只要稍不留神，就可能受到中伤。现在网络很发达，负面传闻会在转眼之间扩散。"

"怎样的中伤？我无法想象有人会中伤你们，因为你们在做这么有意义的事。"

门胁和坐在电脑前的松元敬子互看了一眼，苦笑之后，将视线移回新章房子身上。

"各种中伤都有。首先是胡乱猜忌，虽然不至于说我们是诈骗，但有人怀疑我们募款的钱是否真的只用于包括移植在内的治疗，病人家属或是'拯救会'的干部会不会拿这些钱去挥霍或是玩乐。也有不少人认为，在募款之前，父母应该先交出所有的财产，卖掉房子。所以在网站上也说明了江藤家自行负担的金额，以及房子还有很多贷款这些事。"

"我看到了，当时我就在想，不需要连这些事都公布……"

门胁摇了摇头。

"一种米养百种人,有不少人无法苟同用募款的方式筹措两亿数千万这件事,最容易产生误解的是到底是谁在募款。目前是由'雪乃拯救会'在做这件事,和江藤家没有关系,银行账户也不一样。'拯救会'不会把钱交给江藤家,当治疗需要费用时,将由'拯救会'代替江藤家,直接向各个部门支付各种费用。首先需要向美国的医院支付保证金,这也是由'拯救会'的账户直接汇到医院的账户。如果不详细说明这些事,就无法消除中伤。江藤有车子,有人查到这件事,在网络上公布,质问为什么不把车子卖了,汽油钱到底是从哪里支出的。因为那是一辆旧车,卖了也值不了几个钱,而且汽油钱也不是从募款的钱里支出的。"

新章房子皱起眉头:"一旦牵扯到钱的事,果然就变得复杂了。"

门胁从咖啡机上拿下咖啡壶,把咖啡倒进三个杯子里。咖啡机和咖啡杯也都不是新买的,都是干部从家里带来,咖啡粉是门胁自己掏钱买的。如果非要算得很清楚,水费和电费是由"拯救会"的资金支付的,这算是不当挪用吗?

"因为金额太庞大,所以给人印象不佳,难免会有花钱买命的感觉。"

"花钱买命……吗?"新章房子陷入了沉思。

"说起来还真奇怪,"刚才始终不发一语的松元敬子说,"生病就要治疗,治疗需要付钱,每个人不是都在做这种事吗?而且既然能够花钱买到原本无药可救的孩子,任何家长都会想要花钱买,我完全搞不懂这到底有什么不对。"

"问题在于金额,"门胁把一杯咖啡放在新章房子面前,另一杯放在松元敬子旁边,"如果不是两亿六千万,而是二十六万,而且全都由当事人自己支付,没有人会有意见,也不会说是花钱买命。只会说,虽然好像花了不少钱,但把病治好了,真是太好了。"

"我也这么觉得,所以如果有意见,应该去对美国的医院说啊。因为是他们乘人之危,要求不合理的费用。"松元敬子说完,直接喝起了黑咖啡。

新章房子也伸手准备拿咖啡杯,但中途把手放了下来。

"但是,我觉得好像也没有理由责怪美国的医院。"

"为什么?"门胁问。

新章房子转头看向他,眼神看起来很锐利。

"请问你们知道《伊斯坦布尔宣言》吗?"

"《伊斯坦布尔》?不,没听过。你知道吗?"门胁向松元敬子确认。她也默默摇着头。

"那是国际移植学会在二〇〇八年发表的宣言,内容要求各国打击境外器官移植,致力于器官捐赠的自给自足。日本也支持这项宣言,但只是视为伦理上的准则,并没有约束力和罚则规定。只不过受到这个宣言的影响,澳大利亚和德国等以前接受日本人前往器官移植的国家决定基本上不再接受日本人的移植。"

门胁听了新章房子的说明,点了点头。

"我曾经听江藤提过,很多国家都禁止境外器官移植,所以现在只能仰赖美国。"

"美国是目前少数接受日本人境外器官移植的国家之一,但并不是毫无限制。"

"这我也听说了,你是说百分之五规定,对吗?境外病人只能占一年移植人数的百分之五。"

"以前阿拉伯各国的富豪曾经利用这个规定前往美国,但近年来,几乎都是日本人占了这百分之五的名额,而且日本的病人前往美国接受境外器官移植时,都会在等候移植的名单上排得很前面,你们知道为什么吗?"

门胁撇着嘴,耸了耸肩。

"你想说是因为日本人大肆撒钱,对吗?这件事也饱受批评,说是花钱把排名挤到前面,但据我所知,事实并非如此,而是病人的病情严重程度,决定了移植的优先级。"

"对,我也听说是这样。日本的病人之所以能够排在前面,是因为病情严重,紧急程度很高。只要仔细思考一下,就不难理解。正因为病情严重,只能靠移植才能活命,才会去境外接受移植手术,但这样也的确排挤了紧急程度不是很高的美国病患,为此受到抨击也无可厚非,所以,医院方面要求高额的保证金,也是为了限制日本人前往境外接受器官移植,同时借此说服美国的病人,日本人必须花大钱才能在美国接受器官移植。但是说到底,的确是靠金钱的力量插队的。"

看着新章房子几乎面不改色地淡淡说着这些事,门胁觉得能够理解松元敬子为什么觉得她有点儿可怕。当她说想要来办公室时,门胁还以为她想进一步了解活动内容,现在发现这并非她的目的,门胁他们在不知不觉中变成了听众。

"所以你想说什么?"松元敬子毫不掩饰声音中的不悦,"你认为不应该接受境外器官移植，也不赞成这种募款活动吗？"

新章房子垂下双眼，沉默片刻后开了口："是啊，我的确觉得很奇怪。"

"那你可以不参加啊，自己主动说要帮忙，现在又对我们的活动说三道四，你什么意思啊？"松元敬子瞪着眼睛，语气尖锐。

"好了好了。"门胁缓和道，然后看向新章房子。

"我知道对境外器官移植有正反两方面的不同意见，但我们不是政治人物，也不是官员，目前这是能够拯救好友女儿唯一的方法，而且既然没有违法，即使别人认为很奇怪，我们也只能继续走这条路。"

新章房子难得在嘴角露出笑容。

"我并不是说你们的活动奇怪，而是认为逼迫你们不得不这么做的状况很奇怪。"

门胁无法理解她的意思，微微偏着头。

"正如我刚才所说，日本也同意了《伊斯坦布尔宣言》，也因为这个，开始采取移植器官自给自足的方针，也就是在国内自行调度，也促成了二〇〇九年器官移植法的修正。在修正之后，当脑死亡病人无法明确表达捐赠自己的器官时，只要家属同意，就可以捐赠器官。之前法令限制未满十五岁儿童的器官捐赠，也在法令修正后松绑，只要父母同意，就可以捐赠器官。但是，即使在法令修正之后，仍然几乎没有儿童提供器官捐赠，并不是没有脑死亡的儿童，而是父母拒绝提供。结果造成像雪乃这样的孩子无法在国内接受移植，只能前往美国。如果在国内接受手术，因为可以使用保险，只要数十万就可以解决，如今却需要耗费超过两亿日元的相关费用。我认为这种情况很奇怪。"

门胁看着新章房子侃侃而谈的样子，终于恍然大悟，原来她来参加活动，是为了表达这个主张。她似乎正视了日本器官移植的实际问题。

门胁吐了一口气，轻轻摇了摇手。

"的确很奇怪，但我并不是无法理解家长拒绝提供小孩子器官的心情。我没有结婚，也没孩子，总觉得把小孩子身体割得乱七八糟，取出器官很可怜。"

"身体并不会被割得乱七八糟，摘取器官之后，会把身体缝合，然后将遗体归还给家属。"

"嗯，这是重点吗？"门胁抱着手臂，发出低吟。

"我有一个十岁的儿子，"松元敬子说，"恐怕必须遇到实际情况之后，才知道会做出怎样的决定。如果知道绝对没救了，可能就不会太执着。如果心脏给其他小孩子，就可以救那个孩子一命，也许就会请对方拿去用。"

"有这么简单吗？"门胁感到很意外，看着朋友的脸。

"所以我刚才说了，不是事到临头，不知道会做出什么决定。假设发生车祸，脸和头都被辗烂了，医生说没救了，可能会觉得不管是器官移植还是其他的，想用就拿去用。"

"如果是这种状态，"新章房子用冷静的口吻继续说道，"送到医院时，心脏继续跳动的可能性很低。"

"那到底该想象怎样的状况？"松元敬子嘟着嘴说。

"比方说，"新章房子说，"像是溺水意外呢？"

"溺水意外？"

"日本第一例心脏移植的捐赠者，就是一名发生溺水意外的年轻人。同样，假设你儿子溺水导致昏迷，身上连着人工呼吸器等各种维持生命的装置，但并没有明显的外伤，只是闭着眼睛，好像睡着了一样。医生说，应该已经脑死亡了，如果愿意提供器官，就会做脑死亡判定。如果是这样的状况，你会怎么做？"新章房子口若悬河，简直就像她亲眼看到了一样。

松元敬子在电脑前托着腮。

"我不知道……如果不做脑死亡判定，会怎么样？"

"就继续这样。如果已经脑死亡，心脏早晚会停止，通常就会死去。"

"即使接受判定，也可能发现并没有脑死亡，对吗？"

"当然，这也是做判定的目的。只要中途发现不是脑死亡，就会立刻中止判定。判定会进行两次，当第二次确认脑死亡后，就视为死亡。即使收回提供器官捐赠的决定也一样，因为已经死亡，所以不会再进行延命治疗。"

松元敬子用力偏着头，双眼看着半空，可能正在想象自己的儿子遇到这种状况时的事。

"很难啊，"她嘀咕道，"只要还有一线希望，可能就无法做出这样的决定。"

"如果还有救，医生不会提出这种建议。只有遇到已经无药可救，只是等死状态的病人，医生才会建议做脑死亡判定。"新章房子的声音中难得透露出焦躁。

"但如果外表没有严重的伤势，看起来只是像睡着一样，不是会希望看着孩子静静地停止呼吸吗？我认为这才是天下父母心。"

门胁在一旁听了，也忍不住点头。他完全能够理解松元敬子的心情。

"那我问你。"新章房子开了口。门胁看了她的脸，忍不住心头一惊。因为从她脸上发现了以前不曾见过的冷漠，就好像拿下了没有表情的面具后，看到了她更加压抑感情的真面目。

新章房子继续说道："如果不是很快就断气呢？"

"不是很快就断气？"松元敬子问。

"我刚才说，如果是脑死亡，通常就会死去，只是没有人知道死亡什么时候会出现。小孩子可能会拖很久，可能几个月，不，甚至可能会活好几年。"新章房子说到这里，轻轻摇了摇头，"不，应该说，是靠外力让孩子继续活着，因为当事人根本没有意识。如果你儿子处于这种状态，你会怎么做？"

松元敬子不知所措地看向门胁，似乎想问他，这个女人为什么找我争论这种事？

"遇到这种情况……只能到时候采取相应的措施啊。"她不悦地回答。

新章房子目不转睛地看着她。

"因为失去了意识，当然也无法沟通，只能靠生命维持装置维持活着的状态。你会一直照顾这样的孩子吗？这代表将耗费数额庞大的资金，不光自己很辛苦，也会造成很多人的困扰，这种情况到底能够给谁带来幸福？你不认为只是父母的自我满足吗？"

松元敬子皱着眉头，闭上了眼睛，右手抓着头，沉默片刻后说："对不起，我从来没有想得这么深入，也不愿意想象我儿子遇到这种情况，所以只能说，只有事到临头才知道。也许在你眼中，会觉得是一个笨女人的回答。"

"我才不会觉得你笨……"新章房子的眼神飘忽起来，显得手足无措，这是她第一次露出惊慌的样子，"对不起，我太咄咄逼人了。"

"新章小姐，"门胁叫着她的名字，"你该不会是想要对器官移植有什么建议，才来参加我们的活动吧？如果是这样，可不可以请你实话实说？因为'拯救会'的方针是极力排除任何政治思想，无论你的建议多么出色。"

"政治思想……"新章房子重复了几次之后摇了摇头，"不，不是你想的那样。我只是想听听你们的意见。难道你们不觉得奇怪吗？父母无法接受儿女的死亡，不愿意提供器官的心情我能够理解。但是，在其他国家，一旦得知脑死亡，就会停止所有的延命治疗，于是，父母开始思考如何让孩子的灵魂以另一种方式继续活在世上，所以愿意自己孩子的身体对其他正在受苦的孩子、需要健康器官的孩子有帮助。宝贵的器官捐赠者也因此诞生，但是，来自日本的病患花大钱抢走了这些移植的器官，或许因此拯救了一名日本儿童，但也因此导致当地儿童失去了一个获救的机会，也难怪日本会遭到外国的抨击。难道你们不认为日本……应该说是日本的父母必须改变想法吗？到目前为止，世界上从来没有任何一个以目前的标准判定为脑死亡的病人苏醒，更不要说长期脑死亡。花费庞大的金钱和精力，只是让孩子继续活着……这根本是父母、是日本人的自私行为。如果大家能够注意到这件事，就可以减少像雪乃这种令人同情的情况。"

门胁被新章房子充满热血的语气所震慑，甚至忘了喝咖啡，只是茫然地注视着她的嘴。在佩服她能够如此侃侃而谈的同时，更感到极大的震撼，重新了解了自己目前投入的活动的背景。原来问题的根源在于日本人太自私了——

"对不起。"她低下了头，"我一个人说太多了……也许你们认为这种事根本不重要，只是我觉得这不光是雪乃能够得救的问题，我更希望能够创造一个环境，让其他等待移植的孩子也可以不去国外接受移植。"

门胁用力叹了一口气，抓了抓头。

"我们的活动的确偏离了本质，也许应该推动国内器官提供运动。"

"但光说这些漂亮话，雪乃就没救了。"松元敬子说完，看向新章房子，"如果你问我是不是只有自己朋友的孩子重要，我无言以对。"

新章房子低着头，缓缓摇了摇头。

"我很理解你们的心情，如果我站在相同的立场，应该也会这么做，所以才希望能够来这里帮忙。"

气氛有点儿沉闷。三个人同时喝着咖啡。

"新章小姐，"松元敬子说，"你的朋友是不是曾经等待器官移植，但因为等不到捐赠者，最后导致了令人遗憾的结果……"

新章房子放下杯子，嘴角露出了笑容。

"并不是这样，但我觉得那些孩子真的很可怜……想到他们父母的心情，就觉得很难过。"

门胁看着她，觉得她在说谎。她显然陷入了苦恼，这个苦恼持续动摇她的内心。

门胁突然想到一件事。

"新章小姐，你想不想去探视？"听到门胁的问话，新章房子的眼睑抖了一下。门胁见状后继续说道："去探视雪乃。不瞒你说，募款的金额即将达到向美国医院支付保证金的金额，我想去传达这个消息时，顺便探视雪乃。你要不要一起去？"

"我这个外人可以去吗？"

"你并不是外人。"门胁说，"听了你刚才说的话，我感到很惭愧，觉得自己太缺乏问题意识，所以我希望江藤夫妇也能听听你的意见。"

新章房子垂下眼睛，一动不动地沉思起来。门胁完全不知道她在想什么，但丝毫不怀疑她在认真思考。

她终于抬起了头。

"承蒙不嫌弃，我很希望可以去探视。"

"那就来决定日期。"门胁拿出手机。

5

在新章房子造访"拯救会"办公室的隔周周六,门胁带着她前往江藤雪乃住的医院。走在路上时,她从手上的纸袋中拿出一个蛋糕盒说:"我买了这个,不知道有没有问题。"蛋糕盒里装的是泡芙。

"最好不要让雪乃看到,"门胁说,"因为医生严格控制她的盐分和水分的摄取,整天都吃没有味道的食物,所以她为这件事很不高兴。"

"是吗?太可怜了……那她看了会嘴馋。"

"可以在离开之前,趁她没看到时,交给她妈妈。"

"我会这么做。早知道不应该买这个。"新章房子发自内心地感到懊恼,"但这个应该没问题吧?"她把蛋糕盒放回纸袋,拿出一个兔子娃娃。

"这应该没问题。"门胁眯起眼睛,"为什么会选兔子?"

"'拯救会'的网站上不是有一个页面,报告雪乃的近况吗?上面介绍了雪乃画的几张画,我发现很多都画了兔子,所以猜想她可能喜欢兔子。"

门胁不由得感到佩服,不愧是老师,注意的地方也和自己不一样。

江藤雪乃住在双人病房,但另一位病人上周出院了,所以目前独自占用了双人病房。

门胁敲了敲门,病房内传来一个女人的声音:"请进。"门胁打开了门,看到穿着POLO衫的江藤站在儿童病床旁,身穿T恤和牛仔裤的由香里坐在病床的另一侧。

"午安。"门胁向他们打招呼后，将视线移向病床上的雪乃，"你好。"

雪乃穿着蓝色睡衣坐在病床上，靠在一个大抱枕上。尖下巴上方的小嘴微微动了一下，发出了轻微的声音。她应该在响应门胁的招呼。

"情况怎么样？"门胁问江藤。

"算是马马虎虎，前几天好像有点儿感冒。"江藤说完，看着妻子。

"感冒？那可不太妙，现在已经没问题了吗？"门胁问由香里。

她笑着点了点头。

"因为有点儿发烧，所以我很担心，但现在已经没问题了。谢谢。"

"那就太好了，大家都很支持你，所以要特别小心。"这句话是对雪乃说的，但四岁的女孩对于这个不太认识的大叔亲切地和自己说话，显得有点儿紧张。

门胁转头看向身后。

"我在电话中也说了，今天想要介绍一个人给你们认识，所以就带她来了。她是来参加募款活动的新章小姐。"

新章房子走了过来，向他们鞠了一躬："我是新章，请多指教。"

由香里也站了起来对她鞠躬说："谢谢你的协助。"

"你请坐，照顾病人一定很累。"

"不，怎么会……"由香里摇了摇手。

"其实，"新章房子说着，从纸袋里拿出刚才的兔子娃娃，"我带了礼物给雪乃。"

由香里露出兴奋的表情，在胸前握着双手。

"哇，是兔子，雪乃，太好了。"

新章房子走到病床旁，把兔子递到雪乃面前。雪乃露出夹杂着迟疑和困惑的表情看向母亲。她可能不知道可不可以收下礼物。

"你就收下吧。收了别人的礼物要说什么？"

雪乃的嘴巴又稍微动了一下，这次可以隐约听到"谢谢"的声音。她拿着兔子，紧紧抱在胸前，苍白的脸上露出了笑容。

雪乃的身上装了一个像是小包的东西。那是儿童人工心脏的泵，有一根管子连接了泵和病床旁的驱动装置。

人工心脏可以将泵植入体内，或设置在体外，但儿童人工心脏只有体外设置型。因为儿童的身体太小，没有足够的空间植入。

日本直到最近才终于核准儿童人工心脏的使用。在此之前，都是将成人用泵的输出功率降低后使用，但因为容易产生血栓而造成危险，所以被视为很大的问题，才终于核准儿童人工心脏的使用。

但是，儿童人工心脏并不是完全不会产生血栓，只是在等待移植期间的临时措施，长期使用可能会引起脑梗死。

已经无路可退了，门胁看着雪乃的小型泵想着。

"这位新章小姐，"他对江藤说，"对日本的心脏移植现状有自己的想法。"

"是哦。"江藤对她露出刮目相看的眼神。

"谈不上什么想法，"新章房子垂下双眼后，再度抬起了头，"只是觉得和欧美国家相比，日本比较落后，所以你们才会这么辛苦，我真的很同情两位。"

"你是指捐赠者的人数很少吗？"

新章房子听了由香里的问题，点了点头。

"没错，即使器官移植法修正之后，事态也完全没有改善，因为政府没有采取积极的措施。目前这样的情况继续发展下去，会有更多像雪乃一样的孩子，难道不该设法解决吗？"

"我们也深刻体会到这个问题。"江藤说，"听到医生说，只有移植能够救雪乃一命时，我们真的很震惊，但听到如果继续留在日本等待，接受移植的可能性无限接近于零时，更令人感到泄气。"

"我想也是，所以我认为日本太落后了。"

"但是，"由香里小声说道，"我也能够体会父母不愿意提供小孩子器官的心情。如果雪乃不是得了这种病，而是因为意外而脑死亡时，医生问我愿不愿意提供器官，我也会犹豫。"

江藤似乎也有同感，所以一脸凝重地点了点头。

"这是因为法律不够完善。"新章房子用坚定的语气说道，"你刚才提到脑死亡，但严格来说，只要不同意提供器官，就无法得知到底是不是脑死亡，因为没有进行脑死亡的判定，所以医生只能说很可能是脑死亡。但是，这种说法会让父母无法下决心，因为孩子的心脏还在跳动，气色也很好，父母当然不愿意接受自己的孩子已经死了这件事。因此，我认为必须修改法律。当医生判断脑死亡的可能性相当高时，就必须进行脑死亡判定。一旦断定是脑死亡，就停止所有的治疗，如果愿意提供器官捐赠，就采取延命措施——法律可以这样规定。这么一来，父母就可以放下，应该会有更多捐赠者。"

新章房子用淡然的口吻说完之后，问江藤夫妻："难道你们不这么认为吗？"

由香里和丈夫互看了一眼之后，微微偏着头说："这个问题很难。

也许应该做到像你说的那样,但法律既然没有这么规定,其中一定有什么理由……"

"那只是政治人物和官员不愿意承担责任,没有勇气决定脑死亡的人是不是等于死了。目前的法律,就是政府官员敷衍推诿的结果,他们完全没有想到,这种法律造成了多少人的痛苦。"新章房子的视线看向斜下方后,轻轻吸了一口气,"你们是否知道有长期脑死亡的儿童?"

江藤夫妇不知所措地陷入了沉默,也许他们没有听过这个情况。

"虽然医生说,这个孩子很可能是脑死亡,但孩子的父母不愿意面对,所以持续照顾这个孩子,即使那个孩子根本没有恢复的可能。关于这种情况,你们有什么看法,难道不认为是白费力气吗?"

由香里皱着眉头,痛苦地回答:"我能够理解……这种心情。"

"但是,只要那个孩子愿意提供器官,其他人有可能获救啊。"

"即使这样,还是——"

"新章小姐,"江藤开了口,"为了避免你误会,我想要声明,我们完全不希望有其他孩子赶快脑死亡。我和我太太也曾经讨论过,即使已经筹到了款项,决定要出国接受移植,也不能期待捐赠者出现,至少不能说出口。因为当有捐赠者出现时,就代表有孩子去世,会有很多人为此感到难过。我们认为移植手术是接受善意的施予,绝对不能要求或是期待。同样,我们也无意对无法接受脑死亡、持续照顾病人的人说三道四。因为对那些父母来说,他们的孩子还活着。既然这样,那就是一条宝贵的生命。我是这么认为的。"

虽然不知道真心期待女儿能够接受移植的父亲这番话,会对新章房子的内心产生怎样的影响,但她眼镜后方那双飘忽不定的眼睛,似乎表达了她的内心。

"我知道了。"她说,"你的意见给了我很大的参考,我衷心祈祷令千金早日恢复健康。"她恭敬地鞠了一躬。

"谢谢你。"江藤回答。

送走新章房子后,门胁决定和江藤去喝一杯。因为由香里叫江藤去放松一下。

他们走进常去的定食屋,面对面坐在餐桌前,首先庆祝顺利募到了款项,用啤酒干了杯。

"那个人有点儿与众不同。"江藤用手背擦了擦嘴上的啤酒沫说道。

"你是说新章小姐吗?"

"对。突然问我那些问题,我有点儿措手不及。"

"我是不是不该介绍你们认识?"

江藤苦笑着摇了摇头。

"没这回事,因为如果没有像她那样的人,这个世界就无法改变。因为我们是当事人,所有精力都耗在解决眼前的问题上,根本无暇考虑法律的问题。"

"的确,她具备了高度的意识,连我也都被她吓到了。"

"她到底是谁?"

"好像是老师,我猜想她正投入有关器官移植的活动,详细情况就不得而知了,但对我们来说,她是相当宝贵的战力。虽然只有星期天才能来参加,但她很热心。"

"真是太感谢了。多亏了这些人,我们正在完成原本以为不可能完成的梦想。两亿六千万,第一次听到时,我觉得简直是天文数字。"

"按照目前的情况,很可能有办法完成。我打算再继续加把劲。"

江藤放下啤酒杯,一脸严肃地把双手放在桌子上。

"一切都多亏了你。如果不是由你出面担任'拯救会'的代表,根本不可能有今天的状况。我发自内心地感谢你。"

门胁皱着眉头,拍着桌子。

"别这样,不要在这种地方低头。而且,这件事根本没结束,甚至还没有开始。等雪乃顺利完成手术,健健康康地回国之后,你再感谢我。到时候不要在这种便宜的餐厅,要去高级料亭。"

江藤放松了脸上的表情,拿起啤酒瓶,为门胁的杯子倒了啤酒:"好,那就一言为定。"

之后,他们聊了久违的棒球。不知道是否因为心情稍微放松,江藤难得很健谈,不停地催促门胁赶快结婚,叫他赶快结婚生儿子,然后教儿子打棒球。

"因为我们不打算生第二胎,所以只能靠你了。"他在说话时,用手上的柳叶鱼指着门胁。

"搞什么嘛,我结婚只是为了增加你的乐趣吗?"

"没错,如果你儿子成为棒球选手,可以让雪乃嫁给他。"

"哦,这倒是好主意。"

"对不对?所以你要赶快结婚,更何况你都老大不小了,还是单身——"江藤的话说到一半,露出严肃的表情,从长裤口袋里拿出手机。手机似乎响了。

"我接一下电话。"江藤向门胁打过招呼后,接起手机站了起来。

可能周围的声音太吵了，他走出了餐厅。

门胁想起一件事，从上衣口袋里拿出了信封。这是新章房子临别时交给他的，她说："我向我的朋友提起'拯救会'的事，大家都踊跃募款。我也捐了一些，凑了整数之后，去银行换了钱，请你务必收下。"

信封很沉重。因为刚才江藤他们也在场，所以门胁没有计算金额，但他知道不是小数目。

门胁打开信封一看，顿时瞪大了眼睛。因为信封内是一沓万元大钞，而且都是新钞，绑了纸带。所以总共有一百万日元。要向多少人募款，才能募到这么大的金额？

他的脑海中浮现出和江藤相同的问题。她到底是谁？

江藤走了回来。门胁把信封放回怀里看着他，立刻有了不祥的预感。因为朋友脸色苍白，神情紧张，刚才的从容完全不见了。

"怎么了？"门胁问。

江藤从皮夹里拿出一万日元，放在桌子上。

"不好意思，麻烦你帮忙结账，我必须马上赶回医院。"

"发生什么事了？"

"……雪乃突然说头很痛，之后开始抽筋，目前已经送进了加护病房。"江藤的声音黯然凝重。

门胁抓起桌上的一万日元，塞到江藤的胸口。

"你不必管钱的事，赶快去吧。"

江藤接过一万日元，说了声："不好意思。"转身离开了。门胁目送着他的背影离开，拿起了账单。

6

"雪乃拯救会"的解散仪式在公民馆举行,虽说是仪式,但其实并没有那么隆重。因为江藤说要向之前尽心尽力的人道谢,所以召集了"拯救会"的干部,以及协助募款活动的义工一起来参加。

那天,雪乃的病情急转直下,很快就陷入了昏迷,在昏睡了四天之后,离开了人世。死因是脑梗死。人工心脏造成了血栓。之前担心的事还是发生了。

门胁在鼓励伤心欲绝的江藤夫妻的同时,张罗了守灵夜和葬礼。守灵夜和葬礼都很简朴,因为江藤说,如果在这些地方花大钱,太对不起之前捐款的人了。

然后,在结束头七的今天,举行了"雪乃拯救会"的解散仪式。

首先由门胁致辞。他面对参加仪式的一百多人,为江藤雪乃的死表示哀悼,并感谢大家迄今为止的帮助。虽然内心充满了空虚和懊恼,但在大家的掌声中鞠躬时,觉得自己已经尽了最大的努力,所以也稍微释怀了。

接着,江藤夫妇站了起来。身穿西装的江藤和妻子深深鞠了一躬,用力深呼吸后开了口。

"感谢各位今天在百忙之中抽空前来,我在此表达衷心的感谢。因为我无论如何,都希望有机会向各位表达感谢,所以请门胁先生安排了今天的仪式。"他用克制内心感激的口吻说了起来,"三个月前,为了完成我们带雪乃去国外接受心脏移植手术的心愿,门胁先生成立了'拯救会'。虽然当时我们很不安,不知道是否能够成功,但托各位的福,募集到数目相当惊人的款项。我们之前完全没有想到,众人善意的力量如此强大。很可惜,雪乃的生命灯火在出国之前就熄灭了,但我相信她深刻体会到自己受到多少人的喜爱和支持。当然,我和内人也一辈子不会忘记这份恩情。虽然目前还不知道自己能够做什么,但我们将用生命来回报这份恩情。"

出席者中传来了啜泣声,到处可以看到女人拿着手帕擦眼泪。

"有一件事要向各位报告。"江藤微微提高了音量,巡视了整个会场,"如各位所知,雪乃的直接死因是脑梗死。人工心脏产生的血栓堵住了脑血管,但是,心脏并没有立刻停止跳动,所以医生诊断可能已经脑死亡,于是,医院方面向我们确认,是否有意愿提供器官。雪乃的心脏无法使用,其他器官都很健康。我和内人讨论之后,一致认为接下来该由女儿帮助其他生命。当天晚上,进行了第一次脑死亡判定。我和内人也一起参与了整个过程。二十四小时后,再度进行了相同的测试,得出了相同的结论。脑死亡确定的时间,也成为我们女儿的死亡时间。手术摘取了她的肺、肝脏和两颗肾脏,听说分别提供给四名儿童。我们相信雪乃的灵魂必定还活在某个地方,已经抓住了新的幸福。拜各位所赐,我们才能毫不犹豫地做出这样的决定。真的非常感谢各位。"

江藤夫妇再度鞠躬,会场内响起如雷的掌声。

仪式结束后,出席者纷纷来向江藤夫妇和门胁打招呼。虽然每个人脸上都带着遗憾，但也都松了一口气。也许是终于完成一场漫长战争的充实感。

当人潮渐渐散去时，门胁看向排列在会场内的铁管椅，暗自吃了一惊。因为一个女人坐在角落的座位上。门胁发现是新章房子。她仍然低着头。

门胁走了过去。难道她身体不舒服吗？

但是，他在中途停下了脚步。

因为他发现新章房子正在哭。

她的肩膀颤抖着，发出了呜咽，泪水扑簌簌地流了下来，地上都湿了。

不知道为什么，门胁不敢叫她。

7

熏子感受着桂花的阵阵香气，正在为庭院的盆栽浇水，发现庭院和围墙缝隙之间的野甘菊开花了。每年这个季节，野甘菊都会开淡紫色的小花。

她听到咚咚敲玻璃的声音，抬头一看，正在窗户内的千鹤子指着大门的方向。

熏子顺着千鹤子手指的方向看去，发现身穿白衬衫和深蓝色裙子的新章房子沿着通道静静地走来。她向熏子微微欠身打招呼。

熏子站了起来，拿下遮阳帽鞠了一躬，来到玄关前，打开了门，等待新章房子出现。

"早安，桂花好香啊。"这位特殊教育老师一如往常，说话时嘴巴也都几乎不动。

"是啊。"熏子回答，"今天也请多关照。"

"请多关照。"新章房子说完，走进了玄关。

千鹤子从瑞穗的房间走了出来，行了一礼后，走去走廊深处。生人在幼儿园还没放学。

新章房子走到房间门口，一如往常地敲了敲门："瑞穗，我进去喽。"

她打开门走了进去，熏子也跟在她的身后。

瑞穗已经坐在轮椅上。她穿了一件红色连帽衫，发型当然是绑马尾。新章房子向瑞穗打了招呼说："你好。"在她对面的椅子上坐了下来。熏子的座位在她的斜后方，那里已经放了一张椅子。

"秋天真的来了，从车站走过来，也完全不会流汗。风吹过来很舒服。瑞穗最近有没有外出？"

"上次难得出门散步，"熏子说，"结果有一位老婆婆向她打招呼，说她很可爱。"

"太好了，瑞穗的表情一定很棒，所以那位老婆婆忍不住想要打招呼。"

"那天给她穿了她喜欢的洋装，所以可能心情很好。"

"是这样啊，穿在她身上一定很好看。"

她们看着瑞穗，轮流说着话。这是每次上课前的固定仪式。

"那我来介绍今天要说的故事，"新章房子从皮包里拿出书，"今天要说的是小丑鱼和海燕的故事。小丑鱼每天都很无聊，很想去很多地方探险，但因为有可怕的鲨鱼和章鱼，所以玩耍的地方很有限。有一天，小丑鱼正在优哉游哉地游泳，突然听到'哗啦'一声，有什么东西冲进水里。它正感到惊讶，那个东西再度以惊人的速度飞出了水面。它好奇地从海面向外张望，再度吓了一大跳。因为它看到从来没见过的东西在没有水的地方飞来飞去。'你是谁？在干什么？'小丑鱼问。对方回答：'我是海燕啊，我正在找食物。你又是谁？你明明是一条鱼，身上的花纹真好看。'

"它们相互自我介绍后，都很羡慕对方的生活，于是就拜托神明，让它们可以交换身份一天。"

熏子听着新章房子说的故事，觉得应该是根据《王子和乞丐》改编的。当对自己的境遇感到不满时，就会羡慕别人的生活，但实际体验对方的生活之后，就会知道其中也有辛苦和烦恼。

果然不出所料，小丑鱼和海燕的故事也有相同的发展。海燕发现海里的天敌比天空中更多；小丑鱼也深刻体会到在天空中飞来飞去找食物多么困难，最后，它们觉得还是自己比较幸福，都恢复了原来的样子。

"故事结束了。"新章房子合上书本后转过头，"你觉得这个故事怎么样？"

"这是关于人生哲理的故事，"熏子说，"无论外表看起来如何，有些痛苦只有当事人才知道，所以不要轻易羡慕别人，对不对？"

新章房子点了点头说："是啊，但正因为这样，有时候交换一下身份也不错，就像小丑鱼和海燕一样。"

她说的话真奇怪。熏子看着女老师的脸。

"新章老师也想和别人交换身份吗？"

"我没有。"新章房子偏着头，"但这个世界上，有些人的想法很奇怪。"

"怎么说？"

新章房子目不转睛地注视熏子的双眼后，将视线移回瑞穗身上。

"瑞穗，对不起，我要和妈妈聊一下。"说完，她又转身面对熏子。

"请问是什么事？"熏子问，内心掠过一丝不祥的预感。

"两天前，有一个男人来学校找我，是一位姓门胁的先生。"新章房子说了起来,"门胁先生的本业是食品公司的董事长,但在两个月之前,他为一个打算出国接受器官移植的孩子发起了募款活动,他担任那个活动的代表。"

熏子用力深呼吸后看着对方:"那位先生说了什么?"

"他说了一件很有趣的事。有一位名叫新章房子的女人担任了募款活动的义工,当然那个人并不是我。"

熏子眨了眨眼睛,但并没有移开视线,也没有说话。

"门胁先生说,"新章房子继续说了下去,"他一直在找那个女人。因为那个孩子去世了,'拯救会'也解散了,但当初募款的钱还没有用完。他打算把那些钱再捐给相同性质的募款活动,只是他希望征求当初大额捐款的捐款人同意。并不是我的那位新章房子似乎捐了一大笔钱,只不过门胁先生无法联络到她。她的电话已经解约了,寄电子邮件给她,也完全没有回复。"

"结果呢?"熏子问。

"那个女人曾经说,自己是老师。虽然光靠这一点,等于根本没有任何线索,但幸好有一条线索。她相当了解器官移植的各种问题,也具备了高度的问题意识。门胁先生推测也许她的学生中有人需要移植,却无法如愿。如果这样的学生要接受教育,就必须去医院上课。于是门胁先生查了特别教育学校,查到那里有一个名叫新章房子的老师。"

熏子握紧了放在腿上的双手。

"却发现并不是同一个人,门胁先生应该吓了一大跳。"

"对,只不过他似乎认为并不是同姓同名而已。一方面是因为新章这个姓氏很罕见;另一方面是门胁先生和我见面之后,发现了一件奇妙的事。"

"什么奇妙的事？"

"门胁先生说，另一个新章房子虽然五官和我完全不同，但无论是盘成发髻的发型还是眼镜的形状、服装，以及整体的感觉都和我一模一样，所以认为对方是刻意模仿我。所以他问我，我的身边是不是有人假扮我，问我知不知道是谁。"

"你怎么回答？"

新章房子对着熏子挺直了身体。

"首先，我请门胁先生告诉了我详细情况。那个自称是新章房子的女人做了什么，又说了什么。在了解之后，我对他说，"新章房子调整了呼吸，舔了舔嘴唇之后继续说道，"我无法回答是不是知道自己身边有没有这样的人，但如果不会造成门胁先生的不便，这件事可不可以交给我来处理？并希望不要再去打扰那位女士。无论门胁先生如何处理那笔捐款，我相信她都不会有意见——我就是这么回答他的。"

熏子缓缓放松了握紧的拳头："门胁先生同意了吗？"

"他回答说，知道了。我猜想他可能察觉了什么。"

"是哦。"熏子终于垂下了视线。

"播磨太太，"新章房子叫着她的名字，"如果你什么都不想说，我就不再追问了，但如果你觉得说出来之后，心里会比较舒坦，我很希望你可以告诉我。因为我猜想除了我以外，应该没有人能够听你倾诉这些事。"

熏子对新章房子顾虑到自己心境的谨慎发言感到赞叹，再度体会到，这个女人果然不简单。

"最初是因为我偷看了你的皮包。"熏子说完，抬起了头。

戴着眼镜的新章房子瞪大了眼睛："你偷看了我的皮包吗？"

"对不起。"熏子说，"那是你开始为瑞穗朗读绘本后不久的事。我走出房间去泡茶，刚好发现当我走出去时，你就停止朗读。我看着你的背影，忍不住产生了怀疑，你真的把瑞穗视为有生命的学生吗？是不是觉得她已经脑死亡，为她上课根本没有意义？"

新章房子的视线在半空中飘移，似乎在搜寻记忆，然后终于想到了，缓缓点了点头。

"原来是那个时候，对，我记得。是哦，原来你在背后观察我。"

"那次之后，我就很想知道你到底在想什么。差不多刚好是那个时候，你朗读完之后去上厕所，放在椅子上的皮包因为书的重量快掉下来了，我想要把皮包扶好，发现皮包里有一张宣传单。虽然明知道不能这么做，但还是擅自拿出来看了，因为我看到宣传单上有'移植'这两个字。没错，那张宣传单就是'雪乃拯救会'的募款活动时发的。我看了之后很受打击，越来越无法相信你，开始觉得你表面上为瑞穗朗读，但内心是不是蔑视我们，觉得我们花了大钱，让她毫无意义地活着，如果提供器官捐赠，或许可以拯救其他生命。"

新章房子露出落寞的微笑。

"是吗？原来你这么怀疑我，但为什么想到要去参加募款活动呢？"

熏子转头看着瑞穗，穿着红色连帽衣的爱女轻轻闭着眼睛，她的双眼应该永远都不会睁开了，也听不到任何话。即使这样，熏子仍然犹豫了一下，不知道接下来的说话内容能不能让女儿听到，但最后觉得还是必须在这个房间谈这件事。

她将视线移回新章房子的身上。

"之后,我独自仔细思考了你的心情。你在支持等待器官移植的孩子的同时,带着怎样的心情为瑞穗朗读绘本。我也研究了器官移植的相关知识,了解了很多事,也感到惊讶不已,发现自己以前太无知了。原来国内有那么多病童因为无法接受器官移植而痛苦……渐渐地,我对自己所做的事失去了自信,这样真的对吗?对瑞穗来说,这样真的幸福吗?我很想知道答案,所以去了那里,去了募款活动的现场。"

"你想要站在对方的立场,设身处地地思考这个问题,就像小丑鱼和海燕一样。"

熏子听到这句话,忍不住倒吸了一口气。原来新章房子来这里之前,就已经猜到了一切。

"但我还是搞不懂,即使你想要隐瞒真实身份,为什么偏偏要假冒我呢?"

熏子的嘴角露出笑容,偏着头说:"因为我担心变装会很不自然,所以需要一个范本。我只能说,一时想不到其他人选。虽然我应该事先准备一个假名字,但一下子又想不起来……说出口之后,才发现你的姓氏很罕见,觉得不太妙。真的很抱歉。"

"你不必向我道歉,因为并没有给我造成任何困扰。不过——"新章房子微微探出身体,"你在接触对面的世界之后,觉得怎么样?有没有发现什么?"

"不能说发现什么……我得到了救赎。"

熏子告诉新章房子,她见到了江藤夫妻,而且江藤先生对她说,他无意对无法接受孩子脑死亡而持续照顾孩子的父母说三道四,因为对父母而言,那个孩子还活着,仍然是宝贵的生命。

"正因为这样,我无论如何都希望雪乃能够活下来……"她突然深有感慨,泪水流了下来。她用指尖按着眼角,"我无意评论江藤夫妇同意器官捐赠的选择,只觉得命运很残酷。"

新章房子重重地吐了一口气。

"那对我呢?现在仍然怀疑我吗?"

熏子缓缓摇了摇头。

"老实说,我也不清楚。如果说我发自内心信任你,就变成在说谎了。"

"是吗?嗯,我想也是。"新章房子连续点了好几次头,似乎在说服自己,然后直视着熏子,"你还记得那个故事吗?就是风吹草和小狐狸的故事。"

熏子倒吸了一口气,收起了下巴:"记得,我记得很清楚。"

"小狐狸为了拯救公主,忘了自己被施了魔法,把好朋友风吹草连根拔了起来,结果失去了朋友,也无法再见到公主。当时,你说小狐狸很愚蠢。"

"是啊,但是,你认为小狐狸做出了正确的选择。"

"我的逻辑是,如果小狐狸什么都没做,公主就会死,不久之后,风吹草也会枯萎,魔法就会消失。既然这样,至少可以救公主一命。"

"我听了你这番话之后,认为你在暗示我,既然是迟早会陨落的生命,不如趁还有价值的时候让给别人,也就是说,瑞穗也应该捐赠器官……"看到新章房子微微皱起眉头，熏子忍不住问，"不是这个意思吗？"

"我果然应该说得更清楚，这并不是我想要表达的意思，我想要说的完全相反。小狐狸的行为在逻辑上或许很正确，但你认为小狐狸很愚蠢。我第一次看那本绘本时也有同感，不，写这个故事的作者应该也这么认为。虽然在逻辑上是正确的行为，但为什么让人有这样的感觉呢？这是因为人类并不是光靠逻辑活在这个世界上。"新章房子看着瑞穗，"我猜想别人对你用这种方式照顾瑞穗可能有很多看法，但最重要的是坦诚面对自己的心境，我认为一个人的生活方式不符合逻辑也没有关系。我说那个故事，就是想要透过故事告诉你这件事。"

"原来是这样，我理解成完全相反的意思了。"

熏子觉得那是因为自己内心对新章房子产生了怀疑。在研究有关器官移植的知识后，对自己的行为失去了自信，可能也是造成自己错误理解的原因之一。

"米川老师也一样，"新章房子注视着瑞穗说，"她其实应该更坦诚地面对自己。"

熏子听到了意外的名字，感到有点儿不知所措："米川老师怎么了？"

新章房子转过头，看着熏子。

"担任特教老师，有时候会遇到植物状态的学生，米川老师之前应该也遇到过好几名这样的学生。"

"对，我曾经听她提过，她说，即使目前没有意识，持续对着潜意识说话也很重要。"

新章房子点了点头。

"可以透过各种方法测试这种孩子,像是触摸他们的身体,或是让他们听乐器的声音和音乐,对他们说话,努力用各种方法了解怎样可以让他们产生反应。"

"米川老师的确很尽心尽力。"

"我想应该是这样,但结果导致她得了心病。医生诊断她的身体不适是心理原因造成的。"

熏子感到胸口隐隐作痛:"难道是给瑞穗上课,造成了她的压力吗?"

"以结果来看,应该就是这样,但我认为真正的原因在她自己身上。"

"你的意思是?"

"在交接的时候,我仔细听取了米川老师的意见。在谈到瑞穗时,她说和以前的学生完全不一样。"

"怎么不一样?"

难道她是说,瑞穗并不是植物状态,而是脑死亡吗?

"她说,在瑞穗身上感受不到脆弱。"新章房子的回答出乎熏子的意料。

"脆弱……"

"普通植物状态的孩子手脚的肌肉会萎缩,或是有水肿现象,也经常有褥疮等皮肤发炎的症状。总之,看了让人于心不忍,也感觉到脆弱,但瑞穗完全没有这种情况,肌肉很饱满,皮肤也很有光泽,看起来就像是健康的女孩子闭着眼睛。我第一次看到瑞穗时,也觉得虽然这是投入了最高水平的尖端科技的结果,但仍然是奇迹。"

"那有什么问题吗?"

新章房子摇了摇头。

"是米川老师有问题,她就像对待其他植物状态的学生一样,用相同的方式做各种尝试时,觉得自己在做的事徒劳无益。让瑞穗听声音、触摸她,即使生命征象有些微的变化,那又怎么样呢?她认为瑞穗可能需要某些更神秘的东西,并不是这种形式化的东西。她为此陷入了烦恼。"

这些话完全出乎熏子的意料,她不知道该如何回答。自己似乎误会了米川老师,原来这些事已经超出了她的负荷。

"我来这里之后,渐渐体会到米川老师说的意思。"新章房子说,"我觉得自己需要做的,并不是让瑞穗出现医学的反应。我每个星期来这里一次,到底该做什么?我绞尽脑汁思考之后,决定做一些自己想要为瑞穗做的事,于是就想到了朗读故事。如果瑞穗能够听到这些故事,就太幸福了;即使她听不到,在这里朗读故事,可以让我心情平静。我希望我的感受能够以某种方式传达给瑞穗。而且,如果你也一起听故事,在我离开之后,这个故事就可以成为你和瑞穗聊天的题材。"

新章房子说话仍然没有起伏,但她的声音温暖地打进了熏子的内心深处。可以成为和瑞穗聊天的题材——她说得完全正确。虽然之前对新章房子产生了怀疑,但在她离开之后,熏子总是和瑞穗"讨论"她朗读的故事内容,这是从今年四月开始不为人知的乐趣。

"既然这样,为什么那一次朗读到一半……"

"就停下来了吗?"

"对。"熏子回答。

新章房子打开了放在腿上的书。

"我刚才也说了,我在朗读故事时的心理状态是重要的因素之一。当我心情无法保持平静时,一定会对瑞穗有不良影响。所以我会在朗读中途稍微休息一下,确认自己的心情是否平静,但好像因此招致了不必要的误会,我深感抱歉。"

"原来是这样。所以……你当时心情平静吗?"

"平静得不能再平静了。"新章房子微微挺起胸膛,"于是我确信,在这里朗读故事很恰当。"

"很恰当……哦,难怪!"

熏子想起刚开始朗读时,她曾经说,虽然不知道是不是适合瑞穗,但她认为这么做最恰当。

"播磨太太,如果你没有意见,以后我也会继续朗读,可以吗?"新章房子用平静的语气问道。

熏子低头拜托她:"当然可以,那就拜托你了。"

新章房子转向轮椅:"瑞穗,太好了。"

熏子看了闭着眼睛的女儿后,和特教老师相视而笑。

·第五章——刀子刺进这个胸膛·

1

和昌准备打开大门时，感到不太对劲。虽然是对开的大门，但平时左侧的门都固定在原地，出入时，通常只开右侧的门。如今左右两侧的门都没有固定，他纳闷地看着脚下，想要固定左侧的门，立刻知道了其中的原因。

地面上留下了淡淡的车轮痕迹，可能是轮椅留下的。他想起熏子曾经传电子邮件告诉他，最近天气暖和了，她带瑞穗出门散步的次数也增加了。

拜最新科学技术所赐，瑞穗不需要仰赖人工呼吸器，可以透过AIBS自行呼吸。不知情的人以为她只是睡着了，最近带她出门散步时，也使用普通的轮椅，所以应该不会引来好奇的目光。

回想起医生说很可能是脑死亡状态的时候，很难想象目前的情况。时间过得真快，转眼之间，两年已经过去了，如果能正常上学校，瑞穗下个月就要升三年级了。

和昌走在通道上时，打量着庭院内渐渐有了春意的花草树木。当他看向瑞穗房间的窗户时，发现有人影晃动。

他打开玄关的门锁，开了门。脱鞋处排放着大小不一的鞋子，其中有一双男人的皮鞋。

生人的声音从瑞穗的房间传来，熏子响应着他。母子俩的语气都很开朗。

和昌打开门，最先看到瑞穗抱着巨大的泰迪熊。她穿着背带裤，里面穿着红色运动衣。

瑞穗身旁是六岁的生人，他也穿着背带裤，但里面穿着蓝色T恤。他抬头看着和昌，大声叫着："爸爸！"向他跑了过来。

"哦，最近还好吗？"和昌摸着抱着自己大腿的儿子的头。

"打扰了。"星野站了起来，鞠躬说道。他穿着衬衫，没有系领带。

"辛苦了。"和昌对下属说道，然后将视线移向坐在星野旁边的熏子。她似乎比上次看到时更瘦了，所以他问："你还好吧？"

"我没事，谢谢。"

熏子面前有一张工作台，上面放着控制瑞穗肌肉的仪器。她正在星野的指导下操作。

"你妈呢？"

"在厨房，正在准备晚餐。"

"是哦。"和昌点了点头，从手上的纸袋里拿出一个盒子，"这是给瑞穗的。"

盒子的前方完全透明，可以看到里面。盒子里装了一个毛绒娃娃，长得像狸，但又像熊，也像猫，听店员说，似乎都不是这些动物，而是很受欢迎的卡通人物，是一种会使用魔法的动物，和昌甚至连名字都没听过。

"你直接交给她啊，她一定很高兴。"熏子的嘴角露出意味深长的笑容。

和昌挑起眉毛，点了点头："好吧。"

他从盒子里拿出娃娃，走向瑞穗。虽然只有两个星期没见，但瑞穗似乎又长大了些。她的身体持续成长。

"瑞穗，这是送你的礼物，你要好好爱惜它哦。"和昌把娃娃递到女儿面前后，立刻放在旁边的床上。

"哎哟，"熏子发出不满的声音，"既然送她礼物，就送到她手上啊。"

"但是……"和昌有点儿不知所措，看着手上抱了巨大泰迪熊的瑞穗。

"别担心。生人，你去把姐姐的泰迪熊抱过来。"熏子说完，用熟练的动作操作着键盘。

瑞穗抱着泰迪熊的手臂无力地垂了下来，生人接住了快掉下来的泰迪熊。

"老公，轮到你了。"熏子对和昌露出笑容催促道。

他从床上拿起娃娃，但不知道该怎么办，熏子再度操作着键盘。

瑞穗原本垂着的双手动了起来，手肘弯曲成九十度，手心朝上，看起来像在索取什么。

"把娃娃给她啊。"熏子说。

和昌把娃娃放在瑞穗手上。熏子再度敲打着键盘，瑞穗的手肘继续弯曲，把娃娃抱在胸前。

"瑞穗，太棒了。"

在熏子说话的同时，星野伸出手，操作着按键。就在这时，瑞穗的脸颊肌肉动了起来，嘴角微微上扬。

"啊！"和昌瞪大了眼睛，但下一刹那，瑞穗恢复了原本的面无表情。

229

和昌转头看着熏子："刚才是怎么回事？"

"她在笑啊，你被吓到了吗？"她露出得意的笑容。

和昌将视线移向熏子身旁的下属："是你的杰作吗？"

星野微微皱起眉，偏着头。

"我不知道算不算是我完成的……但的确是我制造了契机。"

"契机？"

"董事长应该知道，控制颜面神经的并不是脊髓，而是延髓旁称为'桥'的部分。虽然认为脊髓和延髓没有明确的界限，但目前很难只透过刺激脊髓来改变表情肌。因为夫人——"星野看向熏子，"夫人希望能够设法改变瑞穗的表情。"

和昌皱着眉头看向妻子："你提出这种要求吗？"

"不行吗？"熏子气势汹汹地问，"露出笑容不是比较可爱吗？难道你不这么认为吗？"

和昌叹着气，将视线移回星野身上："结果呢？"

"正如我刚才所说，控制表情肌很困难，但有可能稍微改变表情。因为从去年秋天开始，瑞穗的脸颊和下颌的肌肉会不时出现微小的活动。我猜想可能是脊髓反射的信号透过某种回路，刺激了颜面神经。"

"她已经……"和昌再度注视着紧闭双眼的女儿。

"你应该没发现吧，因为你每个月只回来看她两三次而已。"

和昌没有理会熏子的挖苦，扬了扬下巴，示意星野继续说下去。

"于是我拜托夫人，请夫人观察瑞穗在怎样的情况下，脸部肌肉会活动。夫人非常仔细，而且很有耐心地观察，记录了详细的数据。我根据这些数据进行各种尝试，发现在磁力刺激活动身体肌肉后，只要再度给予微小的刺激，表情肌很容易出现变化，但并不是每一次都能够成功，只能说是频率比较高而已，而且也无法知道会发生怎样的变化。通常都是像刚才那样的笑容，但有时候也会只是单侧的脸颊抽动，或是下巴活动，所以我只能说是制造了契机。"

"是由瑞穗当时的心情决定的。"熏子说，"我是这么认为的。"

"即使她没有意识？"和昌问。

熏子狠狠地瞪了他一眼。

"你的心情好坏需要大脑思考之后才能感受吗？我可不一样，那是来自身体深处的本能，意识和本能是两回事。"

和昌发现自己说了不必要的话，他无意为这个问题争论，所以转头问星野："未来有什么计划？"

"我打算继续搜集数据，目前只有脸颊和下颌能够活动，但只要进一步摸索，也许可以活动其他表情肌，到时候，表情可能会更加丰富。"年轻下属的声音充满活力。

因为熏子也在，和昌只能回答："是这样啊。"和昌从纸袋里拿出另一个盒子。

"生人，爸爸也买了礼物给你，是可以拼成机器人，也可以拼出飞机的立体拼图，不知道你有没有办法搭出来。"

"太棒了。"六岁的儿子把抱在手上的泰迪熊放在地上，跳了起来。从和昌手上接过盒子，在拆开之前，走到瑞穗身旁，用快活的声音说："姐姐，爸爸送我这个。等我搭好了，拿来给你看。"

感慨涌上和昌的心头，听熏子说，她告诉生人："姐姐得了睡觉病。"对深信不疑的生人来说，姐姐还是以前的姐姐。

· 231 ·

"我去向妈打声招呼。"和昌说完,走出了房间。

来到厨房,看到千鹤子正在切砧板上的蔬菜,他站在门口打招呼:"晚上好。"

"啊,和昌,晚上好。"千鹤子停下手,满面笑容地看着他,但又立刻继续切菜。

看到岳母挽起的袖子下纤细的手臂,和昌心情黯然。这一阵子,岳母的气色很差,显然比之前瘦了不少,所以看起来很苍老。

千鹤子停下了手,诧异地看着他问:"怎么了?"

"不,只是……我觉得很抱歉。"

"对什么感到抱歉?"

"因为请你照顾瑞穗,而且也麻烦你帮忙处理家事。"

千鹤子露出惊讶的表情,身体微微向后仰,轻轻挥了挥手上的刀子。

"你现在还在说这些,这是理所当然的啊。"

"但爸爸一个人在家……有点儿于心不忍。"

千鹤子用力摇着头。

"他没关系啦。他也说,别担心他,要我专心帮忙照顾瑞穗。"

"虽然很感谢,但我很担心,这样下去,你和熏子的身体都会累垮。"

千鹤子放下菜刀,转身面对和昌。

"你到底怎么了?我帮忙照顾瑞穗,帮忙熏子照顾这个家是理所当然的事。相反,我很感谢有机会可以帮忙。照理说,这辈子再也不让我和瑞穗见面,我也不敢有任何怨言,甚至可以要我用性命来赔,所以，和昌，请你不要再说这些，我是真心愿意，才会在这里帮忙。"岳母说话时，语尾微微颤抖，红了眼眶。

"听你这么说，我的心情稍微轻松一点儿，但请你千万不要太勉强了。"

"我知道，因为万一我病倒了，熏子会比现在辛苦一倍。"千鹤子用指尖按着眼角后，嘴角露出笑容，再度拿起了菜刀。

和昌转身离开，来到客厅，坐在沙发上。他脱下上衣，松开领带，打量着室内。

客厅内到处丢着生人的玩具，除此以外的景象和两个星期前来的时候一模一样。回想起来，和一年前、两年前都完全相同。时间在这个房间，不，在这栋房子内完全停止了。

然而，现实并非如此。这栋房子以外的世界，一切都在改变。生活在这栋房子以外的和昌必须接受这样的改变，无法视而不见。

他茫然地坐在那里沉思，走廊上传来脚步声。熏子走了进来。

"老公，星野先生说他要回去了。"

"怎么？他不吃了晚餐再走吗？之前你不是说，忙到比较晚的时候，他有时候会留下来吃饭吗？"

"是啊，但他说，今天晚上就不打扰了。因为难得我们全家团聚，他不想打扰。其实他根本不必在意这种事。"

"是不是因为我在，他感觉不自在？"

"嗯，应该是吧。"

"那就没办法了。"和昌站了起来。

沿着走廊走出去时，星野已经在门口穿鞋子。他穿上了外套，也

· 233 ·

系好了领带。

"我以为你会留下来吃饭。"和昌说。

"谢谢,但今天晚上就不打扰了。"

"是吗?那就不勉强了。"

"谢谢董事长的盛情——夫人,那我就告辞了,"星野看着熏子,"我会下星期一再来。"

"好,那我们等你。"熏子回答。

星野点了点头,转头看着和昌行了一礼:"那我就告辞了。"

"我送你到大门。"和昌把脚伸进鞋子。

"不,这怎么好意思……这么晚了,外面很冷,董事长也没有穿外套。"

"没关系,我刚好有点儿事想和你聊一聊。"

星野的脸上掠过一抹紧张的神色,视线看向和昌的身后,可能正和熏子眼神交会。

"走吧。"和昌打开了门。

"哦……好。"

他们慢慢走在通往大门的通道上。空气虽然冰冷,但还不至于冷得发抖。

"我太太已经很会操作磁力刺激装置了,刚才瑞穗的手臂也真的动了起来。"

"是啊,即使我在一旁看着,也不觉得有任何问题。"

"我看了你的报告,关于肌肉运动的诱发技术,也已经达到了一个境界。我认为非常出色。"

"谢谢。"星野在道谢时的声音很僵硬，可能内心产生了警戒，不知道董事长到底要说什么。

"所以……"和昌停下了脚步，走在他身旁的星野也手足无措地停了下来，回头看着他，"目前已经完成了一定的成果，是不是差不多该告一段落了。"

"……董事长的意思是？"

"瑞穗的训练就交给熏子，我希望你继续回去做 BMI 的研究。"

"回去……但是，我目前也参与 BMI 的研究……磁力刺激诱发肌肉运动也是 BMI 研究的一个环节。"

"星野，"和昌把右手放在下属的肩上，"BMI 是什么的缩写？Brain-Machine Interface，脑机接口，是针对大脑的技术。运用大脑已经无法发挥功能的人体进行研究毕竟有限，难道你不这么认为吗？"

星野收起下巴，露出有点儿挑衅的眼神。

"我认为这么说瑞穗不太好。"

"我只是在陈述事实。"

星野张了张嘴，但又随即闭上，轻咳了几下后，再度开了口："我可以反驳吗？"

"你说来听听。"

"既然这样，为什么瑞穗的身体会成长？为什么能够调节体温？为什么几乎不需要服药也没有问题？如果大脑无法发挥功能，就无法说明这些现象。我听夫人说，目前就连医院的医生，也都默认瑞穗的大脑能够发挥少许功能。"

和昌抓了抓头，然后用那只手指着星野的脸。

"那又怎么样？即使大脑有一部分还活着，仍然没有意识啊。"

"意识的问题，永远都在黑箱中。"

"喂喂，难以想象这句话出自脑部专家之口。"

"正因为是专家，更需要谦虚。"星野用咄咄逼人的口吻说完之后，也被自己的语气吓到了，后退了一步，"很抱歉，我只是一名员工，竟然狂妄地说了这么失礼的话。"

和昌吐了一口气，摇了摇头。

"我很感谢你，这项工作原本是我命令你的。我知道因为你的努力，瑞穗的身体状况大为改善，熏子她们才能够体会到照护的喜悦。现在叫你停止这项工作的确很武断，但凡事都有见好就收的时机。"

"董事长认为目前是这样的时机吗？"

"你也不想一直都做这种事吧？"

"我觉得目前的工作很有意义。"

"你觉得操作失去意识的孩子的颜面神经，改变她脸部表情有意义吗？在旁人眼中，可能觉得很诡异。"

"我觉得别人想说什么，就让他们去说吧。"星野说完，胸口用力起伏，似乎在调整呼吸，然后直视着和昌，"当然，我会听从董事长的指示，只是我很在意夫人的心情，因为她很期待接下来的变化。"

和昌觉得星野的这句话似乎很有自信地认为，熏子不可能轻易放他离开。

"我也会和她讨论。总之，并不是马上就停止。"

"我知道了。"

"不好意思，耽误了你的时间。"

"不会。"星野摇了摇头,稍微移动了视线。和昌也顺着他的视线看去,发现熏子站在瑞穗房间的窗前,她正看着这个方向。"我告辞了。"星野鞠了一躬后,迈开了步伐,走出大门后,再度行了一礼,才转身离去。

和昌也转身走回玄关。他看向瑞穗房间的窗户,但熏子已经不在了。

他想起前几天的董事会。董事会上,有好几名董事问了他星野目前的工作情况。

目前我们公司正致力于BMI研究,让研究的中心人物从事和原本业务无关的工作并不合理,而且那项工作非常特殊,只能为极少数人带来恩惠。个人的想法似乎和目前的这种状况有密切的关系,甚至可能会招致他人误解,认为把公司私有化。目前的情况很难获得股东的认同,必须立刻采取改善措施。

虽然董事会上没有指名道姓,但显然在指责和昌的行为。

和昌回答说:"我不认为自己命令员工从事没有意义的研究。"并在董事会上说明,目前或许认为那只是在建构无法广泛应用的技术,但他深信,这项研究日后一定能够在BMI上发挥作用,所以希望能够以长远的眼光看待这项研究。

虽然他是公司创办人的直系,但他的发言并非绝对,应该有不少人对和昌的反驳感到不满,最后决定继续观察一阵子,只是和昌比任何人更清楚,这件事并不可能拖延太久。

然而,和昌并不是对董事的压力屈服,才会对星野说,差不多是见好就收的时机。

董事的意见似乎传入了多津朗的耳里。前几天,多津朗说有事要

· 237 ·

谈。和昌去找他后,他劈头就问:"你还在让她继续做那种事吗?"和昌问是什么事,父亲板着脸说:"就是用电力操作人的身体啊!我不是说了好几次,叫你马上停止,你到底在想什么?"

多津朗已经有一年多没有见瑞穗了,他之前看到熏子靠磁力刺激活动孙女的手脚之后,就不想再见到熏子。虽然当时他为自己说那是电力操作向熏子道歉,但内心极度不愉快。多津朗认为,熏子的行为根本是"为了让自己心安,把女儿的身体当成玩具"。

"平时都是熏子在照护,我不能去批评她。"

"但钱是你出的,更何况让瑞穗这样一直活着,到底想怎么样?是不是该放弃了?"

"放弃什么?"

"就是,"多津朗撇着嘴角,"以后也一直是这样,不是吗?不是无法恢复意识了吗?既然这样,为了瑞穗着想,应该让她赶快成佛啊。我已经想通了,那个孩子已经不在这个世上了。"

"不要随便杀了她。"

"她还活着吗?你真的这么认为吗?到底怎么样?"

和昌无法立刻回答父亲的问题。这件事让他很受打击。

"你和星野先生聊了些什么?"

晚上十点多,和昌坐在客厅的沙发上喝着威士忌纯酒时,熏子问道。全家吃完晚餐后,千鹤子帮生人洗了澡,熏子负责喂食瑞穗。生人和千鹤子洗完澡后,就直接去了二楼。

瑞穗接回家里照顾之后,和昌每个月会回家探视两三次。以前无论再晚，通常会回自己的公寓，但最近都会留下来过夜。因为听说生人早上起床去幼儿园时会问："爸爸呢？"

"瑞穗没有人照顾没关系吗？"

"短时间的话没关系，否则我妈不在时，我不是连厕所都不能上吗？"

"那倒是。"

"你们刚才在说什么？"熏子再度问道。

和昌缓缓地拿起杯子。

"谈今后的事，因为我觉得差不多该让他回去原来的岗位，总不能一直都像现在这样。"

"是哦。"熏子在对面的沙发上坐了下来，"但瑞穗还需要他的协助。"

"是吗？你不是已经可以顺利操作仪器了吗？星野也说完全不需要担心。"

"如果只是重复相同的动作，当然没问题，但目前还不知道有没有百分之百激发了瑞穗的能力，而且脸部表情也才刚开始而已。"

"我刚才真的吓到了，"和昌喝了一口威士忌，然后放下了杯子，"有必要做到那种程度吗？"

"什么意思？"

"活动手脚的确有意义，因为增加肌肉，有助于促进代谢。"

"肌肉被称为第二肝脏，普通人如果肝脏机能衰退，只要锻炼肌肉就好。瑞穗的血液循环也改善了，血压也很稳定，体温调节也很顺畅。除此以外，还有流汗、排便和皮肤的恢复力——要说的话，根本说不完。"

"我知道，但改变表情有意义吗？我不认为活动表情肌，会有什么正面帮助。虽然像你刚才所说,偶尔露出笑容的确很可爱,但这只是我们的问题,对瑞穗本身有什么帮助吗?"

熏子的太阳穴抽搐了一下,但她的嘴角仍然挤出了笑容。

"她完成了以前做不到的事,怎么可能没有好处呢?表情肌缺乏锻炼,就会不断衰退,父母不是应该激发孩子的潜力吗?难道你不这么认为吗?"

即使当事人已经没有意识吗?和昌原本想要这么问,但最后忍住了。因为一旦说了,讨论就会在原地打转。

"我对你感到很抱歉。"不知道是否因为看到和昌没有吭气,熏子继续说道,"你为瑞穗花了很多钱,我相信也给你添了很多麻烦,所以照护瑞穗的事,我都不麻烦你帮忙,之后也会这么做。希望你能够让我继续做我想做的事。"

"钱的事倒不是问题……"和昌用指尖敲了桌子几次后,轻轻点了点头,"我会再考虑。"

"我祈祷能够听到满意的答案。"熏子满脸笑容地站了起来,"晚安,不要喝太多了。"

"嗯,晚安。"

和昌目送妻子走出客厅,把冰桶里的冰块放进了杯子,又加了威士忌。在盖酒瓶盖子时,想起了两年多前的事。那天晚上,他也在这里喝威士忌的纯酒。如今,和昌手上拿着波摩酒的酒瓶,但当时喝的是布纳哈本。

那是瑞穗发生溺水意外的晚上,他和熏子两个人讨论,接下来该怎么办。那天晚上,他们讨论之后决定要提供器官捐赠。

如果没有在最后一刻改变当时的决定,不知道现在会怎么样。瑞穗当然已经不在人世,和昌与熏子应该也会按照原计划离婚。当时决定生人由熏子负责照顾。和昌自己会过着怎样的生活呢?会持续支付育儿费,独自住在这栋大房子里吗?不,不可能。应该会卖掉这栋房子,独自住在目前住的公寓过日子。

和昌巡视室内。

所以,很可能不光是住在这里的人,这栋房子也可能消失,也许现在已经变成另一栋完全不同的房子。

他用指尖搅拌着杯中的冰块,忍不住自问,那又怎么样呢?

难道那样比较好吗?他扪心自问。让瑞穗像这样继续活下去好吗?这个疑问的确随时都萦绕在他的心头。他无法否认,当初并没有想到瑞穗可以活这么久,所以现在有点儿不知如何是好。如果当时接受脑死亡判定,就不会有刚才的谈话,也不会对熏子要求星野做的事产生抵抗。

但是,那么做的话,就能够放下瑞穗吗?就不会像现在一样,闷闷不乐地喝威士忌吗?

和昌立刻有了答案。他摇了摇头,不可能有这种事——

正如现在会对让瑞穗一直活着产生疑问,如果接受了脑死亡,一定也会为到底是不是正确的决定烦恼,为无法得出结论而痛苦。如果让瑞穗活着,她也许可以恢复。即使无法完全康复,也许可以恢复意识,能够和其他人沟通、交流。即使无法恢复到这种程度,或许能够用某种方式,为瑞穗带来生命的喜悦,或许能够向她传达父母的爱。不难想象,越是思考这些问题,就越无法走出迷宫,后悔也会越来越深。

和昌觉得,也许从那天晚上开始,自己完全没有前进一步。

2

走进医院大门时,和昌有一种几近怀念的感觉。因为他回想起两年多前,几乎每天都会来这里。但随即觉得用"怀念"这两个字眼太轻率了,因为从那时候到现在,几乎没有解决任何问题。

他在柜台前说明来意后,医生似乎事先已经交代,柜台人员请他去脑神经外科的候诊室等候,但并不保证一定能够见到医生。柜台的小姐用没有感情的声音说:"因为如果有急诊病人,医生可能因为时间不方便改变原本的安排,敬请见谅。"

和昌走去候诊室,发现只有一名老人等在那里。那个老人也很快被叫进诊间。和昌坐在长椅上,开始翻阅自己带来的周刊杂志。

他很快就察觉到有人站在自己身旁,遮住了光线。他在抬头的同时,听到对方说:"好久不见。"身穿白大褂的进藤低头看着他,那张充满理智的脸完全没变。

和昌收起周刊杂志,从椅子上站了起来,鞠了一躬说:"好久不见,感谢你一直以来的照顾。"

进藤点了点头说:"请跟我来。"然后迈开了步伐。

进藤带和昌来到一个放了很多办公桌和测量仪器的房间,似乎不是诊察和治疗的地方。进藤示意他坐下,和昌坐在椅子上。

进藤也坐了下来,打开了手上的病历。

"令千金的状态很稳定,上个月的检查也没有发现任何异状。"

"我听说了,托你的福。"

进藤突然笑了笑,合上了病历。

"托我的福……你真的这么认为吗?"

"请问是什么意思?"

"你是不是认为,令千金的身体至今仍然有生命现象,并不是因为我们的医疗行为,而是拜自己的努力和执着所赐?事实上也的确如此,医院完全没有做任何事,只是做检查,开必要的药物而已。"

和昌无言以对,只能沉默不语。

"不好意思,"进藤举起一只手,"这样听起来好像在讽刺,我完全没有这个意思,而是发自内心感到惊讶和佩服。我也和主治医生讨论了这件事,他也有同感,他再度体会到人体的神奇和神秘。"

"所以,瑞穗果然逐渐恢复了吗?"和昌问道。

进藤并没有马上回答,偏着头思考了一下。

"我认为这种说法并不妥当。"他很谨慎地开了口,"如果硬要说的话……嗯,只能说目前的状态比较容易管理。"

"容易管理是什么意思?"

"生命征象没有太大的变化,服用的药物也减少了。我相信你太太他们应该比以前轻松多了。"

"这种情况无法称为恢复吗?"

进藤微微转动了眼珠子后回答说:"我认为不能这么说。"

"为什么?"

"所谓恢复,"进藤舔了舔嘴唇,继续说道,"是指逐渐接近原本的状态,只要稍微接近健康时的状态,就可以这么说,但令千金并没有恢复。由于持续刺激脊髓,增加了肌肉量,或许多少维持了统合性,但这只是填补而已,并没有接近原本的状态,大脑完全没有变化……不,据我的推测,大脑灭绝的部分应该更大了。"

和昌用力叹了一口气:"我就是想要请教这个问题。"

"是啊,你在今天早上的电话中也说,想要了解令千金的大脑情况,但正如我在电话中所说,目前无法掌握正确的状态。"

听进藤说,每次接受定期检查时,熏子都不希望做脑部检查。和昌可以隐约猜到其中的原因。因为她不想面对检查之后,发现瑞穗完全没有好转,或是甚至可能恶化的事实。

"没关系,因为我想问的并不是现在,而是那天的事。"

"那天?"

"就是瑞穗发生意外的那天,你说很可能是脑死亡的时候。"

"是。"进藤轻轻点了点头,"你想问什么?"

"那我就直话直说了。你认为如果当时接受脑死亡判定的测试,会是怎样的结果?瑞穗会不会被判定为脑死亡?希望你可以坦诚地告诉我。"

进藤注视着和昌的脸,似乎很讶异为什么事到如今,还在问这种问题。

"我认为,"这位脑神经外科医生开了口,"被判定为脑死亡的概率相当高。即使现在有一个和令千金当时状况完全相同的孩子在我面前,我应该也会做出相同的诊断,没有丝毫的犹豫,同时会像那天晚上一样,向家长确认是否有意愿提供器官捐赠。"

"即使瑞穗已经活了超过两年半?"

"我记得当时也曾经说过,心脏并不会因为脑死亡就立刻停止跳动,虽然真的没有料到会活这么久。"

"那如果现在为瑞穗做脑死亡判定测试,会有怎样的结果?你刚才说,她并没有恢复,你认为如果现在做测试,还是会出现脑死亡的结果吗?"

进藤缓缓点头:"我认为会是这样的结果。"

"即使她身体有明显的成长?"

和昌认为自己提出了理所当然的问题,但进藤扑哧一声笑了出来。

"我说了什么奇怪的话吗?"

"不,只是我觉得如果是不用功的医生,遇到这种情况,可能不会进行脑死亡判定。正如你所说的,如果大脑所有的功能都停止,身体不可能成长,也无法进行体温调节,血压也不会稳定。按照以前的常识,认为这种情况不可能是脑死亡。"

进藤停顿了一下。

"但是,过去也曾经有几个病例做到了这些事。虽然被判定为脑死亡,却活了好几年,在这段时间,身高也长了。对于这种现象,移植医疗促进派的人反驳说,这并不是真正的脑死亡,质疑并没有进行正式的判定。当然,我相信其中也不乏这样的例子,但我认为应该也包括了法定脑死亡状态的病例。虽然以判定标准来说,那是脑死亡,但仍然有一部分功能。我认为瑞穗——令千金应该就属于这种情况。"

"既然还有一部分功能,不是不能称为脑死亡吗?"

· 245 ·

进藤微微耸了耸肩。

"果然你也有误解,但这也难怪,因为'脑死亡'这个字眼,就包含了许多神秘和矛盾。"

"什么意思?"

"脑死亡的定义,就是大脑所有的功能都停止,判定基准也是确认这件事。但是,这只是原则而已。因为我们目前还无法了解大脑的一切,还无法充分了解哪一个部分隐藏了哪些功能,既然这样,要怎么确认所有功能都停止呢?"

"那倒是。"和昌嘀咕道。

"也许你已经知道,'脑死亡'这个字眼是为了器官移植而创立的。一九八五年,厚生省竹内团队发表了脑死亡判定基准,只要符合该基准的状态,就称为脑死亡。说实话,没有人知道这个基准是否代表所有功能都停止,所以也有人认为判定基准有误,这也是大部分反对把脑死亡视为死亡的人的意见。"

"我认为这种说法很合理。"

"你的心情我能够理解,但是,请不要忘记,竹内基准并不是在定义人的死亡,而是决定了是否要提供器官捐赠的分界线。研究团队的领导人竹内教授最重视的是不归点(the point of no return)——一旦成为这种状态,复苏的可能性为零。所以,我认为不应该取名为'脑死亡','无法恢复'或是'临终待命状态'更贴切,但为了推动器官移植的官员可能想要用'死亡'这个字,所以反而把事情搞得很复杂。"

"你的意思是,在器官移植的领域,并不考虑脑死亡是否代表死亡这件事吗?"

"正是这样。"进藤用力点了点头,表示完全同意,"器官移植并不考虑到底以什么来判断人是否死亡这个哲学问题,而是必须将焦点锁定在符合怎样的条件,就可以提供器官捐赠。但是,法律很难认同在活人身上摘取器官,所以必须认为'这个人已经死了'。"

"已经死了……吗?虽然瑞穗的大脑可能还具备一部分的功能,但对照判定基准,应该会被判定为脑死亡,也就是已经死了——是这样吗?"

"完全正确。"

"即使她在成长……"

和昌无论如何都放不下这件事。

"我认为竹内基准并没有错。儿童的长期脑死亡病例并不罕见,但从来没有任何一个病例在被判定脑死亡之后,能够摆脱人工呼吸器,或是恢复意识清醒的,都是在持续脑死亡状态,最后心脏停止跳动。长期脑死亡的存在,对于以提供器官捐赠为前提的脑死亡判定本身并没有任何影响,即使在脑死亡状态下继续成长也一样。"

和昌低着头,扶着额头。他需要整理一下思绪。

"我还要补充一点。"进藤竖起食指,"曾经有这样一个病例,这个病例和瑞穗一样,在幼儿时期被诊断为脑死亡,之后存活多年,而且身体持续长高,身体状况也很稳定。在呼吸停止之后进行了解剖,发现大脑已经完全溶解,没有任何发挥功能的迹象,真的是彻底的脑死亡。世界各地有多起这种病例。"

"瑞穗也可能是这种情况?"

"我无法否定,人体还有很多神秘未知的部分,尤其是小孩子。"

和昌双手抱着头,坐在椅子上向后仰。他注视着天花板,然后闭上了眼睛。

他持续这个姿势片刻,放下了手,看着进藤。

"我再请教一次,如果瑞穗现在接受脑死亡判定,被判定为脑死亡的可能性相当高,对吗?"

"应该是。"进藤看着他回答。

"那么,"和昌调整呼吸后问,"目前在我家……在我家的女儿,到底是病人,还是尸体?"

进藤无言以对,露出痛苦的表情,骨碌碌地转动眼珠子后,似乎下定了决心,对和昌说:"我认为这并不是我能判定的事。"

"那谁能判定呢?"

"不知道,我猜想,这个世界上没有任何人能够判定。"

和昌觉得这个回答很狡猾,但又同时认为是诚实的回答。没有人能够判定,的确如此。

"谢谢。"和昌鞠躬道谢。

3

六月上旬，妹妹美晴带着若叶来到家里。那天是星期六，护理指导和特教老师都不会上门。熏子在瑞穗的房间朗读完向新章房子借的故事书，对讲机的门铃刚好响了。那是一个关于主人翁每次死去，就会变成各种不同动植物的故事。即使一辈子都生活在沙漠的仙人掌，也可以感受到生命喜悦的段落，无论看几次，都会感动不已。在玄关迎接美晴她们时，可能眼睛有点儿红，美晴担心地问："发生什么事了？"熏子苦笑着解释说，没事，只是看故事书很感动。美晴什么都没说，只是露出了复杂的笑容。

去年夏天的时候，美晴每个星期天都会来家里。因为熏子假冒新章房子的身份去参加募款活动，她当然没有告诉美晴实情，只说去参加以照护卧病不起的孩子的家长为对象的研讨会。

"妈妈呢？"美晴问。

"去买菜了，她说顺便回家看看。"熏子看向若叶，"若叶，最近还好吗？"

"阿姨好。"若叶向她打招呼。和瑞穗同年的外甥女个子长高了，已经完全没有幼儿的感觉。小学三年级学生，她是每天去学校上课，真正的小学三年级学生。听千鹤子说，她很会吹竖笛，搞不好九九表也倒背如流。她在学校应该有很多朋友，经常聊天，玩各种游戏。当然也会和同学吵架，相互说坏话，但这正是小孩子的人际关系。

如果没有发生那场意外，瑞穗也会体会同样的生活。熏子无法否认，自己会忍不住这么想。虽然见到若叶时，必须为心灵的一部分拉下铁门，但常常因为无法顺利控制自己的心情而感到焦躁不已。

"阿姨，我可以去看瑞穗吗？"若叶问。

"好啊，去看她啊。"

若叶脱下鞋子，熟门熟路地打开了瑞穗房间的门。美晴也跟着她走了进去。熏子在后方看着她们母女的背影。

因为刚才在朗读故事书，所以瑞穗坐在轮椅上。

"瑞穗，你好，你今天绑两根辫子，真好看。"美晴对瑞穗说。瑞穗的头发在左右两侧绑了两根辫子。

若叶握着瑞穗的手。

"瑞穗，你好，我是若叶，我今天带草莓来了。上次我们一起去长野采草莓，所以也带来送你。"若叶好像在自言自语般小声说道，似乎有所顾虑。

美晴从手上的大托特包里拿出一个长方形的容器，里面装满了鲜红色的草莓。若叶接过之后，放在瑞穗的面前。

"你看，是草莓，好香哦，希望你也闻得到。"

若叶和瑞穗聊了一阵子后，离开瑞穗的身旁，把容器递给熏子："阿姨，给你。"

"谢谢，真的好香，瑞穗也一定很喜欢。"熏子接过容器，对外甥女露出微笑。

"嗯。"若叶回答，她的眼神很认真。

"小生不在家吗?"美晴问。

"他在二楼。我告诉他,你们会来玩,但他应该玩游戏玩得太入迷了,我去叫他下来。"

"没关系啦,小生可能觉得见到我们也不怎么好玩。"

"不是这个问题,而是要向客人打招呼。要不要先喝茶?有别人送的点心,很好吃。"

"好啊,若叶呢?要不要和妈妈、阿姨一起吃点心?"

"不要,"若叶摇了摇头,"我等一下再去,我要再陪瑞穗一下。"

"好啊。"美晴回答后,对熏子说,"那就这样吧。"熏子点了点头。

若叶来家里时,几乎都陪在瑞穗身旁。也许在她眼中,瑞穗还是以前那个和她同年、感情很好的小表姐,也许她相信,虽然瑞穗现在仍然沉睡,但总有一天会苏醒,像以前一样和她一起玩。不,也许她运用小孩子特有的神秘力量,和瑞穗心灵相通。熏子向来觉得若叶是仅次于自己最了解瑞穗的人。

熏子走出瑞穗的房间,在走向客厅的途中停下了脚步,对着楼上叫着:"生人!晴妈妈和若叶姐姐来了,你下来打招呼。"

等了一会儿,楼上没有反应。她又大声叫着生人的名字,楼上传来生人不悦的声音:"听到了啦!"

"姐姐,别勉强他,他可能觉得很麻烦。"美晴解围道。

"他最近好像有点儿叛逆,一旦回到自己房间,就不想出来,问他学校的事,也不好好回答。"

"这代表生人慢慢变成大人了啊。"

"怎么可能？他才小学一年级啊！"

"但对小孩子来说，从幼儿园升上小学是很大的变化。"

"也许吧。"

今年四月，生人开始上小学。熏子看到他背上书包的身影，不禁感慨万千，同时也为无法看到瑞穗背上书包上学的身影叹息，期待生人能够连同姐姐的那份好好享受学校生活。但是，如果上学这件事让他内心产生了不满，就太令人懊恼了。

熏子泡好两杯红茶时，生人才终于出现在客厅，看到美晴，鞠躬打招呼说："阿姨好。"

"生人，你好，学校好玩吗？"美晴问。

"嗯。"生人点了点头，看起来不像是心情不好。

"你喜欢哪一堂课？算术，还是国语？"

生人害羞地扭着身体回答说："体育课。"

"原来是体育课，对啊，活动身体很开心。"

生人听了美晴的话，显得很高兴，也许觉得自己得到了认同。

"若叶姐姐在姐姐的房间。"熏子说。

"嗯。"生人应了一声，但似乎有点儿不开心，也没有立刻走去房间。

"怎么了？你不想见到若叶姐姐吗？"

生人摇了摇头："不是。"

"那你去找她啊。"

即将七岁的儿子迟疑了一下，看了看熏子，又看了看美晴，然后才说："那我去找若叶姐姐。"走出了客厅。

"他哪有叛逆？"美晴小声地说，"还是很乖啊，而且有问必答。"

"可能今天心情比较好，不然就是很会假装。之前去参加入学典礼的时候，也到处向同学打招呼，可他根本还不认识那些同学。"

"是哦，很了不起啊。他怎么向别人打招呼？"

"他首先自我介绍。'你好，我是一年级三班的播磨生人，请多指教。'然后深深地鞠躬。"

"太厉害了，同学一定很快就记住了他的名字。"

"而且之后还介绍了瑞穗，说：'这是我的姐姐。'"

"啊？"美晴惊讶地瞪大了眼睛，"'这是我的姐姐'……你带瑞穗去参加小生的入学典礼了吗？"

"对啊，那当然啊。因为那是弟弟的大日子，当然要带她去，而且特地为她买了新衣服。生人也说，希望姐姐一起去参加。"

"是哦。"美晴露出凝望远方的表情。

"怎么了？有什么问题吗？"

"不，没有。"美晴慌张地摇了摇头，"只是觉得别人听到小生这么介绍，一定会很惊讶，他们没有说什么吗？"

"当然说了啊，说我很辛苦，但大家都很佩服，说看起来完全不像有任何身心障碍，好像随时会睁开眼睛向大家打招呼。所以我就对他们说，一点儿都不辛苦，再调皮的孩子，睡觉的时候照顾起来也很轻松，我家的孩子一直都在睡觉。那些人都哑口无言，真是太痛快了。"

"是哦。"美晴只应了这么一句，没有继续追问入学礼的事。

因为姐妹俩很久没有见面，所以有聊不完的话。美晴开始抱怨自己的丈夫。她丈夫在贸易公司上班，是典型的合理主义者，会按照这些标准挑剔妻子所有的言行。因为他的意见符合逻辑，所以也很难反驳。

"遇到这种人，就要适度说谎。你凡事都老老实实向他报告，所以才会被他挑剔，需要适度敷衍，有些小事就假装忘记。"

"是这样吗？"

"就是这样。如果一切都老老实实告诉合理主义者，绝对会遭到否定。"

姐妹俩正在讨论这件事，走廊上传来动静。不一会儿，门打开了，生人和若叶走了进来。

"咦？怎么了？"熏子问。但两个人都没有回答，只是若叶显得有点儿尴尬。

生人不知道从哪里拿出最近喜欢的拼图，他似乎要和若叶一起玩。

熏子看着两个孩子玩耍，继续和美晴聊天，但还是觉得奇怪。

"怎么了？"她问生人，"为什么来这里玩？平时不是都在姐姐房间玩吗？今天也可以在姐姐房间玩啊。"

两个孩子还是没有回答，但若叶好像有话要说，所以熏子看着她说："若叶，你不是来找瑞穗的吗？不是在那里玩比较好吗？"

若叶听到问话后的反应完全符合熏子的期待，她站了起来，向生人使着眼色，似乎叫他一起去那个房间，但生人的反应完全出乎意料。

"骗人的！"生人说。他在说话时，根本没有看熏子。

"什么？"熏子问，"什么是骗人的？"

但是生人没有回答，手上拿着拼图，一言不发。

"生人！"熏子大叫着，"你把话说清楚！到底说什么是骗人的？"

刚上小学一年级的少年浑身颤抖，似乎在努力克制什么，然后转头看着熏子，表情中充满愤恨和悲伤，以前他从来没有过这样的表情。

"什么姐姐还活着，是不是骗人的？"

"啊……"

"其实姐姐很久以前就已经死了，只是妈妈当作姐姐还活着，对不对？"他说话的声音就像在绝望的深渊中呻吟。

熏子的脑袋一片空白，她不知道儿子在说什么。虽然能够听懂他说的每一句话，但本能似乎产生了抵抗，不愿意接受这一连串的内容，不愿意承认那是儿子说的话。

然而，这种空白的时间并没有持续太久，不愿意听到的这些话既不是幻听，也没有听错。

巨大的冲击让熏子感到眩晕，好不容易才忍住，不让自己昏过去。照理说，她应该斥责生人，你在胡说什么，甚至为了教训他，应该狠下心甩他一巴掌。但是，熏子无法做到，她双腿无力，根本无法站起来。

若叶开了口："小生，这件事不可以说出来。"

"若叶！"美晴斥责道，但熏子并不知道妹妹为什么要斥责外甥女。只有生人说的话在她脑袋里回响，根本无暇思考其他人说的话。

"你在说什么啊？"熏子瞪着儿子苍白的脸，"哪里骗人了？瑞穗姐姐不是还活着吗？虽然她一直睡觉，但可以吃东西，也会大便，而且也长高了。"

但是，儿子大叫着说："他们说，这根本不算是活着。虽然因为使用机器，感觉好像还活着，但其实早就死了。大家都说，不想看到带一个死人来参加入学典礼，大家都说很可怕。"

"谁说的？"

"大家都在说，知道姐姐的所有人都这么说。我对他们说，不是这样，姐姐只是在睡觉。他们就问我，什么时候会醒。如果一直不醒，不是和死了没什么两样。"

看到生人露出反抗眼神的双眼发红，熏子终于了解了状况，同时感到心被撕裂了。

生人绝对不是认为母亲骗了自己，看到沉睡的姐姐，一心希望她可以康复，但应该也做好了心理准备，姐姐可能永远不会醒来，只是被毫无关系的第三者说出这件事，他受到了极大的伤害。

熏子回想起生人最近的情况，终于恍然大悟。之前他整天都在瑞穂的房间，最近却很少靠近。即使在熏子的要求下去了瑞穂的房间，也不会主动对瑞穂说话，而且停留片刻就离开了。

巨大的冲击让熏子说不出话。虽然她心里很着急，知道不能不吭气，必须对儿子说话，脑袋却一片空白。

不知道生人如何看待母亲的这种态度，他把拼图往地上一丢，站了起来。熏子还来不及制止，他就冲出了房间。他沿着走廊奔跑，传来冲上楼梯的声音。

熏子好像冻结般动弹不得，儿子说的话一直在她脑袋里重复。

"姐姐。"美晴担心地叫着她，虽然熏子听到了，却无法回答。美晴抓着她的肩膀，用力摇晃着："姐姐！"

熏子的身体终于有了反应，回望着满脸不安地看着她的妹妹。

"啊啊,"她吐了一口气,用手扶着额头,"对不起……"

"你没事吧?脸色好苍白。"

"嗯,我没事,但有点儿受到打击。"

"你不要骂小生,我觉得他也很痛苦。"

"我知道,所以才很受打击,没想到学校有人对他说这些话。"

"那也没办法啊,小孩子都很残酷,而且我相信并不是所有的同学都这么说,应该也有同学很同情小生。"

熏子很感谢妹妹的安慰,但最后一句话让她感到不对劲。"同情?"熏子皱起眉头。

妹妹似乎立刻发现自己失言了,轻轻摇着手。

"啊,说同情太奇怪了,我的意思是,应该有同学能够了解小生的心情。"

看到美晴慌忙掩饰的样子,熏子渐渐恢复了冷静。她重新咀嚼着生人刚才说的话,突然发现一件事。她看向若叶。外甥女正默默地玩着生人丢在地上的拼图。

"若叶,"熏子叫着她,"你刚才对生人说'这件事不可以说出来',那是什么意思?"

若叶可能听不懂这个问题的意思,用力眨了眨大眼睛。

"你为什么不说'没这回事',或是'不可以这么说',而是说'这件事不可以说出来'?'这件事'是哪件事?是瑞穗已经死了这件事吗?若叶,你心里是这么想的吗?虽然这么想,但在这个家里不能说吗?"

接二连三的问题让若叶无力招架,用一脸快哭出来的表情看着美晴。

"姐姐,你怎么了?"美晴不知所措地问道,熏子狠狠瞪着她。

"你也很奇怪啊,当若叶说'这件事不可以说出来'时,你责骂了若叶。为什么?"

"没为什么……"

熏子看到妹妹无法回答,更加深了原本的怀疑。

"你们该不会平时就这么说,瑞穗虽然已经死了,但去播磨家时,要假装她还活着?"

美晴为难地垂着眉尾,说:"没这回事。"但她的声音很无力。

"那若叶为什么那么说?你为什么要责骂若叶?那不是很奇怪吗?"

"这……根本没有什么特别的意思……若叶也只是在提醒小生而已,对不对?"美晴问女儿,若叶默默点头。

熏子摇了摇头,说:"算了,我已经知道了。"

"姐姐……"

美晴露出无可奈何的表情时,玄关传来开门的声音。走廊上传来脚步声,不一会儿,拎着纸袋和塑料袋的千鹤子走了进来。

"对不起,难得回家打扫一下,结果耽误了时间。你爸爸竟然连浴室都没有洗——"说到这里,千鹤子似乎察觉到气氛不对劲,住了嘴,看了两个女儿和外孙女的脸后,再度开了口,"发生什么事了?"

"没事。"熏子回答,用手托着脸颊。

美晴似乎下定了决心,站起来说:"若叶,我们回家。"

若叶猛然站了起来,走到母亲身旁。

"什么?这么快就回去了?你在电话中不是说,今天不急着回家吗?"千鹤子手足无措地问。

"对不起,我临时有事,下次再来。若叶,赶快去向瑞穗道别,我们回家了。"

"嗯。"若叶点了点头。

"不必了。"熏子对她们母女说,"不,请你们别去,不要去房间。"

美晴没有回答,走出了客厅,大步沿着走廊走进了瑞穗的房间。若叶也迟疑了一下,跟了进去。

千鹤子纳闷地回头看着熏子:"到底发生了什么事?"

熏子没有回答,注视着走廊前方。

不一会儿,美晴母女从瑞穗房间走了出来。千鹤子见状,小跑着追了上去。熏子移开了视线。

"妈妈,我走了,改天见。"熏子听到美晴用僵硬的语气道别。若叶不知道也说了什么,千鹤子响应说:"改天再来玩。"

玄关传来关门的声音,不一会儿,千鹤子走回房间。

"到底发生了什么事?"

"没事。"熏子回答后站了起来,"我要去为瑞穗弄饭了。"

"啊,对哦,已经这么晚了,要赶快准备。"千鹤子看了墙上的时钟后,准备走去厨房。熏子对着她的背影叫了一声:"妈妈,如果你觉得太累,不用帮忙也没关系。我可以一个人照顾瑞穗。"

熏子察觉到千鹤子的脸颊绷紧:"你在说什么啊?美晴说了什么吗?"

"不是,我只是觉得,你会不会觉得太累。"

"怎么可能?你不要说一些奇怪的话。"千鹤子的声音中带着怒气。

熏子无力地点了点头。她希望可以相信,只有母亲和自己站在一起。她必须相信。"对不起。"她小声嘟囔后,走去瑞穗的房间。

· 259 ·

4

美晴走出播磨家的玄关,沿着通道走向大门期间一言不发。若叶跟在她的身后,觉得妈妈一定很生气,因为自己不小心说错话,惹熏子阿姨生气了。妈妈之前再三叮咛,再三提醒。

——这句话千万不能在熏子阿姨面前说。

等一下一定会挨骂。若叶已经做好了心理准备。

但是,走出播磨家的大门后,美晴对若叶说:"不必放在心上。"而且说话的语气也很温柔。

"因为小生说了那种话,熏子阿姨吓了一跳,所以迁怒在我们身上。啊,你知道'迁怒'的意思吗?"

"就是生气的意思,对吗?"

"嗯,没错,不管对象是谁,只是想要发脾气。别担心,过一阵子,阿姨心情就会平静,所以,你也不必放在心上,知道吗?"

"嗯。"若叶点了点头。

"但是,"美晴蹲了下来,把脸凑到若叶面前说,"今天的事不能告诉爸爸,不可以说哦。"

若叶没有说话,再度缓缓点头。她原本就不打算告诉爸爸。

"我们回家吧,如果时间还早,去买蛋糕吧。"美晴语气开朗地说。

若叶也努力挤出笑容,很有精神地回答:"嗯。"

美晴迈开步伐，若叶跟了上去，回头看了播磨家的大门一眼。那是她从小经常来的地方。

但她觉得可能好一阵子不会再来这里了。

若叶的爸爸在贸易公司上班，但她并不知道那是怎样的工作，只知道爸爸经常出差。瑞穗发生意外时，爸爸正被公司长期派到海外工作，所以并不清楚事情的来龙去脉，也不清楚瑞穗虽然没有醒来，但熏子阿姨把她接回播磨家，目前熏子阿姨和外婆在家里照顾她。

其实若叶也不太了解详细情况，只是听妈妈说，熏子阿姨他们想要带瑞穗回家，所以就这么做了。

爸爸每隔几个月就会回国一次，通常都会在日本住一个星期左右。这是若叶最开心的时光，有时候也会利用这段时间四处旅行。若叶很喜欢个性温柔、无所不知的爸爸，所以，每次去成田机场送爸爸出国回到工作岗位时，她都会在车子上一直哭。

在爸爸短时间回国期间，几乎很少会谈论播磨家的事。因为很久没有见面，自己的事就聊不完了，永远不会缺少话题，当然也没时间去看瑞穗。

今年二月，爸爸终于被调回日本了。新的工作地点在东京，所以他们一家三口又可以生活在一起了。爸爸说，暂时不会被外派了。

在一家三口的生活逐渐安定之后，妈妈问爸爸，要不要去探视瑞穗。

"不去不行吗？"爸爸显然不太想去。

"因为姐姐知道你已经回国了，所以不去露一下脸不太好。她一定会想，为什么不去看一下，而且其他亲戚至少都去探视过一次。"

"但她不是失去意识,一直都躺着吗?去探视她有意义吗?"

"所以不是去探视瑞穗,可以去慰问一下姐姐和妈妈。"

"你的意思是,要让你这个妹妹有面子?"

"你也可以这么理解。"

爸爸叹了一口气,终于答应:"那就没办法了。"

在天气还有点儿寒冷的三月初,一家三口去了播磨家。熏子阿姨热情地表示欢迎,看到爸爸也一起去,似乎很高兴,连续说了好几次谢谢。

爸爸看到瑞穗时,不停地表示佩服。瑞穗看起来很健康,完全不像是生病,好像随时都会醒来——爸爸的感想和大部分人一样。若叶听了,也感到很高兴。爸爸和自己一样,即使瑞穗一直在睡觉,仍然很喜欢她。

没想到回家之后,爸爸说的话和若叶的想法完全相反。爸爸冷冷地说,再也不会去看瑞穗了。

"我没办法做这种事,而且也无法赞同,那根本是你姐姐的自我满足。医生不是说瑞穗已经脑死亡了吗?在国外,一旦知道是脑死亡,就会停止所有的治疗。没想到他们却花大钱让她继续活着……只能说太异常了。"

若叶听不太懂爸爸说的这番话,只知道爸爸在批评熏子阿姨。

"日本和外国的法令不一样。"妈妈说。

"所以就利用这些法令,不承认是脑死亡,当作她还活着吗?他们要这么做,我也没意见,只希望他们自己去做这件事就好,不要把其他人也都卷进去。老实说,这根本是造成别人的困扰。"

"老公，若叶也听到了……"

"我认为这对若叶也有负面影响，她必须接受事实。若叶，"爸爸突然看着她，而且露出可怕的眼神，"你老实回答爸爸，你觉得瑞穗有一天会醒过来吗？"

爸爸严厉的口吻让若叶感到害怕，她露出求助的眼神看着妈妈。

"你不必现在问她这种事……"妈妈说。

"这很重要，必须把话说清楚。若叶，你回答爸爸，怎么样？你觉得瑞穗的病能够治好吗？"

"不知道。"若叶回答。她只能这么回答。爸爸听了，双手抓住她的肩膀说："你听好了，瑞穗以后也不会醒过来，会一直像现在这样。虽然她看起来好像睡着了，但其实不是这样，她的脑袋已经空了，什么都没有想。即使你对她说话，她也听不到；不管你怎么摸她，她也感受不到了。那已经不是以前的瑞穗了，只是行尸走肉。你知道灵魂吗？瑞穗的灵魂已经离开了，你熟悉的瑞穗已经去了天堂。如果你想和她说话，可以对着天空说，所以，以后不必再去那个家了，知道吗？"

若叶不知道该怎么回答，再度看着妈妈，希望妈妈可以帮她。

妈妈还没回答，爸爸就抢先说："妈妈心里也很清楚。"

"啊？"若叶看着妈妈。

爸爸继续说："瑞穗就像死了一样，但妈妈只是在阿姨她们面前，假装并不这么觉得，这只是在演戏。"

"你不要这么说！"妈妈怒气冲冲地说。

"那我该怎么说？对着明知道已经脑死亡、没有意识的人笑着说话的行为，哪里不是演戏？那我问你，如果你和瑞穗两个人单独在一起时,你会对她说话吗?你会和她聊天吗?如果熏子不在旁边,你根本不会这么做。怎么样?你倒是老实回答啊!"

若叶听了爸爸的话,恍然大悟。她觉得爸爸说的可能有道理,熏子阿姨不在的时候,妈妈曾经对瑞穗说过话吗?回想起来,好像真的从来没有过。

妈妈一言不发,好像也承认了。

"若叶,知道了吗?"爸爸恢复了平静的口吻,"大家都在阿姨面前演戏,就连外婆应该也一样,全都在演戏。爸爸刚才在阿姨面前也稍微演了一下,虽然很不愿意,但也无可奈何。这就是配合演出,但我不希望你做这种事,所以以后尽可能别再去他们家了,知道了吗?"

若叶想不到该怎么回答,只能回答:"我知道了。"爸爸满意地点了点头。

只剩下和妈妈两个人时,若叶问妈妈:"以后不再去看瑞穗了吗?"

"毕竟是亲戚,也不能完全不去。爸爸刚才也说'尽可能'不要去,有时候不得不去。"

"到时候怎么办?要演戏吗?"

妈妈皱着眉头,好像被碰到了伤口,然后说:"只要像以前那样就好。"

然后,妈妈又补充说:"但是,这些话不能在熏子阿姨面前提起。"

"嗯。"若叶回答。即使不问为什么不能告诉熏子阿姨,她也隐约知道,只是说不太清楚。

那天之后,她们就没再去过播磨家,直到今天。今天出门时,妈妈还特别叮咛："记住喽，要和以前一样，在熏子阿姨面前，要和以前一样。"

"我知道。"若叶回答，更何况她不知道如果不能和以前一样，到底该怎么做，那反而更难。

所以见到久违的熏子阿姨后，她的行动仍然和以前一样，先去看瑞穗，当阿姨和妈妈说要去客厅吃点心时，她也回答说，自己要继续留在那里。阿姨对若叶的态度似乎很满意。

独自留在瑞穗的房间时，想起了很多事，也想起爸爸问妈妈："如果你和瑞穗两个人单独在一起时，你会对她说话吗？"

当时，看到妈妈没有回答，她觉得很难过，但她同时发现了一件事。

自己不也一样吗？

当熏子阿姨不在时，若叶觉得自己也很少对瑞穗说话，或是碰触她的身体。她无法清楚解释其中的原因，只是并不是像爸爸说的那样，是在"演戏"。如果说完全不在意熏子阿姨的眼光，就变成在说谎了，但自己和爸爸不一样，并不讨厌对沉睡的表姐说话，而且发自内心地希望表姐可以听到自己的声音。她觉得妈妈应该也一样。不光是妈妈，大部分对瑞穗说话的人应该都一样，应该都不是像爸爸说的，只是在"演戏"而已。

虽然如果问她，不是演戏，到底是什么，她也答不上来。

她正在想这些事时，生人走了进来。她也好久没见到比她小两岁的表弟了。他手上拿着小型游戏机，一进房间就邀若叶一起玩。

若叶觉得生人上小学后，看起来好像一下子长大了，但似乎并不是因为这个让人觉得他和以前不一样了。不一会儿,若叶就发现了原因。他根本不看他的姐姐一眼。若叶问生人这件事,生人有点儿不高兴地回答说:"那已经没关系了。"

"什么没关系了?"若叶问。

生人低着头,小声地回答:"姐姐的事……"

"为什么?"

"因为……她已经死了。"

听到生人的回答,若叶再度感到震撼。怎么会这样?难道连表弟也已经放弃,认为姐姐醒来只是梦想而已吗?只有在妈妈面前演戏,假装梦想还可以实现就好了吗?

若叶没有说话,她无法对生人说,没这回事。对已经从梦中醒来的少年说什么都是白费口舌。

"我们去那里吧。"生人说,"我不太想在这个房间。"

于是,他们一起去了妈妈和熏子阿姨在吃点心的客厅,结果就发生了刚才那些事。若叶一直提心吊胆,很担心生人会说什么不该说的话,所以当他说那些话时,才会脱口对他说:"这件事不可以说出来。"

结果,熏子阿姨生气了。

若叶心情很沉重。以后该怎么办?虽然妈妈说,过一阵子,阿姨的心情就会平静,但真的是这样吗?若叶觉得没这么简单,阿姨绝对不会忘记今天的事,无论若叶多么努力对瑞穗说话,她是不是都觉得只是在做样子而已?

若叶觉得自己破坏了重要的东西,做了无可挽回的事,这种想法在内心慢慢扩散,她完全不知道该怎么办。

但是，无论任何人说什么，自己都必须和瑞穗站在一起，直到最后。她内心充满了这种决心。虽然这个决心来自很多因素，但最重要的因素是若叶觉得瑞穗可能代替自己牺牲了。

她回想起那天去游泳池的情景。

她不太记得意外当时的详细情况。得知瑞穗溺水之后，她的脑子里就一片混乱，什么事都搞不清楚了。

但是，某些事，还是清晰地留在她的记忆碎片中。

那年夏天，若叶的手上戴着戒指，那是用串珠做的戒指。放暑假之前，幼儿园的好朋友送了她这个戒指，她很喜欢。

去游泳池时，她也戴着那个戒指游泳。瑞穗看到她的戒指，也说很可爱。

她和瑞穗玩得很开心，两个人比赛谁可以长时间在水里憋气。

在玩的时候，她的戒指不小心掉了。她完全不记得戒指到底怎么会掉的，只记得浮出水面时，戒指不小心掉落水底了。

若叶"啊"了一声，慌忙沉入水底。她发现身旁的瑞穗也潜入水底。瑞穗可能看到自己戒指掉落了。

戒指掉在泳池底的网上。若叶急忙想要捡起来，却没有抓到，结果戒指反而掉进网子的洞里。若叶想要拿出来，但戒指卡住了，怎么也拿不出来。瑞穗也在一旁帮忙，但也拿不出来。不一会儿，若叶感到呼吸困难，浮上了水面。当时，鼻子吸了大量的水，她痛得不得了，游到池边擤鼻子。

算了，只能放弃戒指了，到时候再向朋友道歉就好。

若叶稍微平静后看向四周，却不见瑞穗的身影。

她正觉得奇怪，妈妈也同时跑过来问她，有没有看到瑞穗。她无法清楚说明情况，只回答说，瑞穗突然不见了。

周围的大人都紧张起来，不一会儿，就听到有人说，有人沉在水底，然后把瑞穗的身体拉了上来。

之后的记忆相当模糊，只记得事后听到瑞穗可能是因为手指卡在池底排水孔的网上，导致无法挣脱时，感到很害怕。当若叶感到呼吸困难，浮出水面时，瑞穗应该也一样，但因为手指拔不出来，所以无法浮上水面。不知道她当时有多么痛苦。

如果自己浮出水面后，立刻关心瑞穗，告诉周围的其他人——

在医院再度看到瑞穗时，她觉得自己好像掉进了一个很深的洞。自己犯下的错，夺走了表姐幸福的生活。

这是她至今不敢告诉任何人的秘密。

和昌正在银座知名的玩具店内叹气摇头。眼前的玩具琳琅满目，但他不知道该选哪一个。三个月前，他在为瑞穗和生人挑选礼物时，请教了店员的意见，伤透了脑筋，还以为至少有好一阵子不必为这件事烦恼了，没想到这么快又重演了。

他无法否认，是自己太粗心大意了，只要稍微动一下脑筋，就知道会有这种事。因为工作太忙，他完全疏忽了。

上周末，收到熏子的电子邮件。下周六要为生人举办庆生会，希望他能够腾出时间。虽然生人的生日是下下周的周一，因为想要邀请学校的同学来参加，所以改在周六举行，时间也特地安排在中午。

和小学一年级的学生一起参加庆生会——光是想象这种状况，心情就很沉重，但只能做好心理准备。熏子说，只要向小孩子打声招呼就好，因为想要让同学看到父亲假日在家。既然她这么说了，和昌当然无法反驳。

而且，他也有点儿担心生人。

虽然和以前一样，只能隔周见到生人一次，但生人最近看起来有点儿不对劲。他经常躲在自己房间，吃饭时，也不太愿意与和昌说话。虽然熏子说没事，但和昌还是很在意，也许随着生人慢慢长大，对父母的分居有什么想法。果真如此的话，他要更努力做一些父亲该做的事。

他在玩具卖场逛了一圈，仍然想不到什么好主意，只能再度向店员求助。和店员讨论了很久，最后选了法国进口的拼图游戏作为生人的生日礼物。因为之前听熏子说，生人很喜欢玩这一类游戏。

他拎着纸袋拦了出租车前往广尾的家，一看手表，时间刚好。

熏子在电子邮件中说，希望也可以邀请和昌的父亲一起参加。因为生人已经上小学了，所以今年的庆生会想要办得热闹一点儿。

和昌打电话给多津朗，多津朗的回答一如预期。

"我不去参加，刚好那天有事，而且周六父亲不在家可能不太妙，但没有小孩子会觉得爷爷不在家很奇怪。虽然我很想为小生的生日庆祝，但我会把礼物寄给他。"

多津朗显然只是不想见到熏子。他仍然对她感到不满。和昌只回答说："知道了。"

出租车快到家时，看到一对母女走向相同的方向。和昌请司机停车，打开了窗户，叫了一声："美晴。"

美晴转过头，张开嘴巴"啊"了一声，向他欠了欠身。

和昌立刻付完车钱，下了出租车。

"你们也收到邀请了吗？"和昌走向她们母女问道。

原本以为会立刻听到肯定的答案，没想到并不是这样。

"是我问姐姐，小生的生日有什么安排。因为姐姐每年都会用某种方式为他庆生。姐姐说，会邀请小生学校的同学举办庆生会。我问姐姐，我们可不可以在庆生会时，把礼物送过去……姐姐说，那也没问题……"不知道为什么，美晴说话有点儿吞吞吐吐。

和昌觉得奇怪，熏子希望庆生会很热闹，所以打算邀请多津朗一起参加，但为什么不邀请美晴她们？

"把礼物交给小生，再去看瑞穗之后，我们就马上离开。"美晴可能察觉到和昌感到讶异，辩解似的说明。

"别急着走，留下来慢慢玩啊，生人应该也会高兴。"

但美晴露出微妙的表情，若叶也不敢正视和昌的态度，显得有点儿拒人千里。

和昌带着她们从玄关走进屋内。熏子从走廊深处走来，一看到美晴她们，立刻挑起眉毛。"你们约好的吗？"

"不是，刚好在门口遇到。"

"是哦。"

"午安。"美晴向熏子打招呼，她的表情很僵硬。

"谢谢你们特地来。"熏子注视着妹妹。

看到她们姐妹意在言外的眼神，和昌猜想之前可能发生过什么不愉快的事。他想了一下，是不是该当场问清楚，但最后决定作罢。接下来将是漫长的一天，他可不想出师不利。

熏子低头看着外甥女，扬起了嘴角。她的表情看起来很虚假："若叶，也谢谢你来为生人庆生。"

若叶轻轻点了点头，抬眼看着和昌。

"姨丈，我可以去看瑞穗吗？"

"当然可以啊，欢迎你去看她，对不对？"

他征求熏子的意见，但熏子没有反应，把头转到一旁。

若叶脱下鞋子，走去瑞穗的房间，但她还没打开门，熏子就说："她不在那里。"

"她在哪里？"和昌问。

"在客厅啊，今天弟弟要举行庆生会，她当然要参加啊。"熏子说完，走向走廊深处。

和昌脱下鞋子，看到有一双熟悉的男人皮鞋。

和昌与美晴、若叶一起去客厅一看，吓了一大跳。因为室内用了大量气球和五彩缤纷的派对用品装饰。

"哇！"若叶惊叫起来。

"真的很漂亮。"和昌看着挂在墙上的"HAPPY BIRTHDAY"的银色装饰小声说道。

"是不是很不错？"熏子站在桌子旁问。

"你一个人布置的吗？"

"我请妈妈稍微帮忙了一下。"

"太了不起了。"

"谢谢。"

和昌将视线移向窗边，穿着短袖衬衫的星野站在那里。和昌第一次看到他穿便服的样子。

"打扰了。"星野恭敬地向和昌鞠躬。

"你也受邀来参加吗?"

"是,夫人希望我务必来参加。"

"因为有事要请他帮忙。"一旁的熏子说,"我一个人有点儿困难。"

和昌看向星野身旁的轮椅,瑞穗坐在轮椅上,穿了一件以前没见过的华丽小礼服,应该是为了今天特地买的,一头长发微微卷了起来,一定是熏子为她做的造型。瑞穗闭着眼睛,睫毛很长,看起来真的像洋娃娃。

和昌看到轮椅后方有东西。小桌子上似乎放了什么东西,但用布遮了起来。仔细一看,有电线连在轮椅的椅背上。

"你想要干什么?"和昌问熏子。

她微笑着,眼神透露出她显然在打什么主意:"这是秘密。"

和昌内心产生了不祥的预感,他看向星野,星野窘迫地移开了视线。

就在这时,千鹤子叫着:"啊哟,若叶,你来了啊。"满面笑容地从厨房走了出来,走向外孙女。

"我们带了礼物来送给小生。"若叶拿起手上的纸袋,"小生在哪里?"

"呃,小生哦……"千鹤子看着熏子,向她确认。

"他应该在二楼自己的房间。"熏子回答,看着墙上的时钟,"他在干什么啊?他的同学都快来了。"她不满地皱着眉头,快步走了出去。

和昌叹了一口气,看向桌子。桌上放了餐盘和杯子,还有汤匙和叉子。他数了一下,发现总共有七组。生人应该坐在桌子短边的座位，也就是寿星座位上。

有六个同学要来。和昌暗自想。有这么多同学来参加庆生会，代表生人在学校的生活很顺利。

就在这时，听到了熏子的怒斥声。熏子的声音在走廊上产生了回音，和昌与身旁的千鹤子互看了一眼。

接着，再度传来了声音。这次是生人的说话声。他说了什么，但听不清楚。

和昌来到走廊上，听到楼上传来熏子的斥责声："别说蠢话了，赶快到楼下去！"

"不要！我不想去！"

"为什么？若叶姐姐也来了，爸爸也来了，而且你同学也快来了，赶快去楼下。"

生人大叫着："我不要！我不要！"

和昌来到楼梯下方，发现熏子和生人正在楼上推来推去。

"喂，你们在干吗？"

生人正想要甩开母亲的手，听到声音后停了下来。他的脸皱成一团，好像快哭出来了。

"到底是怎么回事？"和昌问熏子。

"我也不知道，他突然说不想办庆生会。"

"为什么？"

生人没有回答，仍然蹲在地上。

"先来客厅。如果有什么意见，下来再说。"

听到和昌这么说，生人慢吞吞地下了楼。熏子一脸生气地跟在他身后。和昌在她耳边小声地问:"怎么回事?"她微微偏着头说:"不知道啊。"

生人走进客厅,美晴她们立刻笑脸相迎。若叶从纸袋里拿出盒子走向他。盒子上绑了粉红色缎带。

"小生,生日快乐。"

生人尴尬地接过盒子,小声地说:"谢谢。"他的脸上没有一丝喜悦的表情,反而看起来很痛苦。

"小生,你打开看看。"美晴对他说。

生人点了点头,蹲在地上,准备解开缎带。

"等一下,"熏子说,"你的同学不是快来了吗?等一下再拆礼物。"

生人停下手,但他抱着礼物,并没有站起来。

"他们怎么还没来?"熏子皱着眉头,抬头看着时钟,"这么晚了,他们应该会一起来,是不是有人迟到了?"

"应该吧,还是哪一班电车晚到了。"千鹤子说。

"是吗?应该不会迷路吧?"

熏子走向窗户时,低着头的生人用有点儿沙哑的声音说:"不会来了。"

"啊?"熏子停下了脚步,"你刚才说什么?"

生人抬起头,他的双眼通红。他看着母亲说:"不会来了,我的同学不会来了。"

"啊?怎么回事?"

生人低头沉默不语,他的肩膀微微颤抖。

熏子倒吸了一口气,怒目看向生人,大步走向他。

"为什么？你不是说他们会来吗？说有六个同学会来吗？有山下、田中、上野，还有那个谁要来吗？"

生人的脸皱成一团，摇了摇头："不会来，谁都不会来。"

"所以我在问你，他们为什么不会来？"

"因为……我根本没有邀请他们。我没有告诉任何人要举办庆生会。"泪水从生人的眼中流了下来。

熏子蹲在生人面前，双手粗暴地抓住了他的肩膀："这是怎么回事？"

"熏子，"和昌说，"你不要激动——"

"你闭嘴！"她继续瞪着儿子说，"回答我，这是怎么回事？妈妈不是跟你说，要举办庆生会，请你邀同学来参加吗？但你为什么没有告诉任何人？"

生人不敢看母亲的眼睛。他缩着肩膀，想要低下头。熏子硬是抬起他的下巴。

"所以，你说有六个同学会来是怎么回事？是骗我的吗？"

生人没有回答。熏子抓着儿子的肩膀，用力前后摇晃。

"回答我！是骗我的吗？你同学不会来吗？"

生人无力地前后晃动了脖子，小声地说："不会来。"

"为什么？为什么要说谎？为什么不邀请同学来？"熏子质问他。

"因为……因为……"生人泣不成声，"因为姐姐在啊。妈妈说，要让姐姐和大家见面啊。"

"那又怎么样？有什么问题？"

"因为……因为我告诉大家说不在了。"

"不在？什么意思？"

"我告诉同学，姐姐已经不在家了，但如果他们来家里，就会知道我说谎。"

"为什么姐姐不在？她不是在吗？为什么要说这种谎？"

"因为如果不这么说，大家会欺负我，但我说姐姐不在之后，大家就没再说什么了。"

站在和昌身旁的美晴用手捂着嘴"啊"了一声，似乎想到了什么。于是和昌问她："怎么回事？"

"姐姐带瑞穗去参加了小生的入学典礼，小生的同学似乎为这件事嘲笑他……"美晴小声地回答。

原来是这么一回事。和昌终于恍然大悟。瑞穗差点儿成为生人遭到同学霸凌的原因。小孩子的世界如果不在意表面功夫，很容易发生这种事。

"你说姐姐不在家，去了哪里？"

生人没有回答熏子的问题，深深地低下头。熏子心浮气躁地说："回答我！"

"……了啊。"生人小声地回答。

"什么？我没听到，你说大声点儿！"

听到熏子的斥责，生人的身体抖了一下，然后似乎豁出去了，回答说："我说她死了！我说姐姐已经死了！"

熏子顿时脸色发白："你竟然……"

"难道不是吗？姐姐根本就像死了——"

啪！熏子甩了生人一巴掌。

生人哇哇大哭起来，但熏子不理会他，抓住他的手臂。

"你要道歉，赶快去向姐姐道歉！竟然说这么过分的话。"熏子不等生人站起来，就想要把他拉到轮椅前。她的眼中满是血丝。

"等一下，熏子，你不要激动。"和昌想要让她松开生人的手臂。

"你不要插嘴！"

"这怎么行？我是孩子的父亲！"

"你算什么父亲！根本什么都不管！"

"的确是这样，但我随时在考虑两个孩子的事，随时都在考虑怎么做对他们比较好。"

"我也是啊！所以才举办庆生会，邀请生人的同学，让他们见到瑞穗之后，他们就不会对生人说一些奇怪的话。"

和昌摇了摇头。

"哪有这么简单？瑞穗只是闭着眼睛坐在那里，小孩子很残酷，他们还是会觉得瑞穗死了。"

熏子微微眯起眼睛，扬起嘴角。没想到在眼前的情况下，她竟然露出了笑容。

"如果只是坐在那里的话，的确会这么想，"她的语气和刚才不同，平静得有点儿可怕，"但如果会动呢？"

"什么？"

"比方说，只要向瑞穗打招呼，她的手就会动呢？或是生人在吹蛋糕上的蜡烛时，瑞穗的双手动了呢？那些小孩子看到之后，仍然觉得她死了吗？"

和昌听了妻子的话，惊讶地看向星野。原来今天找他来是为了这

· 277 ·

个目的。

星野似乎事先听说了熏子的计划,所以尴尬地低下了头。

"老公,你还记得那天的事吗?就是我们决定提供器官捐赠,去医院的那一天,我们一起握着瑞穗的手。原本以为就要和她告别时,她的手动了一下。你没有忘记吧?我们就是因为这样确信,瑞穗还活着。"

"我当然没忘,但这是两码事。用仪器活动她的身体,根本没有意义。"

"不说的话,没有人知道用了仪器。"

"那只是假的,是欺骗。"

"才不是欺骗,我要让他们知道,不让任何人说瑞穗已经死了——生人,你现在去打电话给同学,说要举办庆生会,请他们来家里,说准备了很多好吃的东西等他们来。快去!"熏子再度用带着怒气的语气说道,然后推着儿子。

下一刹那,和昌举起了右手,他甩了熏子一巴掌。她按着脸颊,用充满惊恐和憎恨的眼神看着他。

"够了没有!"和昌大吼道,"你知道自己在干什么吗?不要强迫别人接受自己的价值观!"

"我什么时候强迫别人了?"

"你现在不是吗?你不是在强迫生人吗?我告诉你,每个人有不同的想法。我能够理解你不愿意接受瑞穗已经死了,非常能够理解,但这个世界上,有人遇到完全相同的情况,却接受了现实。"

熏子用力吸了一口气,瞪大了眼睛。

"你……要我接受瑞穗已经死了吗?"

和昌皱着眉头，摇了摇头。

"老实说，我自己也不知道。"他用呻吟般的声音说道，"但我认为自己了解状况。"

"怎样的状况？"

"两个月前，我去找了进藤医生，请教了他的意见。他仍然没有改变初衷，认为瑞穗是脑死亡状态，而且完全没有恢复，如果现在做测试，应该会判定为脑死亡。这和身高是否长高没有关系，也就是说，瑞穗还能够被当成活着，只是因为没有做测试，必须承认这一点。"

熏子原本发红的脸渐渐苍白："瑞穗其实已经死了……你要我接受吗？"

"我并没有要求你接受，你要怎么想，是你的自由。我只是告诉你，也有人这么想，你不能责怪别人这么想。"

"死了……"

熏子无力地跪在地上，然后瘫坐下来。从她垂头丧气的样子，可以感受到她极度失望。

和昌知道熏子很受打击，但这也是无可奈何的事。这些话迟早要说。和进藤见面之后，他一直这么想，却始终无法说出口，结果一拖再拖。

和昌语气温柔地想要叫她的名字时，她猛然抬起头。和昌看到她的双眼，忍不住被吓到了。她的眼神涣散，却充满不寻常的气势。

"你怎么了？"和昌问，但熏子没有回答，迅速站起来后，一言不发地大步走去厨房。和昌不知道发生了什么事，跟去厨房好奇地张望，发现她立刻走了出来。看到她手上的东西，和昌大惊失色。她拿了一把菜刀。

"你要干吗？"和昌倒退了几步问道。

熏子没有回答，用没拿菜刀的右手拿起了桌上的手机，然后面无表情地开始拨打电话。不一会儿，电话似乎接通了，她对着电话说："……喂？请问是警察局吗？我老公情绪激动地挥着刀子，可不可以请你们马上派人过来？地址是——"

和昌惊讶地问："你在干吗？"

"姐姐！"美晴也叫着她，但熏子不理会他们，继续对着电话说："……是家里的人……目前的情况并不危急……对，没有人受伤……因为我不想打扰到邻居，所以请不要鸣警笛……对，可以按对讲机的门铃，那就拜托了。"熏子挂上电话，把手机丢回桌上，看着千鹤子说："警察很快会上门，妈妈，到时候麻烦你去开一下门。"

"熏子，你到底……"

但是，熏子似乎并没有听到母亲的声音，她看着轮椅旁的星野。

"星野先生，请你离开瑞穗。"

"哦……好。"星野脸色苍白地走到和昌他们那里。

熏子站在轮椅旁，双手拿着菜刀，用力深呼吸后，看向斜上方。她浑身散发出拒绝的空气，似乎在告诉在场的人，无论别人问什么，她都不会回答。

最初抵达的是附近派出所的警察。他们得知是这个家的女主人拿着菜刀，而且也是她本人报的案后，都惊讶不已。

熏子问他们："还有其他警察会来吗？"得知辖区分局刑事课的

人也会来这里后,熏子说:"那就等他们来了再说。"

不一会儿,辖区分区的警察也赶到了。不知道总共来了多少人,但在身穿便服的男人带领下,只有四个人进了屋。他们可能从先到的警察口中得知了情况,判断不需要派大批人马前来。

熏子看着他们问,谁是负责人。一个年约四十五岁,五官很有威严的人说由他负责,这个姓渡边的男人是刑事课的股长。

"渡边股长,我想请教你,"熏子口齿清晰地问,"坐在我旁边的是我的女儿,今年春天,升上了小学三年级。如果我把刀子刺进她的胸膛,我有罪吗?"

"啊?"渡边微微张着嘴,看了和昌他们之后,将视线转回熏子身上,"什么意思?"

"请你回答我。"熏子把刀尖伸向瑞穗的胸口,"我有罪吗?"

"那……那当然,"渡边连续点了好几次头,"当然有啊,当然有罪啊。"

"什么罪?"

"当然是杀人罪。即使最后救活了,也会追究杀人未遂的罪责。"

"为什么?"

"哪有为什么……?"渡边一脸困惑,一时说不出话,"既然杀了人,当然要追究罪责啊。你到底想说什么?"

熏子嘴角露出笑容,转头看向和昌他们。

"他们说,我女儿已经死了,很久以前就死了,只是我没有接受而已。"

渡边露出完全搞不清楚状况的表情看着和昌。

"医生说，我女儿应该已经脑死亡了。"和昌快速说道。

"脑死亡……"渡边微微张着嘴，终于搞清楚情况地点了点头，"原来如此，是这么一回事啊。"他似乎对器官移植法有一定程度的了解。

"把刀子刺进已经死了的人的胸膛——"熏子说，"仍然犯下了杀人罪吗？"

"不，但是，这……"渡边看了看熏子，又看了看和昌，"应该只是认为是脑死亡，并没有正式判定吧？既然这样，就必须以仍然活着为前提进行思考。"

"所以，你的意思是，如果我把刀子刺进她的胸膛，造成她心脏停止跳动，就代表我杀了我女儿？"

"我认为是这样。"

"是我造成了我女儿的死。"

"没错。"

"千真万确吗？没有搞错吗？"

听到熏子再三确认，渡边的自信似乎动摇了，他回头看着下属，但他的下属也不知道答案，不置可否地偏着头。

"如果，"熏子提高了音量，"如果我们当初同意捐赠器官，接受脑死亡判定的测试，或许已经确定她是脑死亡。法律上确定是脑死亡，就等于是死了。即使这样，仍然是我造成了她的死亡吗？或许是我导致她的心脏不再跳动，但当我们采取不同的态度时，她很可能之前就已经死了。即使这样，仍然是我杀了她吗？这种情况下，是否可以适用无罪推定原则？"

和昌看着熏子淡淡说话的样子，明知道目前的场合不对，仍然忍不住觉得这个女人太聪明了。虽然表面上看起来情绪失控，但她的思考冷静得可怕。

辖区分局的警察代表完全被熏子震慑了，脸上露出焦急和慌乱的神情，汗水顺着他的太阳穴滑了下来。

"你找我们来，就是为了讨论这件事吗？"渡边在发问时，脸上的表情没有一丝从容，简直就像是被逼到墙角的犯人。

"不是讨论，而是请教。我再请教一次，如果我现在把刀子刺进我女儿的胸膛，到底算不算杀人？请你回答我。"

渡边伸手摸着头，不悦地撇着嘴，偏着头。

"老实说，我并不知道，因为我不是法律的专家。"

"那麻烦你去请教专家，请你马上打电话。"

渡边用力摇着手："请你别闹了。"

"我没在闹啊。你认识的人中，应该有几个律师或是检察官吧？"

"当然有啊，但现在问他们也没用，因为我知道他们会怎么回答。"

"他们会怎么回答？"

"他们一定会说，在没有了解详细的情况之前，没办法回答。"

熏子重重地吐了一口气："真不干脆啊。"

"他们一向如此，如果只是假设的问题，他们根本不会回答，否则就要准备好具体的材料。"

"是这样吗？"

"不如这样，我把律师或检察官介绍给你，你直接去问他们。你觉得怎么样？不如先把刀子放下……"

熏子不理会渡边的话，走到轮椅后方。

"他们不回答假设的问题,对吗?所以只要真的发生事件,就会回答了。"说完,她把握着菜刀的双手举到头顶,"那就请你们看清楚了。"

"啊!"美晴发出惨叫声。

"熏子,住手!"和昌大步向前,伸出右手,"你疯了吗?"

"别阻止我,我是认真的。"

"那是瑞穗,是你的女儿,你搞清楚没有?"

"所以我才要这么做啊。"熏子露出悲伤的眼神瞪着他,"如今,大家都把瑞穗当成是活着的尸体,我不能让她的处境这么可怜,要让法律、让国家来决定她到底是死是活。如果瑞穗早就死了,那我就没有犯下杀人罪;如果她还活着,那我就犯了杀人罪,但我会欣然去服刑。因为这证明了从意外发生至今,我持续照护的瑞穗的确还活着。"

她的诉说就像是灵魂的呐喊,深深震撼了和昌的心,甚至有那么一刹那,他想要成全她。

"但是,这么一来,你就再也见不到瑞穗了,也无法再照护她了,这样也没问题吗?"

"老公,你为什么要阻止我?你不是觉得瑞穗已经死了吗?既然这样,有什么好怕的?人不可能死两次。"

"我也不知道为什么,只知道不希望你这么做。把刀子刺进心爱女儿的胸膛这种事……"

"我也不想这么做,但只能这么做,因为没有人告诉我答案。"

熏子好像下定决心似的用力举起菜刀。就在这时,听到一声尖叫:"不要!"

熏子停下手,看向声音的方向。

若叶浑身发抖，缓缓迈开脚步。她走到熏子面前停了下来。

"熏子阿姨……请你不要杀她，请你不要杀了瑞穗。"她的声音柔弱无力，和刚才的尖叫完全不同。

"若叶，你退后，这里很危险，而且血可能会溅出来。"熏子用平静的声音说道。

但是，若叶并没有退后。

"求求你，不要杀瑞穗。因为我觉得她还活着，我觉得瑞穗还活着。我希望她活着。"

"这……你不必勉强自己这么想。"

"不是这样，我没有勉强自己这么想。瑞穗代替我牺牲了。那一天，她要捡我的戒指，所以才会发生那种事。"

"戒指？"

"因为我太害怕了，所以没有告诉任何人。都是我的错，如果我没有戴戒指去游泳……去游泳根本不用戴戒指……戒指根本不重要……如果那时候，是我溺水就好了。如果我溺水，就不会像现在这样了。熏子阿姨……我希望瑞穗活下去，我不觉得她已经死了。"若叶哭着诉说。

和昌第一次听说这件事，看到熏子和美晴惊讶的表情，知道她们也一样。

"原来是这样，原来发生了这样的……"熏子小声嘀咕。

"阿姨，对不起，对不起。等我再长大一些，我会来帮忙，我会帮忙照顾瑞穗。所以请你不要杀了她，求求你。"若叶的泪水滴落在地上。

一阵沉默。和昌也说不出话，一动也不动地看着若叶的后背微微颤抖。

熏子用力吐了一口气,缓缓放下了菜刀,紧紧握在胸前,然后闭上了眼睛,似乎想要让心情平静。

熏子睁开眼睛后,离开了轮椅,把菜刀放在桌子上,走向若叶。她跪在地上,双手紧紧抱着若叶:"谢谢你。"

"阿姨。"若叶小声地回答。

"谢谢你。"熏子又重复道。

"阿姨很期待这一天。"

听到熏子的这句话,室内到处响起松了一口气的叹息。和昌也不例外。他发现自己的腋下被汗水湿透了。

"姐姐,"美晴走向她们俩,"我对瑞穗说话并不是装出来的,你觉得在教堂祈祷的人是在演戏吗?对我来说,瑞穗现在仍然是我可爱的外甥女。"

熏子放松了脸上的表情,点了点头:"我知道了。"

和昌觉得全身无力,靠在墙上,和站在他身旁的渡边刚好四目相接。

"看来我们可以离开了。"刑事课的股长说。

"不带我走吗?"熏子松开了若叶的身体问,"我可是杀人未遂的现行犯。"

渡边皱着眉头,摇了摇手:"你就别为难我了。"然后,他转头对和昌说:"上司那里,我会想办法解释,说是夫妻吵架,应该就没问题了。"

"拜托你了。"

"真伤脑筋啊。不过,"渡边耸了耸肩,"也算是上了一课。"

和昌默默向他鞠躬。

去玄关送刑警离开，回到客厅，发现星野正收拾东西准备回家。

"老公，"熏子走向和昌，"我把星野先生还给你，谢谢你迄今为止做的一切。"她双手放在身体前，向和昌鞠躬。

和昌看着星野问："是这样吗？"

星野点了点头说："夫人说我可以不用来了，我似乎已经完成了任务。"

"我可以一个人为瑞穗训练，"熏子继续说道，"只是以后不会再表演给任何人看了。"

和昌不知该如何回答，只说了声："好吧。"

"好了，"熏子开朗的声音响彻了整个房间，"各位今天是为什么来这里？我家小王子的庆生会开始了。"说完，她巡视室内，看到缩在房间角落的生人，跑过去紧紧抱着他，"对不起，原谅妈妈刚才打你。"

生人破涕为笑，很有精神地回答："嗯！我要告诉大家，姐姐没有死，在家里活着。"

熏子紧紧抱着儿子，左右摇晃着身体。

"不必说，以后不需要在学校说姐姐的事。"

"不需要说吗？"

"对，不需要再说了。"她抱着儿子的手臂似乎更用力了。

和昌叹着气，不经意地看向瑞穗，结果——

瑞穗的脸颊微微动了一下，看起来像是落寞的笑容。

但只有短暂的刹那，也可能是眼睛的错觉。

· 第六章——该由谁来决定这一刻·

1

坐下之后，一看手表，还没到约定的傍晚六点。星野瞥了一眼服务生递给他的菜单，点了冰薄荷茶。

这家位于二楼的咖啡店面向银座中央大道，从窗户往下看，可以看到来往的人潮。大部分是上班族，但也有不少外国观光客。

冰薄荷茶送了上来，星野用吸管喝了一口香气丰富的液体，和"她"不时泡的薄荷茶的味道不一样。如果要问他哪一种更好喝，他也不知该如何回答。

"她"当然就是播磨夫人。

上个星期，他难得去播磨家送磁力刺激装置的维护零件，同时说明使用方法。上一次去播磨家是受邀去参加播磨家长子的庆生会，所以差不多有一个月了。

播磨夫人神采奕奕，比最后一次见到她时的气色好多了，可能稍微丰腴了些，所以看起来也比较年轻。星野说出了自己的感想，播磨夫人眨了眨眼睛，好奇地看着星野的脸。

"我也正想对你说同样的话。星野先生，你变年轻了，又恢复了第一次来这里时的孩子气。"

"是吗？"星野摸了摸下巴。因为他知道播磨夫人说他"孩子气"并无恶意，所以并没有不高兴。

听播磨夫人说，瑞穗的训练很顺利。即使一个人也不会太费工夫，目前并没有遇到太大的问题。

"星野先生，真的很感谢你这么长时间的帮忙，我要再度向你表达感谢。谢谢你。"他们在瑞穗的房间面对面坐下后，播磨夫人深深地向他鞠躬道谢。

"如果有帮上忙，那就太好了。"星野回答。

播磨夫人再度注视着他的脸。

"怎么了吗？"

"呵呵呵，"播磨夫人轻轻笑了起来，"你果然改变了，脸上的光彩和之前完全不一样了。这么说或许有点儿奇怪，但简直就像是附在你身上的邪灵终于离开了。"

你才让我有这样的感觉。星野很想这么对她说，因为她浑身散发的感觉和之前截然不同。

星野回想起庆生会那天的事。那应该是他终生难忘的事件。

星野猜想那一天，播磨夫人内心发生了巨大的变化，所以不再需要他，也下定决心，不再让任何人看到女儿活动手脚的样子。

但是，星野也无法否认，自己的内心也因为那起事件发生了变化。看到播磨夫人举着菜刀，向刑警提出难题时，深刻体会到以前的自己多么肤浅轻率。

自己是否曾经为播磨瑞穗这个女孩着想？真的把她视为"活生生的人"吗？曾经深入考虑过她的生和死的问题吗？还是只是利用女孩的身体，想要博取夫人的欢心？想要让夫人满意？

而且更糟糕的是，这种想法还带有优越感。

对这家人来说，自己是不可或缺的人，觉得自己理所当然该受到崇拜，被视为神、支配者，也是女孩的第二个父亲，甚至自大地认为，即使是董事长，也无法拆散自己和这个家的关系。

真是大错特错。

自己只是播磨夫人的工具，是为了守护她的信仰的盾牌，也是她在苦难道路上前进的剑。

然而，播磨夫人应该已经发现了一条大道，确信今后不会再迷惘，也不需要继续战斗，所以不再需要剑和盾牌了。播磨夫人恢复了活力的脸庞诉说着这一切。

不再需要的工具只该做一件事，那就是回到需要自己的地方。幸好还有地方需要星野。

他将主战场从播磨家移回播磨科技，同事都热情地欢迎他归来。不仅如此，还高度评价了他用播磨瑞穗的身体进行试验所取得的数据，认为是宝贵的资产。星野觉得自己能够顺利融入新的航程，实在太幸福了。

正当他打算离开播磨家时，播磨夫人说，还有一件事想要告诉他。

"星野先生，你曾经对我说过一次谎，对不对？"

星野不知道她指哪一件事，所以默不作声。她意味深长地笑了笑之后说："当我问你有没有女朋友时，你回答说没有，但其实你有女朋友。"

播磨夫人问了意外的问题，而且被她猜对了。那是将近两年前的事，他们的确聊过这件事。

那是和川嶋真绪分手前不久的事。

"那时候是不是有女朋友?"播磨夫人问。

"当时有。"星野回答,"但现在已经分手了。"

但播磨夫人为什么会知道真绪的事?当他问播磨夫人这个问题时,她满脸歉意地耸了耸肩。

"不瞒你说,其实我也对你说了谎。不,和说谎不太一样,也许应该说有所隐瞒。"

播磨夫人告诉了他一件意想不到的事。川嶋真绪来过播磨家,不仅如此,还见到了瑞穗,见到了瑞穗靠磁力刺激装置活动手脚的样子。

"因为我和她约定,所以之前都没有告诉你,但我觉得如果那天的事导致你们的关系破裂,就太抱歉了,才决定把这件事告诉你。"

原来是这么一回事。星野恍然大悟。这两年来,他始终对这件事感到不解。

真绪为什么在那个时间点突然提出分手?

那是晚秋季节,真绪约他见面,说有重要的事情要谈。不久之前,他们一起才去吃了文字烧。真绪的态度和上一次见面时完全不同,然后对星野说:"我考虑了很久,决定还是分手比较好。"星野问她原因,她反问说:"非要由我来说吗?"接着又追问:"你不想分手吗?你认为如果我们继续交往下去,日后结婚也没问题吗?"

星野无言以对。他热衷于在播磨家的工作,的确对和真绪之间的关系感到厌烦,甚至很希望由她提出分手。

"那就这么决定了。"真绪看到星野闷不吭气,露出悲伤的笑容。

播磨夫人连声向他道歉。

"她是一个很出色的女人,我相信她可以成为你理想的伴侣。或许现在为时已晚,但如果你还忘不了她,不妨和她联络一下。"

星野苦笑着回答说:"已经太晚了。"也就是说,他真的忘不了她。

离开播磨家后不久,他开始思考真绪的事。说句心里话,很想见她一面。就像蒂乐蒂与蜜乐蒂的《青鸟》,他觉得终于发现了自己最重要的东西,同时也知道自己太一厢情愿了,更觉得自己没有资格而决定放弃。

但是,被播磨夫人这么一说,压抑的心情一天比一天更强烈。要不要联络看看?不,已经为时太晚了。至今过了两年的时间,她一定交了新的男朋友,搞不好已经结婚了。但是,万一不是这样呢?也许之后发生了很多事,现在她仍然是单身,没有和任何人交往呢?

星野的内心摇摆不定,最后传了电子邮件,邮件的内容是,我有事想和你谈,你愿意见我吗?他指定了时间和地点,说他会等在那里。

真绪没有回复。

这应该是拒绝。星野没有怨言,因为错在自己。

他从窗户看向下方。才一会儿的工夫,天色已经暗了许多,整个城市准备进入夜晚。

他看到了轮椅。一个年轻男人坐在轮椅上,推轮椅的是比年轻人年长许多的女人。是年轻人的母亲吗?

星野想起了因为脑出血,导致身体右侧半身不遂的祖父。祖父左手拿着汤匙想要吃粥,结果弄洒了,忍不住叹气,说自己很没用。祖父生病之前是金属雕刻工艺师,常说右手是自己的摇钱树。

他再度下定决心,希望有机会帮助他人,想要协助那些不幸有身体障碍的人,让他们的生活更愉快、更幸福。当初就是为了这个目的,进入了播磨科技这家公司。

当星野重新下定决心准备拿起冰薄荷茶时,看到一个女人从楼梯上走来。

她迅速巡视了店内,看到星野,一脸严肃的表情走了过来。她好像比两年前稍微瘦了些,但浑身仍然散发出活泼的感觉。

星野站了起来。

"好久不见。"她走到星野的桌旁说。

"嗯。"星野点了点头,指着前方的座位。她拉开椅子,坐了下来。

服务生走了过来,她看着星野的杯子说:"我也要一样的。"

服务生离开后,她注视着星野的脸。星野觉得很难为情,忍不住低下了头。

她不知道嘀咕了什么,星野"啊?"了一声,抬起头。

"你变年轻了,而且看起来很有活力。"川嶋真绪说,"和那时候相比,完全不一样了。"

星野说不出话,只能抓着头。

2

熏子正在专心看书，有什么东西碰到了她的脚，低头一看，一个羽毛球掉在她脚旁。

"对不起。"一名少女跑了过来，看起来像是小学高年级学生，或是中学生。晒得黝黑的肌肤很耀眼，一头短发很适合她。

熏子捡起羽毛球递给她说："给你。""谢谢。"少女很有礼貌地接过羽毛球，然后看向熏子身旁的轮椅。

"啊，她好可爱……"少女脱口说道。她的反应令熏子感到欣慰。轮椅上的女儿是熏子最大的骄傲。

熏子露出微笑代替道谢。少女鞠了一躬后，拿着球拍跑回朋友身边。

熏子坐在离家不远的公园长椅上，虽然公园不大，但该有的东西并不少。有秋千、攀爬架和跷跷板等游乐器材，周围种了树木——是很普通的公园。

秋风很舒服。虽然阴雨天持续了好一阵子，但今天是秋高气爽的好天气。

刚才的少女在旁边打羽毛球，她们打得很不错。熏子猜想她们可能是学校羽毛球队的。果真如此的话，平时应该在学校的体育馆练习。可能经常在户外跑步增强体力，才会晒得那么黑。

她看向轮椅上的女儿——瑞穗。她当然闭着眼睛，穿着蓝色运动衣和深蓝色的背心，头发上绑了粉红色的缎带。

如果她没有遭遇悲剧，长成像正在打羽毛球的少女，不知道每天会过着怎样的生活。她知道想这种事也毫无意义，所以平时都会努力排除这些想象，但这种时候，还是会忍不住想这些事。

熏子觉得，如果瑞穗健康长大，自己一定会整天提心吊胆。车祸、变态、网络犯罪——当今的社会不可预期的危机四伏，只要瑞穗活着，就会担心很多事。即使日后她结了婚，生了孩子，父母对孩子总是有操不完的心。

虽然可以认为这种操心也是父母的快乐之一，既然这样，照顾一辈子都不会醒来的孩子也同样是一种快乐。如今，熏子已经能够这么认为，只是她无意和别人争论这件事，因为每个人的生活方式各不相同。

当两名少女对打的羽毛球落地时，熏子站了起来，拉好盖在瑞穗腿上的毯子，推着轮椅离开了公园。

干线道路的人行道上种着银杏树。

"啊，慢慢变黄了，下个星期可能就会变成一片金黄色。"熏子抬头看着银杏树，对瑞穗说着话。散步是每周一次的乐趣。

快走到街角时，听到嘀嘀嘀轻按喇叭的声音。熏子停下脚步看向后方，一辆深蓝色的奔驰车就停在她身旁。

驾驶座旁的车窗摇了下来，榎田博贵探出头。

这家以新鲜水果制作的甜点闻名的咖啡店就在附近。榎田把车子停在投币式停车场后,和熏子面对面坐在小餐桌前。幸好这里有可以放轮椅的空间。

"因为你整个人的感觉完全不一样了,所以有点儿惊讶。我还以为只是长得很像你的人,差点儿把车子开过去。"

榎田说,他朋友生了孩子,他刚才去朋友家送完礼物,正准备回家。

他再度打量熏子的脸后说:"看到你很好,我就放心了。最后一次见到你时,你脆弱得让人心疼。老实说,当时很犹豫该不该让你一个人回家。"

听到榎田这么说,熏子只能露出惭愧的笑容。那一天,她决定作为最后一次约会,然后去了他家,仿佛是昨天才发生的事。

"当时给你添麻烦了。"熏子鞠躬说道。

榎田摇了摇手,一脸正色地说:"我才该向你道歉,没有帮到你任何忙。虽然听你说了相关情况,但并没有认真想象到底是怎样的状况。"榎田瞥了一眼轮椅后,将视线移回熏子身上,"果然很辛苦吗?"

在榎田面前说谎没有意义,熏子回答说:"并不轻松,之前还活蹦乱跳的孩子,从某一天开始突然卧床不起,生活发生了一百八十度的改变,就像是希望变成了绝望。"

"我能想象。"

"但是,绝望的时间并没有太长,"熏子说,"虽然日子过得辛苦,但也有快乐的时候。比方说,当我找到适合她的衣服时就很快乐。穿在她身上后,发现果然很适合,这种时候,她也会很高兴。我可以根据她的气色、血压和脉搏了解她的心情。"

"是哦。"榎田露出佩服的表情。

"当然,"熏子又继续说道,"可能有人说是心理作用,或者说是自我满足。"

"你对说这些话的人有什么看法?"榎田问。

熏子摊开双手,耸了耸肩。

"没有任何看法,因为我没有理由去说服这些人,那些人也不会来说服我。我觉得这个世界的意见不需要统一,有时候甚至不要统一反而比较好。"

榎田思考片刻,似乎在玩味她的话。他还是和以前一样真诚,不会随意附和。

然后,他终于开了口。

"身为医生,当然希望病人得到幸福。听了你刚才的话,我觉得幸福并不是只有一种,而是有很多种不同的方式。只要你幸福,别人就无可置喙。你现在已经别无所求,我相信你也不会再来我的诊所了。"他这句话中充满了安心,又带着一丝寂寞。

熏子拿起茶杯。

"我的事就到此结束,我想听听你的情况。"

"我的吗?"

"是啊,因为我想那次之后,应该发生了很多事,你也有新的邂逅。"熏子说完,看向榎田的左手。

一枚白金戒指在榎田的无名指上闪着光。

"我没有像你那么戏剧化的话题。"榎田有点儿害羞地告诉熏子,在朋友的介绍下,他找到了另一半,步上了红毯。

和榎田道别后,熏子推着轮椅走回家。一群放学的学生活力充沛地追过了她们,也有好几个和瑞穗年纪相仿的孩子。

来到家门前时,熏子有点儿惊讶。因为原本紧闭的大门微微打开一条缝。门锁在前几天坏了,难道是被风吹开的吗?还是千鹤子回家了?她说今天有事,回自己家里了。

熏子打开左右两侧的门,推着轮椅走进庭院,发现庭院内有一个陌生男孩。

男孩慌忙跑了过来。

"我在玩这个,结果不小心飞进来了。我刚才按了门铃……"说着,他出示了手上的纸飞机。

"哦,原来是这样。"熏子点了点头。

男孩看起来十岁左右,五官清秀,蓝色的连帽衣穿在他身上很好看。

他目不转睛地打量着轮椅上的瑞穗,他的眼神发亮,感受不到丝毫的好奇。

"怎么了吗?"熏子问。

"啊……不,没事。"他回答后,再度看着瑞穗,"她睡得很熟。"

男孩真诚的语气感动了熏子。

"是啊。"她拉了拉盖在瑞穗腿上的毛毯。

"她的脚不方便吗?"

男孩的问题出人意料。原来是这样。熏子第一次发现,原来看到别人坐在轮椅上,首先会这么想。熏子的嘴角露出了笑容。

"这个世界上,有各式各样的人,也有的小孩虽然脚没有问题,却无法自由地散步。有一天,你也会了解这件事。"

熏子不知道男孩有没有正确了解她的意思,他困惑的双眼再度看向瑞穗。"她还没有醒吗?"

听他的语气,似乎很希望瑞穗醒来。熏子忍不住感到很高兴。

"嗯……是啊,今天可能不会醒了。"

"今天?"

"对啊,今天。"熏子推动着轮椅,"再见。"

"再见。"男孩也对她说,身后随即传来大门关闭的声音。

走向玄关的途中,她看向瑞穗房间的窗户。几天前,景观窗前放着玫瑰。那是熏子生日时,和昌送给她的。和昌已经几年没有送花了?

那天之后,熏子开始使用玫瑰芳香精油。只要几滴,房间内就香气满溢,瑞穗的气色也比以前更好了。

熏子觉得,只要在生活中感受这些小小的喜悦和快乐就好,不要奢望太多,只要和今天相同的明天能够来临,就要感到满足。

她在接下来的这段日子中实现了这个小小的心愿。平静而又平凡的每一天到来、逝去,在严寒到来的十二月之前,持续每周一次的散步。在翌年的三月中旬,又开始了一度中断的散步日子。

在瑞穗即将升上四年级的三月三十一日那一天,熏子像平时一样睡在瑞穗的房间,但她好像听到有人叫自己,睁开了眼睛,一看时钟,是凌晨三点多。

她正在纳闷,自己为什么会在这个时间醒来,下一刹那,她发现了——

瑞穗就站在她身旁。

· 299 ·

3

根据数据显示,第 38 号实验对象的男子七十二岁,五年前,因为青光眼而失明。由于已经退休,所以平时几乎很少外出。和其他视觉障碍者相比,他的确不太会使用白杖。

也就是说,他是这个实验理想的对象。

"开始!"研究员发出指示。

男子战战兢兢地跨出了第一步。他戴着风镜,头上戴着头罩。

他轻轻松松地闪过了第一个障碍物的纸箱,下一个区域内有好几个足球放在地上,男子巧妙地穿过了足球。接下来的区域地板上有红色和蓝色的格子,以及蓝色和黄色的条纹图案,并指示男子"只能走在蓝色的部分"。

男子按照要求,只走在蓝色的部分。然后,来到了最后的难关。这里有一具活动机器人,大小差不多是小型狗。机器人的活动没有任何规律,当然也不会闪避实验对象。

男子在入口停下脚步,观察了机器人的活动片刻,终于下定决心迈开了步伐。

但是,机器人突然改变了方向,准备穿越男子的前方。男子轻叫了一声,停下了脚步,把头转向机器人前进的方向。也就是说,他"正在看"。

确认机器人离去之后，男子放心地再度迈开步伐，在研究员的注视下，走到了终点。周围响起一阵掌声。

"太厉害了！"和昌对在一旁和他一起观察实验情况的研究项目负责人说。

"合格吗？"上个月刚满四十岁的男人满脸紧张地问。

"如果我说不合格呢？"

负责人露出僵硬的表情，直挺挺地站在那里："那我只能改行了。"

和昌扑哧一声笑了起来，拍了拍下属的肩膀："当然是开玩笑啦，无可挑剔的合格。再加把劲儿，继续下去。"

"谢谢。"负责人鞠躬道谢。

怀里的手机响了。和昌起身离开，接起了电话。是千鹤子打来的。

"我是和昌。"

"啊……对不起，在你上班时打扰。"

"发生什么事了吗？"

"因为……"和昌听了千鹤子说的事，忍不住握紧了手机。

千鹤子告诉他，瑞穗的身体状况急转直下，熏子带她去了医院。

"是怎样的情况？"

"好像……各方面都不太好，血压不稳定，体温也很低。"

"从什么时候开始？"

"今天早上。啊，但是熏子说，是从凌晨开始的。"

熏子都在瑞穗的房间睡觉，可能凌晨就发现异状，但持续观察到早上。

"我知道了,我安排一下工作,马上赶过去。"

和昌挂上电话后,立刻打电话给秘书神崎真纪子。她接起电话,和昌简短地说明情况后,向她确认今天的行程是否可以取消。

"我会设法处理。"这位优秀的女下属回答。"太好了。"和昌道谢后,快步离开了公司。

在搭出租车前往医院的途中,他试着打电话给熏子,但她似乎关机了,电话无法接通。

和昌茫然地看着车窗外,思考着到底是怎么回事。

这三年来,瑞穗的身体状况相当稳定,但并不是完全没有问题,听说曾经受到感染,肠胃也曾经发炎,只不过和昌都是在事情已经解决之后,才知道这些事。无论熏子还是千鹤子,都不会因为发生了问题,就立刻通知和昌。可能她们担心会影响他的工作。

既然这样,为什么这次通知自己?

也许该做好各种心理准备了。和昌告诉自己。

来到医院,在柜台打听后,柜台小姐请他去四楼的护理站。

他搭电梯来到四楼,向护理站内张望。自报姓名后,一名年轻护理师似乎立刻知道他是谁,告诉他病房号码。

"直接进去没关系吗?"

"没关系,你太太也在那里。"

护理师干脆的回答让和昌有点儿泄气。因为他原本以为瑞穗一定被送进了加护病房,熏子正坐立难安地等在家属休息室。

来到病房,敲了敲门,里面传来熏子的声音:"请进。"

打开门一看,熏子坐在病床旁。她抬头看着和昌说:"你来了。"她的表情很平静,完全感受不到一丝悲苦。

"我接到妈的电话。"和昌看向病床,"是什么状况?"

瑞穗躺在病床上,正在注射点滴。她的脸好像有点儿水肿,和上次看到时的状态明显不同。

熏子没有回答,用严肃的眼神看着女儿。

"喂,到底怎么样?"和昌稍微加强了语气。

熏子站了起来,走到窗边。当她停下脚步时,转身直视和昌。

"我有很重要的事要和你谈,非常重要。现在可以吗?"

和昌用力收起下巴,看了看瑞穗之后,将视线移回熏子身上:"有关瑞穗的事吗?"

"当然。"

"什么事?"

熏子犹豫了一下,轻轻吸了一口气,开口说道:"虽然我不知道该说是昨天晚上,还是今天凌晨,总之差不多凌晨三点多的时候——"熏子用力眨着眼睛,她的双眼发红,脸颊抽搐着,"瑞穗……她走了,她离开了。"

"啊?"和昌瞪大了眼睛,"她离开了……是什么意思?"

"离开了这个世界,她死了。"熏子说完,用力闭上眼睛,低下了头。她的肩膀微微摇晃。

和昌惊讶地看着瑞穗,但她的胸口微微起伏,仍然在呼吸。

"你在说什么啊?她不是还活着吗?"

熏子用右手的手背轮流按了两个眼睛之后,抬起头,深呼吸了一下,然后睁开眼睛,对和昌露出了微笑。

"熏子……"

"对不起,我这么说,你应该完全搞不清楚状况。"

"到底发生了什么事?"

"嗯,我会从头说起。"熏子瞥了病床一眼,看着和昌说了起来,"在凌晨三点多时,我突然醒了,因为我好像听到有人叫我,结果发现瑞穗站在我身旁。"

和昌说不出话。

"当然,我并没有看到瑞穗的身影。"熏子说,"但是,我真真切切地感受到她站在那里。"

然后,瑞穗对熏子说话。虽然听不到声音,但熏子的心可以感受到。

妈妈,谢谢你。

谢谢你为我做的一切。

我很幸福。

非常幸福。

谢谢,真的非常感谢。

熏子立刻意识到,离别的时刻到了,但奇妙的是,她没有丝毫的悲伤。然后,她问瑞穗:"你要走了吗?"

嗯。瑞穗回答。再见,妈妈,你要多保重。

"再见。"熏子也小声说道。

瑞穗的动静就突然消失了,一切都消失了。

熏子下了床,走向瑞穗的身体。她打开灯,确认了瑞穗的各种生命征象。

所有的数值都开始恶化。之后,熏子完全没有合眼,一直守护在瑞穗身旁,但完全不见好转。

熏子说完后,探头看着和昌的脸,微微偏着头问:"你不相信吗?你觉得我在说谎吗?或者虽然不是说谎,但只是妄想。或者是睡迷糊了?"

"我不会认为你在说谎,因为你没有理由这么做,至于是妄想,还是睡迷糊了,这我就不知道了,但既然你相信,就当作是事实。"

熏子露出微笑说:"谢谢。"

"但是,"和昌补充说,"老实说,我有点儿手足无措。虽然之前就做好了心理准备,知道会有这一天,你也知道,我已经接受了瑞穗的死亡,但还是没有预料到会是这种方式。"

"对不起,我一个人送她离开,但那是你的问题,谁教你在紧要关头不在家里。"

和昌不知如何回答,只好抓着头:"为什么是昨天晚上?"

"嗯,我也不知道,你要问瑞穗。"熏子的语气很开朗,和昌不知道她已经放下了,还是因为事出突然,她的情绪还很激动。

"老公,"熏子叫着他,"这样没问题,对吗?我们已经为瑞穗做了力所能及的事,没有丝毫的后悔,对吗?"

"当然啊,姑且不论我,你做得很出色。"

"听你这么说,我的心情稍微轻松一些。"熏子按着胸口。

"但是,"他低头看着病床,"那接下来该怎么办?"

熏子一脸严肃的表情走向病床。

"现在不是正在注射点滴吗？因为她的体内缺乏抗利尿激素，所以会大量排尿，完全无法控制。为了避免脱水，现在正在补充大量的水和糖分，不久之后，她的手脚都会水肿。在这种情况下，只要注射抗利尿激素，就可以控制排尿。"

"你了解得真清楚。"

"对不对？因为我努力钻研啊。"

"瑞穗以前不需要这种激素吗？"

"在意外刚发生时曾经需要，但回家照顾之后就不需要了。医生也都说很不可思议。之后，瑞穗需要的药物不断减少，连专家也都惊叹不已。"

"但现在又需要了。"

"没错。"熏子点着头，然后一脸凝重地看着和昌。

"主治医生应该会来向我们说明情况，但在此之前，我有一个提议。"

"提议？"

"那是只有我们能够决定的事。"

4

熏子说得没错,一个小时后,主治医生就来向他们说明情况。三年来,都是这位长相温和,姓大村的主治医生为瑞穗的身体做各项检查。

大村一开口就告诉他们,瑞穗的状况和之前诊察时完全不一样。

"虽然瑞穗的大脑几乎没有发挥任何功能,但之前身体状况维持了统合性,血压和体温都很稳定,排尿也控制良好。很遗憾的是,以目前的状态来看,显然已经失去了统合性。目前的情况很像意外刚发生时的状态,这样你们可能比较容易理解。"

然后,大村开始说明今后的方针,首先提到了熏子刚才说的,抗利尿激素的问题。

"只要注射抗利尿激素,就可以暂时解决目前的尿崩症。如果不使用该药剂,心跳很快就会停止。有些家长认为在这种状态下,不必勉强让孩子继续活下去,但根据到目前为止的情况,是否可以认为两位会选择注射激素,即使今后需要持续进行照护也没问题?"

和昌看向身旁,和熏子交换了眼神,确认熏子点头之后,转头看向主治医生。

"这些都是以瑞穗脑死亡为前提,对吗?"

"嗯,是啊,目前是无限接近脑死亡的状态……"

"好,"和昌开了口,"既然这样,你不是有该尽的义务吗?"

"你说的义务……是？"

"要求我们做出选择。不是要向我们确认，是否愿意提供器官捐赠吗？"

"啊？"大村瞪大了眼睛。

"不……但是……两位在意外发生后，曾经表示拒绝。"

"因为当时我们认为她并没有脑死亡。"熏子回答，"她既然没有脑死亡，当然不愿意让她接受这么奇怪的测试。而且事实上，从意外发生至今三年多来，我女儿都活得很健康，还是说，大村医生，你一直在为死人做检查和诊断吗？"

大村难掩慌乱，看着这对口出怪言的夫妻。

"但是这一次，"和昌说，"我们认为只能接受女儿已经脑死亡，所以，你必须要求我们做出选择，不是吗？"

大村的嘴巴像金鱼一样一张一合，然后对他们说："请稍等一下。"然后从椅子上站了起来。当他走出面谈室时差一点儿跌倒。

和昌再度和熏子互看着。她露出淡淡的微笑，但什么话都没说。和昌也没有说话。

一个小时前，熏子向他提议这件事，说要向院方表达愿意提供器官捐赠。

"瑞穗已经去了那个世界，她一定在天堂说，希望她的身体可以帮助那些可怜的孩子。"

"因为她是心地善良的孩子。"熏子补充说。

和昌没有异议。问题在于医院方面，因为完全不知道医院方面会如何应对。院方以前应该也完全没有遇过类似的病例。

熏子打电话给千鹤子和美晴，向她们说明了目前的状况和决定。虽然千鹤子和美晴都忍不住落泪，但也同意了他们的决定。

听到敲门声，他们回答："请进。"门打开了。走进面谈室的果然是进藤。和昌他们正想要站起来，进藤说："请坐请坐。"然后走到桌子对面后坐了下来。

进藤用力吐了一口气后，看着他们说："两位总是出人意料。"

"是吗？"熏子问道。

"你们不靠人工呼吸器，运用最新科学的力量，让令千金自行呼吸。之后又用磁力刺激脊髓，借由反射锻炼她的全身肌肉。"

"我们认为这些尝试都很正确。"

"是啊，也因此能够让令千金在不仰赖大脑功能的情况下，使身体维持统合性，这是现代医学无法说明的情况。能够持续维持这种状态到今天，只能用'惊人'这两个字来形容。但是，要说惊讶，当然非今天莫属了。没想到两位会主动要求院方让你们选择。"

"我们认为这并没有违反规定。"和昌说，"目前的法律并没有'临床性脑死亡'这个名称，只要没有接受脑死亡判定，就被认为有可能是植物状态。昨天之前的瑞穗正是属于这种状态，但今天的状况发生了改变。三年多前的瑞穗，和现在的状态不同了，所以我们应该有权利要求进行选择。"

进藤听了他的话，回答说："你说得对，但是，有一件事要说明清楚。按照正式的步骤，首先必须测试令千金目前的大脑状态，判断脑死亡的可能性相当大之后，才会建议你们做出选择，但这一次尚未进行这项测试，我个人的意见认为没有必要做测试，不知两位意下如何？"

· 309 ·

和昌与熏子互看了一眼后回答说:"没问题。"

"好,那我就开始了。这些问题上次也问过了,但容我再度确认。令千金有没有器官捐赠同意卡?或是两位是否曾经和令千金聊过器官移植和器官捐赠的事?"

"不,没有。"

"那如果按照法定脑死亡判定基准进行测试,确定是脑死亡时,两位是否同意令千金提供器官捐赠?"

和昌转头看向熏子,注视着她的双眼。熏子双眼清澈,没有丝毫的犹豫。

"是,"和昌对进藤说,"我们愿意提供。"

"好,那我会联络移植协调员,两位可以向协调员请教今后的详细情况。"

进藤站了起来,迈着镇定的步伐走出面谈室。

和昌叹了一口气,一看手表,发现从接到千鹤子的电话到现在还不到三个小时,不禁感到愕然。今天早晨起床时,做梦都没有想到今天会是这样的一天,然而,女儿的确死了,他们也同意了器官捐赠,只不过他完全无法产生真实感。

身旁的熏子不知道什么时候打开了手机的电源,正在看手机。手机屏幕上显示的是瑞穗小时候活力充沛地到处奔跑时的照片。

再度响起了敲门声,进藤回到面谈室。

"我已经联络了协调员,应该很快就会到了。"说完,他在椅子上坐了下来,在桌子上交握着双手,"我知道两位对脑死亡判定和器官移植法都相当了解,但如果还有什么不了解的问题,可以尽管向协调员发问。我相信两位已经知道了，之后仍然可以拒绝提供器官捐赠。"

"就像上次一样，对吗？"和昌问。

"没错。"进藤一脸严肃地回答。

"我可以请教一个问题吗？"熏子问。

"请说。"

"我想确认的是死亡时间。之前听你说，脑死亡判定会做两次测试，第一次测试结束后，会相隔几个小时之后再进行第二次。当第二次确认是脑死亡时，那个时间就成为死亡时间，是不是这样？"

"完全正确。"

"如果接下来就做测试，大约什么时候会结束？"

"这……"进藤低头看着手表，"因为需要做一些准备工作，所以无法马上开始。测试本身并不会耗费太多时间，但规定第一次和第二次之间必须有一定的间隔。通常要超过六个小时，未满六岁的幼儿要超过二十四个小时。令千金已经九岁，但不能按照大人的标准，所以差不多间隔十个小时。按照这样的计算，最快要到明天下午才能结束所有的测试。"

"明天……也就是说，死亡时间是四月一日吗？"

"如果确定是脑死亡的话。"进藤说话仍然十分谨慎。

"医生，"熏子微微探出身体，"能不能让死亡日期成为三月三十一日呢？"

"啊？"进藤瞪大了眼睛。

"我希望死亡日期不是四月一日，而是今天三月三十一日。因为这才是瑞穗的正确死亡时间。"

进藤露出完全搞不清楚状况的表情,将视线移向和昌。

"内人说她看到了女儿离开人世的瞬间,之后女儿的状况急转直下。"

进藤难掩困惑,皱着眉头说:"原来是这样啊……"

"你不相信也没关系。总之,能不能按照我们的要求记录死亡时间?"

进藤满脸歉意地摇了摇头。

"很遗憾,我无法做到。因为按照规定,必须完成第二次脑死亡判定测试,确定是脑死亡时,那个时间就是死亡时间。死亡诊断书上不能写不实的内容。"

熏子的身体用力向后仰,看着天花板,然后对进藤露出像是嘲笑般的表情。

"虚假?你们把心脏还在跳动的人当成死了,却说这是不实的内容?那我请教一下,什么是真实的内容,请你告诉我?"

进藤痛苦地皱着眉头后,静静地回答说:"我们只是按照规定而已,如果不符合规定,就会被说记录不实。"

熏子用鼻子"哼"了一声:"我认为你们才是严重的不实,但明天四月一日是愚人节,所以就不计较了。反正死亡诊断书只是一张纸而已,对我来说,女儿的忌日是三月三十一日,死亡时间是凌晨三点二十二分。我有看时钟,所以千真万确。是我这个母亲送她上了路,怎么可能让国家、让官员随便改变我心爱女儿的死亡日期?无论别人说什么,她的忌日就是三月三十一日,我绝对不会让步。老公,你也要记住。"

"知道了。"和昌拿出手机,再度向熏子确认了时间,记录在手机上。

"还有其他问题吗?"进藤问。

"我也有一个问题。"和昌竖起食指,"瑞穗在那种状态下度过了三年数个月,她那样的身体,也能够对器官移植有帮助吗?"

"问得好。"进藤点了点头回答,"不瞒你说,我也不清楚,必须等到检查之后才能确定,只不过听主治医生说,并不能排除可能性。虽然所处的条件很恶劣,但瑞穗的内脏很健康,正因为这样,所以才能够维持之前的生活。我也同意他的看法。两位知道本院怎么称呼瑞穗吗?我们称她为奇迹的孩子,我相信她一定能够创造新的奇迹。"

和昌吐了一口气,他不由得感到骄傲。

"进藤医生,这是你今天所说的所有话中最美的一句话。"

进藤听了熏子的话,露出不知道是尴尬,还是有点儿害羞的表情。

不一会儿,移植协调员就到了,但并不是三年多前那位协调员,这次是一名中年女人。

她诚恳详细地说明了器官移植是怎么一回事,以及确定脑死亡之后,会如何处理瑞穗的身体和器官。

和昌只问了一个问题,如果瑞穗的器官可以用于移植,能够具体知道移植给哪一个孩子吗?

协调员语带歉意地回答:"很遗憾,相关法令严格规定,无法向捐赠者和受赠者提供具体的信息。"

"怎么样?如果确定令千金是法定脑死亡,你们愿意提供器官捐赠吗?"协调员最后一次确认。

和昌他们已经没有任何犹豫,鞠了一躬说:"拜托你了。"

5

当天晚上就开始进行第一次脑死亡判定测试,当被问及要不要参加时,和昌回答会参加第一次测试。因为他听说要相隔很长时间之后,才会进行第二次测试。而且,如果要举行第二次,就代表第一次进行的所有测试都符合脑死亡的条件,所以等于结果已经出炉。

熏子说,她不会参加。因为没有必要,对她来说,瑞穗的身体只是一具尸体。

她说自己有更重要的事情要处理。和昌问她要处理什么事,她回答说:"那还用问吗?当然是准备守灵夜的事,然后还有葬礼,要通知很多人。"

和昌站在窗前,低头看着妻子一脸严肃的表情滑着手机走出医院的身影,觉得她或许已经展开了新的人生。

原本以为脑死亡判定测试都是一些大费周章的项目,没想到很多测试都很快就结束了。脑电波检查比较耗时,但也只有三十分钟左右。相隔几年,瑞穗的脑电波还是完全平坦。因为再怎么测试,也完全没有任何变化,和昌觉得差不多可以结束了,但医生仍仔细地进行检查。有些测试完全不知道有什么目的,像是会把冷水灌进耳朵,据说称为变温实验,确认是否会诱发眼球在水平方向的活动,这是在检查内耳前庭这部分的功能,但即使听了说明,和昌也一知半解。其他检查都在短短的几分钟就结束了。确认瞳孔更是只有一眨眼的工夫就完成了。

剩下最后的项目——无呼吸测试。也就是说，之前所进行的所有检查都符合脑死亡的条件。

瑞穗进行这项测试的方法与众不同。通常被认为脑死亡的病人都会装人工呼吸器。在进行无呼吸测试时，将呼吸器拆除，检查在一定时间内，病患是否能够恢复自主呼吸，但瑞穗并没有使用人工呼吸器，她的体内植入了最新型的呼吸器控制器AIBS，因为控制器在体外，所以她在进行无呼吸测试时，只要将控制器的开关关闭即可。为了这项测试，AIBS研究团队成员之一的医生，也以顾问的身份从庆明大学赶来现场，以免操作错误，造成不良影响。

在进行无呼吸测试前，会向病患提供足量的氧气，但仍然是对身体造成最大负担的一项测试，所以负责测试的医生脸上充满紧张。

关掉电源后，所有人注视着显示呼吸程度的监视器。一分钟、两分钟——沉默的时间流逝。和昌觉得瑞穗的脸渐渐苍白。

规定的时间结束，确认没有自主呼吸。AIBS的电源再度打开，瑞穗开始呼吸。和昌见状，再度体会到她是靠仪器的力量进行呼吸的。

第一次脑死亡判定测试结束。所有测试结果都符合脑死亡的条件。

和昌回家后，第二天早晨，再度前往医院。距离第二次脑死亡判定测试还有两个小时，瑞穗躺在昨天的病房。和昌正端详着女儿熟睡的脸庞,千鹤子带着生人和岳父茂彦一起来到病房。三个人都露出沉痛的表情,但并没有流泪。

不一会儿,美晴和若叶也来了。若叶一走到病床旁,就把手放在瑞穗的胸口上。和昌想起熏子挥起菜刀的那一天,若叶曾经说,等她长大之后,要帮忙一起照护瑞穗。

熏子没有现身,但没有人对此产生疑问。她似乎已经在电话中告诉了大家,美晴的话证实了这一点。

"她在和葬仪社的人争执,姐姐坚持说,忌日是三月三十一日,但葬仪社的人说,要按照死亡诊断书上的日期。"

"那孩子很顽固。"千鹤子叹着气说,"她坚持自己为瑞穗送了终,即使来医院也没有意义。"

和昌觉得熏子的确在逞强。她可能觉得一旦参加了今天第二次测试,就等于接受了国家和官员决定的死亡时间。

敲门声后,一名身穿白大褂的男子走了进来,恭敬地说:"要进行第二次脑死亡判定测试。"

男子推着瑞穗躺着的担架床离开病房,没有家属参加第二次判定测试。一旦确定脑死亡,瑞穗就被视为死亡,院方开始进行摘取器官的准备。这是最后一次看到瑞穗活着的状态。

再见。你真的很努力。祝你在天堂得到幸福——每个人都用不同的话送瑞穗上路,但和昌默然不语。因为他想不到任何话。

两个小时后,等在家属休息室的和昌他们得知了结果。

第二次测试确定脑死亡。瑞穗的死亡时间是四月一日下午一点十分。

6

只有家属参加的守灵夜结束,送走亲戚之后,和昌回到了设置祭坛的会场。会场内排放了大约四十把铁管椅,如果瑞穗有同学,这里的空间可能就不够了。

守灵夜和葬礼都由熏子一手包办,葬仪社和殡仪馆也是她挑选的。她指示葬仪社在祭坛周围排放了毛绒娃娃,这很像是她的风格。

和昌在棺材前方坐了下来,抬头看着遗像。照片中的瑞穗和最后一次见到她时一样闭着眼睛,但看向正前方的脸上没有水肿,脸颊和下巴的线条很利落,发型也很整齐,戴着粉红色的发箍,身上的衣服也很华丽。

"这张照片拍得很棒吧?"熏子走了过来,在他身旁坐下。

"我正在这么想,刚才忙着招待,根本没时间仔细看。这张照片什么时候拍的?"

"今年一月。我为她打扮得漂漂亮亮,连续拍了好几张,直到满意为止。"她抬头看着遗像回答说,"这是每年的例行公事。"

"每年?"和昌看着妻子的侧脸问道。

"对,每年一月的例行公事,从把她带回家照顾的那一年开始。"

"为什么?"

熏子看着他,苦笑着说:"难道你以为我认为这一天永远不会到来吗?"

和昌一惊。难道她每年为了准备遗像而持续为瑞穗拍照吗?

和昌抓了抓眉毛上方:"伤脑筋,真是完全被你打败了。"

"你现在才知道吗?会不会太晚了?"

"的确。"和昌笑了笑,然后恢复严肃的表情注视着妻子,"让你受苦了。"

薰子缓缓摇着头。

"我并不觉得辛苦,反而觉得很幸福。在照顾瑞穗时,可以真实感受到是我生下了她,我在保护她的生命,所以很幸福。虽然在旁人眼中,我可能是一个疯狂的母亲。"

"哪是什么疯狂……"

"但是,"薰子抬头看着遗像,"即使这个世界陷入了疯狂,仍然有我们必须守护的事物,而且,只有母亲能够为儿女陷入疯狂。"她将视线移回和昌身上,炯炯的眼神令人感到有点儿害怕,"如果生人发生同样的事,我一定会再度疯狂。"

虽然她的语气平静,但和昌被她的这句话震慑,不敢正视她的眼睛。

薰子突然露出了笑容:"当然,我会用性命预防这种事情发生。"

"我也是。"

"放心吧,不会有事的。"

会场后方传来动静,薰子转过头,和昌也看向那个方向,发现一名稀客站在那里,是进藤。这是第一次看到他不穿白大褂的样子。他向和昌他们微微欠身。

"对不起,我来晚了,因为动了一个紧急手术。我可以上香吗?"

"请。"熏子回答,然后站了起来。

"我去看生人。他睡陌生的床时,很容易踢被子。"

"好。"

熏子起身,向进藤鞠了一躬后,走出了会场。

身穿西装的进藤走向上香台,抬头看着遗照鞠了一躬后,拿起沉香,插进了香炉,然后合掌,后退一步,再度鞠躬。他的手上没有拿串珠,可能是从医院直接赶来的。他在上香时,和昌始终站在一旁。

进藤离开祭坛前,转身面对和昌:"请坐下吧。"

"医生也请坐,当然,如果你不赶时间的话。"

"好。"进藤说完,坐了下来。和昌见状,也跟着坐在椅子上。

"你都会去参加负责的病人的守灵夜或葬礼吗?"

"不。"进藤摇了摇头,"虽然我很想这么做,但基本上都不会参加。如果所有病人的葬礼都去参加,有几个分身都不够用。"

那倒是。和昌这么想着,点了点头:"所以瑞穗是例外吗?"

"对,是特例。"进藤瞥了祭坛一眼,"我从来不曾对任何遗体如此舍不得。"

"舍不得……吗?对你来说,变成了永远的谜。"

"没错,你说得完全正确。"这位脑神经外科医生的话不像在开玩笑。

在脑死亡判定确定的隔天,从瑞穗的身体中摘取了几个器官。因为检查之后判断,这些器官进行移植完全没有任何问题。之后才听说,那是令人惊讶的事。

进藤希望可以在摘取器官后解剖脑部,他应该很想目睹瑞穗的大脑到底是怎样的状态。

和昌与熏子商量了这件事,她回答说:"断然拒绝。"进藤难掩失望。

瑞穗的遗体明天就要火化,到时候,一切将成为永远的谜,永远没有人知道她的大脑到底是怎样的状态。

"上面写着三月三十一日死亡。"进藤看着祭坛的角落说,那里的牌子上写了这行字。通常不会放置这种牌子,这也出自熏子的坚持。

"内人坚持不让步,她说瑞穗是在那个时间死的。"

她似乎也这么告诉和尚,和尚在诵经时也这么说。虽然公家机关的文件必须根据死亡诊断书,但她似乎决定除此以外,都要坚持是三月三十一日。

和昌没有干涉这件事,因为他认为自己没有权利。

"你是怎么认为的?"进藤问他,"你认为令千金是什么时候死的?"

和昌看着医生的脸:"真是奇妙的问题。"

"的确,但我很好奇。"

"根据死亡诊断书,是四月一日下午一点。"

"所以你接受这个时间?"

"不知道,"和昌抱着手臂,"说句心里话,我觉得这个时间不对。只有同意器官捐赠时,才会进行脑死亡判定,一旦确定,就视为死亡。如果不同意器官捐赠,就不进行判定,当然也不会被视为死亡——无论怎么想,都觉得这种法律太奇怪了。如果脑死亡就等于死亡，那瑞穗在发生意外的那年夏天的那一天就已经死了。"

"所以，对你来说，那一天是令千金的忌日？"

"不，"和昌偏着头说，"这也不对，因为那天我的确感受到瑞穗还活着。"

"所以，你会尊重夫人的意见吗？"

"嗯，"和昌低吟一声，用手按着太阳穴，"我希望从保守的角度思考这个问题。脑死亡并不等于死亡，瑞穗的死亡日期是在她的器官被摘取出来的四月二日。"

"保守的意思是？"

"也就是把心脏停止跳动的时间视为死亡。"

进藤放松了嘴角，对和昌露出笑容。

"如果是这样，对你来说，令千金还活着，因为她的心脏还在这个世界的某个地方跳动。"

"啊……原来如此。"

和昌理解了进藤的意思。他之前就听说，瑞穗的心脏移植到另一名孩子身上。

在这个世界的某个地方——

和昌觉得这么想也不坏。

·尾声·

爸爸说,不需要的东西都要尽量丢掉,这是清理不需要的东西的绝佳机会。有些东西虽然充满回忆,但其实只是放在那里而已,平时根本很少会拿出来看。丢了也就算了,很少会因为丢了什么东西而后悔。

宗吾根据爸爸的这番话,接二连三地把不需要的东西丢进了垃圾袋。这个玩具以后不会再玩了。这本书也不会再看了。这是什么?哦,是五年级时劳作课上做的。算了,也丢掉吧。

他在整理壁橱时,发现了一个大纸袋,打开一看,吃了一惊。纸袋里装了千纸鹤,还有签名板。

不行,不行,这个可不能丢,这是很重要的宝贝。宗吾暗自为竟然忘了这个纸袋的存在感到羞愧。

一个小时后,搬家工人上了门。宗吾带着奇妙的心情看着工人把家具、电器和纸箱搬出去。虽然只在这里生活了短短两年,但他发现也累积了不少回忆,说起来,都算是不错的回忆。可不是嘛,因为他克服了巨大的障碍,终于可以和父母一起在这里生活。

所有的东西都搬上车后,他和爸爸、妈妈一起检查了房间。因为房子不大,只有两房一厅,所以很快就检查完了。

"我们竟然住在这么小的房子里。"爸爸深有感慨地说。

"有什么办法,当时必须以地点为优先啊。"妈妈回答。

一家三口坐上爸爸开的车,出发前往新居。不,准确地说,并不是新居,而该说是旧居,在三年多前,他们一家都一直住在那栋公寓。

"宗吾下个月就要读中学了,时间过得真快啊。"爸爸转动着方向盘说。

"他说要加入篮球社。"

"还没有决定啦。"

"是吗?篮球社很好啊,去参加吧。除了篮球社以外,还参加什么?足球社吗?"

"就说还没决定嘛。"

"啊,那个呢?游泳社也不错啊,不用花什么钱买用品。"

"你在说什么啊,现在的泳衣都很贵,有什么高科技的泳衣。"

"是这样吗?那就去参加体操社,那就不需要任何用品了吧?"

爸爸和妈妈聊得不亦乐乎,可能聊到运动的话题,他们很高兴吧。

车子遇到红灯停了下来。宗吾看着窗外。车子已经来到了他熟悉的道路。以前放学时,曾经走过这里。

"那家拉面店还在。"宗吾指着一家店说。

"那当然啊,才三年多,怎么可能这么快就倒闭?"爸爸看着前方回答。

宗吾看着周围,突然有一种怀念的感觉。

"爸爸,"他叫了一声,"我在这里下车。"

"啊？为什么？"

"我想从这里走回家。"

"为什么啊，真麻烦。"

"有什么关系嘛，好久没回来了，想走走看看啊，你认得路吗？"妈妈问。

"认得啊，当然认得啊。"

信号灯转为绿灯，爸爸一边说着"真拿你没办法"，一边把车子在路边停了下来。

"不要乱跑啊。"妈妈对正在下车的宗吾说。

"我知道。"宗吾回答。

目送车子远去，宗吾迈开步伐。这是小学放学时走的路，即使闭着眼睛，也认得回家的路。

他在下一个街角左转。这条路并不宽，越往里面走，周围越安静。

三年多没走这条路了。以前几乎每天都在这条路上走来走去，突然发生的事，中断了这样的生活。

上体育课时，他觉得身体有点儿沉重，突然天旋地转，喘不过气来。他想告诉老师，却说不出话，接着就眼前一片漆黑。

当他醒过来时，发现自己躺在医院的床上，戴着氧气面罩。

医生告诉他，他得了一种以前没听说过的疾病。他也搞不太清楚，总之就是心脏天生有异状，而且相当严重，光靠手术无法治好。

只有心脏移植能够救他一命。

宗吾住进了精通心脏移植手术的医院，因为离家里很远，所以父母决定搬家。妈妈辞去了工作，几乎每天都去医院照顾他。

班上的同学折了一千只纸鹤，还把鼓励的话写在签名板上，来医院探视他时送给了他。他感谢大家的鼓励，内心却嫉妒他们的健康。

"别担心，只要接受移植手术，又可以健康地玩乐了。"虽然妈妈这么说，但这句话听起来很虚假。当时宗吾还不太清楚，现在回想起当时的事，终于知道其中的原因了。

虽然接受心脏移植就可以好转，但必须有人提供心脏，日本几乎无法期待有儿童提供器官。

只有去国外，才有可能接受心脏移植。宗吾记得当时父母曾经聊过这些事。

去国外接受移植的花费很惊人，而且以宗吾目前的状态，长途旅行太危险——爸爸满面愁容地说。宗吾清楚记得妈妈听爸爸这么说时拼命忍住泪水的样子。

住院大约半年后，宗吾的情况更严重了，不时陷入昏迷。虽然他听到有人在枕边叫他，却无法回答。

自己可能快死了。他忍不住想。他觉得可能永远都无法再起床，就这样慢慢死去。他觉得这样也好。既然每天都这么痛苦，这么不自由，没有任何乐趣，活着也没意思。

虽然最后活了下来，但仍然处于危险状态，每天都做好了面对死亡的心理准备。

然而，奇迹发生了。

他们得知消息，出现了捐赠者，可以接受移植。虽然一开始不敢相信，但似乎是真的。之后的情况有点儿搞不清楚，他被带去很多地方，很多人摸他的身体，也听到很多人说话。当他被送进手术室时，爸爸和妈妈在门口送他，妈妈握着双手，好像在祈祷。

之后就没有任何记忆。当他醒来时，周围的风景不一样了。他躺在加护病房。

他得知自己接受了心脏移植，而且手术成功了。

那是三年前的四月二日。

之后又继续住院，但住院的意义和之前完全不一样。从等待不知道能不能如愿移植的日子，变成了准备早日出院的生活。练习下床、走路复健，所有的一切都让他觉得很有意义。

即使动作很猛，也不会喘不过气；食物都很美味，也可以大声说话。这种理所当然的事都让他感到高兴。

复健期间，他还结交了朋友，只不过彼此的年龄相差了六十多岁。对方是坐在轮椅上的干瘦老人，总是拿着尤克里里。

"这是我唯一的乐趣，我的梦想就是能够再弹出美妙的音乐。"老人说话时的口齿不太清楚，但看起来很开心。

一问之下才知道，老人数年前发生车祸，脖子受了伤，手脚都无法活动，但接受了引进最新科学技术的手术后，又可以再度活动了。

"在大脑里植入电极，捕捉到想要活动手的脑电波后，设置在后背的机器就会把信号送到脊髓，就可以像这样自由活动了。"老人动作不太利落地弹着尤克里里的弦，"虽然不知道是哪个人发明的，但这个发明实在太出色了。"

老人说的内容太难，宗吾听不太懂，但他也完全认同医学太了不起了。

手术三个月后，宗吾出院了。然后又过了两年多，一家三口又要搬回原来的房子。在搬去医院附近时，父母并没有卖掉原本的房子，而是出租给别人。

目前，宗吾正沿着这条路走回以前住的，以及从今天开始又要开始住的房子。但是，他刚才下车，并不是想要回味熟悉的放学路。

他想去看那栋大房子。

美丽的女孩沉睡在轮椅上的那栋房子。不知道为什么，动了手术之后，好几次都梦到那栋房子，那栋房子好像在呼唤宗吾。

但是——

当他来到那里时，发现那栋大房子不见了。房子、围墙和大门都不见了，变成了一片空地，找不到任何蛛丝马迹。有那么一刹那，他甚至觉得那栋大房子是幻觉。

他叹了一口气，准备转身离开，这时，他似乎闻到了玫瑰的香气。

又来了。他忍不住想，然后停下了脚步。手术后，经常发生这种事，但即使观察周围，也找不到玫瑰花。

宗吾轻轻把手放在胸前，他觉得玫瑰的香气或许是心脏原本的主人带来的。

然后他深信，那个带给他宝贵生命的孩子，一定曾经生活在充满深深的爱和玫瑰香气中，一定很幸福。